U0722918

[美] 戴维 · 费根鲍姆　著
阎少华　译

疾病与赛跑

人民卫生出版社
·北　京·

版权所有，侵权必究！

CHASING MY CURE
Copyright ©2019 by David Fajgenbaum
This edition arranged with InkWell Management, LLC.
through Andrew Nurnberg Associates International Limited

图书在版编目（CIP）数据

与疾病赛跑 /（美）戴维 · 费根鲍姆（David Fajgenbaum）著；阎少华译. 一北京：人民卫生出版社，2024.4（2025.5 重印）
书名原文：Chasing My Cure: A Doctor's Race to Turn Hope into Action
ISBN 978-7-117-35884-2

Ⅰ. ①与…　Ⅱ. ①戴…　②阎…　Ⅲ. ①纪实文学 - 美国 - 现代　Ⅳ. ①I712.55

中国国家版本馆 CIP 数据核字（2024）第 018598 号

图字：01-2021-2100 号

与疾病赛跑
Yu Jibing Saipao

译　　者　阎少华
策划编辑　周　宁　于　捷　　责任编辑　周　宁
整体设计　尹　岩　梧桐影
出版发行　人民卫生出版社（中继线 010-59780011）
地　　址　北京市朝阳区潘家园南里 19 号
邮　　编　100021
E - mail　pmph @ pmph.com
购书热线　010-59787592　010-59787584　010-65264830
印　　刷　北京瑞禾彩色印刷有限公司
经　　销　新华书店
开　　本　880 × 1230　1/32　　印张：10.5　　插页：4
字　　数　207 千字
版　　次　2024 年 4 月第 1 版
印　　次　2025 年 5 月第 2 次印刷
标准书号　ISBN 978-7-117-35884-2
定　　价　59.00 元

打击盗版举报电话　010-59787491　E- mail　WQ @ pmph.com
质量问题联系电话　010-59787234　E- mail　zhiliang @ pmph.com
数字融合服务电话　4001118166　E- mail　zengzhi @ pmph.com

本书出版前，来自各方的赞誉

“毫不夸张地说，本书令人爱不释手。费根鲍姆医生是一个鼓舞人心的榜样，《与疾病赛跑》读来引人入胜。本书忠实生动地记录了他的生活日常、他的患病经历，以及他最终发现了‘永不放弃希望’的真正含义。”

——安吉拉·达克沃思，《纽约时报》畅销书作者（作品《毅力》）

“这本书真的太吸引人了，我竟一口气就把它读完了。这本书太感人了，读完几个月后我还会不停地回想起书中的一幕幕。本书不是一个普通的回忆录，它是一个医生在自己成为病人、面临绝症时，如何自救、如何绝处逢生的历险故事、传奇经历，书中充满了人生智慧。本书是少有的可以与阿图·葛文德的那些作品以及《当呼吸化为空气》相媲美的佳作。”

——亚当·格兰特，《纽约时报》畅销书作者（作品《给予与索取》《离经叛道》等，与人合著《B 选项》）

“这本扣人心弦的回忆录，向人们展示了一个勇敢的医生，凭借着顽强的毅力，通过自己的患病经历，不但自救成功得以康复，而且在医学研究上也做出了不凡的贡献。本书致敬的是：费根鲍姆医生在精神上和智力上的卓越品质、他的家人以及朋友们的鼓励与帮助、现代科学，以及患者在寻找新疗法方面的重要作用。”

——J·拉里·詹姆逊，医学博士、哲学博士，
宾夕法尼亚大学佩雷尔曼医学院院长

“本书的精彩故事来自真实的人生，一个年轻医生身患一种致命的罕见病，他勇敢面对病魔，将命运掌握在自己手中，全力以赴，最终找到了治疗方法……读来给人启发，令人鼓舞。”

——安德鲁·威尔，医学博士

“从第一页到最后一页，我被本书里精彩的人生故事所深深吸引。生命垂危、顽强斗争、永不放弃希望，每一处情节都感人至深。我相信，通过戴维·费根鲍姆医生自己与疾病反复缠斗的这种非凡经历，他已经获得了一种‘超能力’，而且毫无疑问，这种‘超能力’将造福更多的人，不管是现在还是很远的将来。”

——妮可·博伊斯，全球基因（Global Genes）创始人

“《与疾病赛跑》为我们讲述了一个震撼人心的故事，一个化恐惧为信心、化希望为行动的故事。戴维·费根鲍姆医生在面对

自己的罕见病时那钢铁般的求生意志，以及他过人的领导才能，都为其他也在追寻自己疾病治愈方法的人们，提供了可以效仿的样板。”

——斯蒂芬·格罗夫特，药学博士，

美国国立卫生研究院罕见病研究办公室原主任

“一个引人入胜、扣人心弦的故事！一种可能致命的罕见病激发了患者奋起反击，作为医生、科学家，这个患者背水一战，全力以赴投入到了研究这个罕见病原因及其治疗方法的事业之中。费根鲍姆医生这段非凡的人生经历，他的勇气、专注和智慧，一定会让读者们为之着迷，为之倾倒。”

——阿瑟·H. 鲁宾斯坦，医学教授，

宾夕法尼亚大学佩雷尔曼医学院

“我们这些勤思好问的医生们往往能从研究罕见病患者的过程中学到很多东西，但我们自己也成了罕见病患者，这种情况却十分少见。费根鲍姆医生给我们讲述了他自己作为一个罕见病患者的不寻常经历。神秘的病因、几乎致命的多系统疾病、精彩的逻辑分析与论证推理，到最后发现一种现成的药物竟有可能是治病的妙方。本书既是一个侦探故事，也是一个爱情故事，同时又是一个科学研究与科学探索的故事。这个故事让我们见证了一个不屈不挠的医生，如何把希望带给了那些身患同一种罕见病的患者们，而这种罕见病在医学科学上还极少引起人们的注意。”

——迈克尔 · S. 布朗，医学博士，1985 年

“诺贝尔生理学或医学奖”获得者

“戴维 · 费根鲍姆医生，一个自称为‘罕见病的四分卫’的人，与我们分享了他的非凡经历，讲述了他如何组建了一个团队，塑造了一种新的运作模式，开创了医学研究领域史无前例的协作与合作。本回忆录以他自己的切身经历，向我们昭示了在困境中充满希望的必要性，也让我们看到了人类精神是如何化痛苦为激励，鼓舞志同道合的一群人做出集体努力，去对抗那些看起来无法战胜的困难的。”

——约翰 · J. 德吉亚，乔治敦大学校长

“费根鲍姆医生把他自身的一段悲惨经历变成了一个励志故事。他变成了一个榜样，让其他也想改进罕见病治疗局面的人们可以效仿。实际上，费根鲍姆医生这个故事所昭示的经验教训，不仅对那些关心罕见病的人士非常有用，而且对所有与疾病打交道的人士，对所有想有所作为、想改变生物医药研发企业现状的人士，也大有裨益。”

——罗伯特 · M. 卡利夫，医学博士，

美国食品药品管理局原局长

谨以本书献给我的母亲、我的父亲、我的两个姐姐、我的妻子凯特琳和我们的女儿阿梅莉亚。是你们教会了我该如何生活，是你们在我与病魔搏斗之时关爱着我、扶持着我，是你们鼓舞了我，去努力追寻疾病的治愈之道，不光为了治好我自己的病，也为了治好其他众人的病。我爱你们。

前言

在你掌握了心肺复苏的那些基本操作，比如正确的手势、保持患者仰头以及正确的按压频率之后，同时在你也适应了按压时手掌不可避免地会感受到患者肋骨被压断的那种感觉之后，接下来最难办的一件事就是要知道什么时候收手，也就是说，停止按压。

要是再多按压一下患者就有救了呢？

或者再多按压一下呢？

如果不管你多么用力地按压，多么急切地希望和祈祷，患者的脉搏就是再也不跳了，这时接下来该怎么办，就完全取决于你了。患者的生命已经逝去，但你的希望却未必也同样随之而去。至少在心中，你还可以存有一丝希望。你可能会继续按压下去，直到你的双臂和双肩都酸痛难忍，无力继续，直到你的按压已经绵软无力，按与不按也没有什么大的区别了，也更谈不上去担心再压断患者的一根肋骨了。

那么，为了挽救一个人的生命，你会努力坚持按压多长时间呢？

总之，到最后，你都要停止按压，把手从患者的身上收起；到最后，你都不得不停下来。但“到最后”不是一个具体的数字，“到最后”也不是一项操作指南，心肺复苏的操作流程图上也没有“到最后”这三个字。其实，“到最后”也许能更好地解释你是因为什么停手的，而不是什么时候停的。到最后，你停手了，那是因为你不再怀有希望了。

正因如此，才让你决心难下。你的努力会让你产生希望，希望生命还有挽救的可能；而你的希望又会进一步激励你，让你更加努力地去按压。希望、生命与努力，这三者互相激励，互相促进，在人生的跑道上，你追我赶。

我一共给人做过两次心肺复苏。两次都是在患者生命垂危的时候，我拼命地按压患者的胸膛，不断地祈祷。但到最后，两个患者都死了。当时我不想停下来。我多么想直到现在我还在给他们继续按压着。我当时一直在希望着，即使我已经停止了按压，在心电监护仪上也能出现他们的心跳。大多情况下，光有希望和愿望是不够的。希望可以成为一种力量，但希望的力量并不是万能的。医学也不是万能的，虽然我们都想它是，但无论从哪一方面来说，医学都不是万能的。

不过，医学还是会给人以错觉，让人以为它是万能的。

在刚开始学医的时候，我就见证过不治之症，经历过难言的悲伤。在医学院上大一的时候，我母亲得了脑癌，去世了。但当时我依然对科学与医学的能力保持着乐观，相信能够发现疾病的原因，找到治病的方法。因为说实话，我一直对人类文明抱有一种所谓的“圣诞老人”理论，直到后来我有了足够的理智，知道这都怪我的年轻和幼稚。即使这样，在之后的很长一段时间里，我还是依然坚守着一种信念，那就是，对于这世界上的每一个难题，都一定会有人在勤奋地工作着，在努力地寻找着答案，只是他们工作的地方不为我所知，他们不但具有一般的常人能力，而且还具有非凡的神奇能力。又或者，也许他们早就已经把那个难题解决了，只是我暂时还不知道而已。

这种信念带来的影响是不利的，尤其在医学方面。因为如果你相信差不多所有的医学难题都已经有了答案，那就意味着你所需要做的唯一的事情，就是去找到一个已经知道这些答案的医生。只要你相信有像圣诞老人一样的医生们正在勤奋工作，正在为那些还无法治愈的疾病寻找着答案，那么当这些疾病落到我们自己身上或所爱之人身上的时候，我们就不会有动力去推动这些疾病的研究进程，坐享其成就行了。

如今的我，已经不会再那么幼稚和单纯了。过去这几年，我有了大量时间去思考为医之道，医生们也有了大量时间来研究我。我弄懂了一件事，那就是我们中的每个人，不管是谁，一旦穿上了医生的白大褂，他就与“权威”这一概念建立了某种联系，而且这种联系还常常不那么靠谱，常常会误人子弟。无可否认，我们这些人多年的刻苦学习和专业训练，全都为的就是获得这种权威。没人不想拥有这种权威。我们都想成为病房里或诊室里那个最可信赖的声音，当有人心急如焚、满怀疑问的时候，我们的话就是不容置疑的答案。而公众对医生的期待，同样也是需要我们扮演一个差不多全知全能的角色。但与此同时，我们也接受了那么多年的医学教育，读了那么多的专业书籍，经历了那么多的临床实习，所有这一切都向我们灌输了一种现实主义的思想，那就是让我们这些医生知道，哪些事情是可能做到的，哪些事情又是不可能做到的。没有谁能够知道已有的全部知识，还差得远呢。也许时不时地，我们也会有一些令人满意的出色表现，也许我们中的少数尖子确实也成为了某个领域的行家里手，但总的来说，所有医生都接受了自己能力的局限所在。接受自己的局限，并不容易。因为在这些局限之外，就是那个全知全能的幻想，那个幻想一直在折磨着我们：要是能救活一个生命、要是能找到一个治疗方案、要是能用上一种药物、要是能做出一个正确的诊断、要是能给患者一个明确的答案，那该多好啊。

没有人能什么都知道，这是一个事实，但这并不是真正的问题所在。真正的问题在于，在某些事情上，所有人都一无所知，而且也没有任何人去做点什么来改变这种现状。真正的问题还在于，有时候医学也会犯错，会大错特错。

我依然相信科学与医学的力量。我依然相信勤奋工作与慈悲为怀的重要。我依然相信希望，我依然会去祈祷。但这些年来，我作为医生和患者双重身份的历险经历，不断地教会我一个道理：虽然看起来有些不公平，但在科学的现有能力与我们的脆弱生命之间，在愿望和祈祷与健康和福祉之间，往往并不存在什么必然联系。

我的故事告诉大家，我是如何发现了在医学领域里并不存在圣诞老人的代理人，没人在为我准备着圣诞礼物，也没人会把疾病的治疗方案送到我的面前。我的故事也告诉大家，我是如何渐渐地明白，希望不可能是一个被动的概念。相反，希望是一种选择，一种力量。希望某种事情能够发生，绝不等于你向上天许个愿，然后就可以坐等它自己发生了。你的希望应该激发出你的行动。在医学和科学上，一旦希望激发出了行动，希望就会变成现实，而且那个现实是你最大胆、最疯狂的想象也无法企及的。

从本质上来说，本书所讲的故事是关于如何面对死亡的，但我希望你能从中悟出一些活着的道理。

目录

第一章

医院里新来的实习生

读医学院的第二年，我被派往宾夕法尼亚州伯利恒市的一家医院，在那里参加临床实习。伯利恒市是个老牌的钢铁之都，后来慢慢衰落了，直到20世纪90年代跌至谷底，不过之后又渐渐恢复生机，重新成为了一个充满活力的小城。对这个城市的兴衰更替，我可以说是感同身受，因为我自己也曾经历过同样黑暗的谷底——6年前我的母亲死于癌症，而现在我觉得自己已经爬出了痛苦的深渊，焕发了新生。母亲的去世，就是当初激发我学医的原动力：我梦想着有一天，能帮到那些像母亲一样的患者，我渴望战胜那个夺走母亲生命的病魔，为母亲报仇。

大家可以这样想象，我当时就是一名跃跃欲试的斗士，正在参加抗癌的战斗；我正在实习阶段，苦练杀敌本领，以打败癌症这个所谓的万恶之首，众病之王。大家还可以再想象一下，我已披挂整齐，刀枪也已擦亮，外表坚毅从容而内心满腔怒火，只待随时上场，奋勇杀敌。

但大家还是先来想象一下眼前的这种情景吧，我正在这家医院的产科实习，心里没底，怕得要死。就在那天，我觉得自己不再像个斗士，更像是个演员，不得不在脑子里一遍又一遍地排练要做的工作。复习每一个环节，演练每一句台词，反复阅读对照检查表，努力回想着该如何扮演好医生这个角色，那感觉真就像是要上台表演。产房里的窗帘就像舞台的幕布，猛地一下被拉开，阳光像聚光灯一样投射进来，神圣而庄严，照在即将初为父母的准妈妈和准爸爸两人身上，也罩在护士刚刚放好的蓝色铺单上。虽然准爸爸和准妈妈的脸上都带着兴奋的笑容，但准妈妈的额头上显然已经大汗淋漓。我想当时我的额头上也肯定同样紧张得冒汗了。

那对夫妻的年龄，都在二十大几就快三十岁的样子，反正都比我年龄大。这时，我脑中突然闪过一个念头，我联想到了我和我的女朋友凯特琳，我俩已经恋爱三年了，我们应该很快也会跟眼前的这对夫妻一样，当上准爸爸和准妈妈。这种想法让我感到幸福，也让我心里平静了一些。然而，也许我表现出来的样子可能要比我自己感到的还要紧张，因为那个准爸爸突然问了我一句："你不会是第一次给人接生吧？"

学医有一点可怕之处，那就是万事都有它的第一次——每一种药物都有第一个服用它的患者、每一个外科医生都有他的第一台手术、每一种治疗方法都得有第一个人去尝试。这段时间里，我的生活就是被各种各样的"第一次"支配着，被各种各样的新难题挑战着，而且每天如此。

我回答这位准爸爸说“不是第一次”，我告诉他，我以前也接生过。但我没告诉他的是，之前我只接生过一次。

说完我开始就位，准备接生。早上喝的第二罐能量饮料起了作用，我全神贯注，一切准备妥当。

当我还在心里一遍又一遍地念叨着分娩的各个阶段的时候，小宝宝出生的第一个迹象打断了我的思绪，我看见小宝宝露头了。

千万别把宝宝掉地上啊！千万别掉地上啊！千万别掉地上啊！——我小心翼翼地抱着刚刚出生的小宝宝，心里不停地默念，提醒着自己。

接生完毕，一切顺利。我引导着那个小宝宝安全地来到了这个世界（其实可能比你想的要更容易），我看着他完成了人生中的第一次一呼一吸。一种巨大的成就感，瞬间涌遍我的全身，弥漫到双手双脚，这种满足感完全压制了我所有其他的感觉，以至于我完全都没有闻到伴随每次分娩都必有的排泄物和血污的气味。这跟电影里的情节完全不一样。电影里的情景往往是各种突发状况，各种焦虑担心，然后是各种皆大欢喜。

后来，我多次回忆起由我接生的那个小宝宝。无论用什么标准来衡量，我当时的所做之事，都远远称不上什么英雄壮举，也谈不上多么复杂艰巨或异乎寻常，那不过是一次常规操作而已。但我帮助一个新生命来到了人间，这一点却并不寻常。

我们知道，大多数时候，医院里的各种事情都不是与新生命的诞生相关的。恰恰相反，当医生、护士和患者同时出现在房间里的时候，其背后的原因往往都是十分沉重压抑的，而不是让人开心高兴的。

我第一次在医院实习的时候，就见证了上述情况。那是在2010年的1月，也就是我在伯利恒市为那个宝宝接生之前的几个月。那时，我读完了4年的医学预科，去英国拿了硕士学位，然后又在医学院读了1年半，我终于能够在医院里用上自己所学的医学知识了。再也不是只能跟在医生们背后看一看，再也不是只能观摩观摩别人的操作了，我也许能真的能帮上忙，救人性命了。实习第一天的前一晚，我大概只睡了3小时。自打玩橄榄球的那些时光之后，我还从来没有这么兴奋过。天还没亮，我就起床去医院了。当时气温已降至零下，天气寒冷，但在肾上腺素的作用下，我感觉不到一丝寒意，一路兴奋地赶到医院。我之前曾无数次穿过宾夕法尼亚大学医院的大门和它的天井，但今天对我来说，这里简直是个全新的天地。地板比以前更为鲜亮，地方也比以前更加宽敞，或者说，是我更加渺小了。我一边走，一边微笑着向医院的保安们挥手致意，他们也都礼貌地回应。那天早上，这些保安们很有可能也见到了几十个跟我一样的年轻医学生，个个意气风发。当然，我们每一个人在那一天都心怀梦想，梦想着在当天就能攻破一些医学难题，当天就能帮到一些患者，就像电视剧《豪斯医生》里面所演的那样。

我实习的第一站，是精神科住院医师的值班室。在那里，我要与“精神科咨询服务组”的同事们会合。有些患者的主管医生会认为自己的患者可能会需要额外的精神咨询服务，因此我们这个咨询小组的工作基本上是在全院范围内走访这些患者。有些患者只不过是在手术后还有些神志不清，但也有些患者会说他们想要伤害自己，或者想要伤害他人。

精神病学并非我在医学事业上的最终追求，我从医的最终理想，是要攻克癌症。当然，我也渴望自己的临床实习工作能有一个良好开局。于是我以无比的热情，开始了我的第一天实习。医生值班室里有一位女士，年纪看上去比我大几岁，进门后我向她打了个招呼，她是一个住院医师，当时正在电脑前聚精会神地看着什么东西。我伸出手，做了自我介绍，并且告诉她，这是我来实习的第一天。说完，我就觉得自己的最后这句话有点多余了。

那时的我，极不擅长掩饰自己的情绪，现在也一样，我的情绪总是外露无遗，让人一眼就能看穿。说不定当时那个女住院医师早就闻到我身上的紧张气息了，根本用不着我自己说是第一天来实习的。

在我之后，又有一个医学生走了进来。不过，后来很快我就知道了，尽管我俩在心理咨询服务组中的职责一样，但其实他早就不能算是医学生了，因为那时他已经是口腔外科的医生了，他已经读完了医学院牙科学院的课程并且完成了牙科住院医师阶段。他现在只是在按照成为口腔外科医生的规定流程，回来补上几个规定的医学生实习环节。跟我一起竞争的这位同行，在学医的路上已经摸爬滚打第八个年头了。

嗯，我说得没错，我们之间就是竞争关系。我俩穿的都是医院最底层的工作服，同样的短款白大褂，将将到腰部。这种短款白大褂，表明了我俩与众不同的身份（让我们穿这种工作服的目的也正是如此），而主治医师和其他住院医师穿的，都是那种威风凛凛的长款白大褂，衣摆都快拖到地上了。我感到我的两条腿从来没有像现在这样不自在，就好像啥也没穿。尤其是我旁边的这位口腔外科医生同行，如果他真愿意的话，其实完全可以穿上长款的白大褂，因为他已经通过了一个真正医生所需经过的重重严酷考验，已经具备行医资格了。要成为一名真正的医生，首先需要以优异成绩完成医学预科的 4 年本科学业，然后还要在医学院继续苦学 4 年。这些还都只是成为真正医生的第一步。有了这些，从技术层面来讲，你只是具有了当一名医生的资格，还需要完成后面的住院医师培训，也可能还需要完成专科医生的培训，这一过程短则 3 年，长则 12 年，乃至更长，取决于你的专科领域。完成了以上所有这些环节之后，你才能成为一名可以独立行医的主治医师。因此对我来说，以后的路还很长。就让我把这实习的第一天，当作漫漫从医之路的第一步吧。

大家正互相打着招呼，做着自我介绍，当时我脑子里各种遐想乱飞。“哔哔哔——哔哔哔——”寻呼机的响声打断了这一切，我们迎来了当天的第一项任务。大家赶紧快步冲出走廊，但资历和辈分是不能乱了的，前辈大佬在前，口腔外科医生和我断后。

一进病房，我就感到喉咙一紧。病房里光线昏暗，患者病得很重。患者双颊肿胀，因为他一直在接受糖皮质激素治疗，这让我想起了我的母亲在接受癌症治疗时的样子，用的也是糖皮质激素。那时候，母亲也是双颊肿胀，一笑起来就会显得很夸张，那真是苦甜参半的记忆。我很清楚，如果总是这样想起母亲，我一定会很痛苦，很难受，但我就是无法将这些记忆拒之门外，我也不想这样。我一想起母亲那张肿脸笑起来的样子，就会不禁露出微笑。

病房里的这位患者不只是病了，而是病得很重。我们一行人的目的，就是要对他的病情进行评估，看看他是否还有自主决策的能力。病床边上坐着一个女人，她双手握着患者的一只手。我们很快得知，她就是患者的妻子。泪水正顺着她的脸颊往下流，她并没有去擦拭，泪水流到了她的双手之间。她的手里还攥着毯子的一角，那一角毛毯就是一块小小的安慰，现在也被她的悲伤浸湿了。患者表情茫然，很艰难地回答着我们的提问。这些问题可以反映他的精神状况：

“咱们现在在哪里？”

“在新……”

我们其实是在费城。

“今年是哪一年？”

“1977。”

那一年其实是 2010 年。

我们来到房外，聚在一起商量。结论并不难下，商量也很快结束。这个患者已经没有自主决策能力，无法自己做出医疗决策，应当由他妻子替他拿主意。

当然，医学上的事情并非总是如此两极分明，非此即彼。绝非总是要么生存要么死亡、要么开心喜悦要么绝望放弃。医学上还有中间地带，在这个中间地带，面对死亡之时，照样可能会有喜悦。

我在精神科咨询服务组的时间并不长，也没有多少出色表现。2 个星期后，我高兴地转去了下一个岗位，精神科住院病房，那是宾夕法尼亚大学医院的一个封闭区域。对于一个还在实习期的年轻医生来说，那是个令人望而却步的地方，里面都是一些濒于崩溃的患者：抑郁症、双相情感障碍、精神分裂症和自杀倾向等。虽然在那里实习也是成为一名真正医生的必经环节，但我并不指望在那里能学到什么对治疗癌症有用的本领。

我在那里接诊的第一个患者名叫乔治，52 岁，离异，大高个，宽肩膀。他被诊断有胶质母细胞瘤，这种脑癌扩散很快，是最不好的一种癌症，我母亲得的就是这种癌症。乔治的一侧脸颊已经塌陷，走路也一瘸一拐的，但这不是他住院的原因。他来精神科住院，是因为他有抑郁症以及明说的自杀意愿。就在那个星期，他被告知还能再活两个月。

带我实习的住院医师告诉我，乔治来了之后，就一直不愿跟任何人说话，几乎一整天都待在自己的病房里，天天如此。住院医师让我给乔治做个精神状态检查，以补全他的入院手续。尽管脑子里有个迅速生长的肿瘤，乔治的检测还是拿了满分，30 道问题全都答对。我检测过很多患者，尽管脑子里没有长肿瘤，但大部分人的得分一般都在 25 分左右。

我把检测结果拿给乔治看的时候，他的脸上除了高兴，没有别的。

“医生，我的成绩还不赖吧！有什么特别奖励吗？”

“嗯，非常棒。容我想想，看看给你个什么奖励才好。”我笑了笑说。

乔治走出了我的诊室，明显比进来的时候更加自信了。这从他的步伐、他的身姿，都可以看得出来，就连他的一瘸一拐，似乎也变成故意炫耀似的。

但那天晚些时候，我看到他又躺在床上了，电视也没开，两眼盯着墙壁在发呆。看来我用精神状态检查分数帮他获得的乐观情绪只是维持了短暂的一阵儿。好吧，就算只是维持了短暂的一阵儿，那也可以再来一次。我没有理由不去帮他再次昂首阔步起来。如果这就是我们所能期待的最好结果，那就非常值得一试再试。

我在网上又搜到了另一个能够检查患者精神状态的量表。这个量表的满分也是30分，乔治拿了28分，成绩几乎和前一次一样优秀，远远高于25分的平均值，乔治再次笑得合不拢嘴。第二天早上，我没有看到他再躺在床上了，我在护士站找到了他。他正在那里显摆，向所有愿意倾听的人吹嘘他两次检测的得分。

结果到后来，在乔治住院期间的每一天下午，我都会给他做一次精神状态检查量表。这并非必要的治疗手段，也从来不会记入他的病历，但这并非重点。乔治从一个有自杀倾向的患者，变成了一个积极乐观的人，这让每天例行的这种文字工作，变成了我们二人每天的一种例行的快乐。日久天长，还有一个更大的收获在前面等着我们呢。

患者精神状态检查中有一项内容，是要求患者在一张纸上写下自己想说的随便一句话，而乔治每次写下的话都与他的女儿艾什莉有关。星期一，他写道："我爱艾什莉。"星期二："星期六就是艾什莉的生日了。"星期三："我想艾什莉。"星期四："我爱艾什莉！"情况很清楚了，乔治非常在乎艾什莉。于是我就问他这个女儿的情况。他说，他们父女已经有一段时间没联系了，但他每天都会在女儿的语音信箱里留言。我不是小孩子了，很清楚这背后的真实情况要比我所理解的复杂得多。我明白，造成他们父女关系疏远的原因肯定有很多，而且冰冻三尺，非一日之寒。但话又说回来，我坐在精神科的病房里，看着眼前这个男人在他生命的最后时日，每天写下的那些也许他女儿永远也不会看到的只言片语，还有那些他女儿从来也没有回复过的语音留言，要想化解这二人之间的感情矛盾，想来也未必是件天大的难事。于是，我就去问乔治，是否允许我给他的女儿艾什莉打个电话，只是给她讲讲她父亲的近况，说说她父亲在检测中取得的好成绩，还有她父亲写给她的那些话。另外，我也会跟她讲讲在我母亲患脑癌时我自己当时的感受。乔治同意了，于是我打给了艾什莉，给她留了言。

第二天我看到乔治，跟他打招呼，问他感觉如何。

“我感觉好极了！我女儿昨晚给我打电话了！”

转过走廊拐角，在离开乔治的视线之后，我猛地挥了一下拳头，心里大喊一声“太好了”，那是我第一次也许真正帮到我的患者。而且我的这一成就，并不是靠什么复杂的治疗手段，也不是靠什么手法高超的外科手术，我也没有破解什么医学上的谜题。我不过是希望乔治在他生命最后的日子里能够开心高兴，就是这种希望、这种愿望，引领了我的行动。乔治和我只不过做了几个简单的量表，我们就取得了一个大突破，一个大成就。过程就是这么简单。其实，在生活中，我们赖以不断前行的东西，也无外乎就是这么简单。

我见过那对夫妇在初为父母时的无比喜悦，也见过那个卧床不起的重病患者和他妻子的痛苦绝望，而这回我真正帮到了患者乔治，在他悲伤之时，我给他带去了快乐。

这种感觉太美好了，我还想要更多的这种机会。

幸运的是，在学医之路的实习阶段，可以说早就给你预备好了这种机会，没完没了的这种机会，最后这种机会会多到你应接不暇，无法招架。

第二章

凯特琳的电话

下班离开医院，按理说我本该筋疲力尽，再也没什么劲头去干别的事了，可一整天下来马不停蹄、高度紧张的工作，反倒让我活力倍增，还有多余的精力去挥洒。在折磨人的各种实习工作和长时间的病房工作之间，我和医学院的那些好友们还会抽空去健身房锻炼。在健身的间隙，我们也有所谓的“动态休息”时间，即抱怨抱怨实习的辛苦，议论议论医院里的那些员工。而最初的几个星期，我抱怨的对象只有一个，就是跟我一起实习的那个口腔外科医生。

今天的我与过去的我相比，虽说已经是徒有其表，但那具唬人的躯壳还在，所以如果我告诉大家，当年的我能卧推375磅（约170千克），感觉也不是在吹牛。那时朋友们都开始叫我“猛兽”了。即使是当年读本科时在第一级别[1]大学橄榄球队打球的我，也从来没有那段时间那么“猛”过。

---

1 编注：指全美大学体育协会（NCAA）分类中的第一级别，即最高级别。

一天夜里，一群朋友在我的公寓里看费城人队的棒球比赛，而我在房间里学习。学习间隙我出来休息了一下，刚好看到莱恩·霍华德正准备击球。他是当时美国职业棒球大联盟中顶尖的强力击球手，比赛的解说员说，霍华德能够卧推 350 磅（约 160 千克）。朋友亚伦看着我说："霍华德用他 350 磅的卧推力量击出了多个本垒打。你打算用你的卧推力量做些什么呢？做手术的时候，把患者的皮肤拉回来吗？"众人大笑。也许是亚伦觉察到了我当时的笑容有点不自然，第二天他就给我发了一封电子邮件，里面有个链接，是弗吉尼亚州斯塔纳兹维尔的一个卧推比赛。他还在邮件里说："好好发挥你的卧推本事。"到现在我也不确定他那时是不是认真的，但我还是接受了他的挑战。几个星期之后，我们一行 9 人，挤在两辆车里，开了 5 小时，从费城来到了斯塔纳兹维尔，一个只有 500 人左右的小城。这一大帮人中只有我一人参赛，但朋友们都乐意牺牲宝贵的休息时间，到现场为我助威。幸运的是，这次比赛要求所有参赛者都须提供当天的尿样进行兴奋剂检测，所以跟我同场竞技的人里面，不会有人使用非法药物来提高成绩。我喝了 3 罐能量饮料，这是我每天必喝的，而且完全合规合法。

那一天，我是没有为费城人棒球队打出本垒打，但我却赢得了那年斯塔纳兹维尔卧推比赛我所在体重量级的冠军，成绩离弗吉尼亚州的州纪录仅差 5 磅（约 2 千克）。朋友们都欢呼着："猛兽！猛兽！"当天晚上，我们大肆庆祝了一番。

了解我的一些人可能会跟你说，我这个人有点喜欢自己找罪受，或者说喜欢自我挑战。这次去弗吉尼亚州参加卧推比赛的争强好胜的经历，也许刚好可以佐证他们的话。医院实习对年轻医生的那些苛求，对我来说却简直如鱼得水，也许这就是其中的原因之一。感觉就好像别人对我的要求和期望越多，我就越能投入进去，不管是工作上还是比赛上。看到自己能帮到像乔治这样的患者，也促使我能更专注于做好所有其他的事情。感觉就好像我终于发现了自己的潜能，而在医学院的头几年里，这些潜能一直被我埋没，或者说被我束之高阁了。

对我来说，那种感觉既熟悉又美好。无论在学习上还是在赛场上，一直以来对我帮助最大的一点，就是我能比任何人都更专注、更勤奋。这也是能让我在橄榄球赛场上比别人表现更出色的唯一途径。因此，尽管我天生跑步速度就不快，但我还是能胜任乔治敦大学橄榄球队的四分卫[2]这一重要角色。

在经历了母亲去世的痛苦折磨之后，我振作起来，直面现实。我那时身强体壮，意气风发。我获得了弗吉尼亚州我所在体重量级的卧推冠军，我还有个很棒的女朋友，她叫凯特琳。在我应对母亲去世的痛苦过程中，她一直都是我的精神支柱，给我力量，给我支持，现在也是一样。尽管那时我们并不在同一个城市（她正在北卡罗来纳州的罗利市上大学，还有一年就毕业了），她

2 译注：四分卫是美式橄榄球运动中的核心位置。

也在全心全意地支持着我，支持我为将来成为一名医生而努力学习。现在我正向着这个目标大步迈进，早晚有一天我能战胜癌症，战胜那个夺走了我母亲生命的癌症。那个时候，我觉得我就快要征服整个世界。

但如今回想起来，那个时候，是我把整个世界都抛在脑后了。

参加完斯塔纳兹维尔的那场卧推比赛几个星期之后的一天晚上，我正在为下一阶段到神经科的实习做准备，复习着一张又一张的学习卡片。这时电话响了，是凯特琳打来的。差不多每隔一个周末，我们就会在费城与罗利市之间来回跑一趟，前几天我俩刚刚在一起度过了周末。我边拿起电话边想着她来电的原因，也许是她刚刚跟我的家人一起吃过晚饭，想跟我说说饭桌上的新鲜事——就算我不在场，凯特琳自己也会跟我的家人一起吃晚饭。也有可能是她刚下班回家，想跟我分享一些趣事——不上课的时候，凯特琳就会去我二姐的服装店里打打工，或者帮忙照看一下我那 3 岁的小外甥女，安·玛丽。不管什么话题，和凯特琳的每次通话都让我高兴。

然而这次，电话一接起来我就感觉不太对劲儿。

“喂，我们俩得好好谈谈了。”短短一句话，听起来却是那么伤心，那么焦躁，与平时的她判若两人。我想她是不是工作上出了什么问题，或者学业上遇到了什么不顺，或者她的父母或哥哥出了什么事，她们一家人我都很在乎。可接下来她的第二句话，直接把我击倒了：“我想我们俩应该暂时分开一下。”

这一记重击，打得我措手不及。要知道，在我的所有人生规划中，无论哪一条，凯特琳都位列其中。难道她不知道吗？还是我疏忽了，没有告诉过她这一点？我需要她的陪伴，我离不开她，我曾以为，我曾假定，她早就知道这一点。而且，我也曾以为她也离不开我，她也需要我的陪伴。一时间，我一句话也说不出来。

我憋了半天，到最后，也只是含含糊糊地说了一句“那好吧”。接着，我俩谁都没有再说话，只有长时间的沉默。

我现在明白了，我当时之所以没有追问凯特琳为什么要暂时跟我分开，是因为我心里早就知道原因了，只是不想听到从她的嘴里说出来。我的超级专注力就好像鱼雷，只会直来直去、一往无前、无暇他顾，这种特质一直都是我能取得一些成绩的最得力帮手，并且在将来同样会继续助我有所作为。不过，在凯特琳的身上，我的这种专注力却给予得太少太少了。

后来，还是凯特琳自己打破了我们之间那怪异的沉默，她说：“我想我俩应该暂时分开一下，因为对你来说，我并不那么重要。”

我知道凯特琳在说什么，但还是忍不住在心里想：

目前这一切你是都知道的啊。你知道我现在这样也都是没有办法的事，你也知道我们俩未来的共同计划。过去3年来，我们不一直都是这样过来的吗？尽管在一起的时间不多，两人距离很远，那时我在乔治敦大学，你在罗利市，开车要4个小时，但我们还是想办法保持了亲密美好的关系，共度了人生中一些最最快乐的时光。我去英国读硕士，一走就是一整年，那时候我拼了命地学习，用了不到1年时间就完成了学业，目的就是早点回国，回到你身边。而这2年来，我一直都在宾夕法尼亚大学医学院学习，从费城开车到罗利市要7个小时。这些年来，我是总有很多事情要处理、要考虑，但我几乎总是把你放在了首要位置。你难道还不明白？为什么要现在说分手？上周我们在一起的时候，你为什么不说？你为什么不愿意继续和我在一起了？

但当时我过于惊慌失措，上面心里想的那些话，一句也没说出来，甚至连一句辩解也没有，我就那样一直沉默着，这似乎只是在刺激她尽快把事情了断。我的惊慌失措和沉默无语，其实也正反映出我俩平时的交流是不够深入的，而这可能正是导致凯特琳要跟我分手的首要原因。也不知道后来是怎么的，我们就挂断了电话。

挂完电话，这时的我反倒不再沉默了，我自言自语地大声问自己："啊？就这么算了？不想再争取一下了吗？"我让自己沉迷在一种童话般的信念中，相信一切问题到最后都会找到解决办法。如果真有"缘分"这种事，那么我们以后总会找到机会和好，重新回到彼此身边的，而现在显然时候未到。至少当时我是这么宽慰自己的，这样可以少点痛苦。那时的我，年轻、健康，而且特别一根筋，总以为我们还有的是时间来解决问题。我不用有所行动，坐等其成就行了。

等我终于缓过神来，我对分手之事做出了反应，而我采取的应对策略，还是当初制造问题的那种方式。我变得比以前更加专注，更加努力地学习，在医院里的工作时间也变得更长了。我更加拼命地健身，想变成一头更猛的“猛兽”。我一刻也不想安静下来，免得让自己有空去面对分手的事实。只要我跑得足够快，就能够把痛苦甩在身后。

2 个月后，凯特琳的到来，让我再也无法逃避。当时她来费城看望自己的父母，顺便约我一起吃了个晚饭。饭后她跟我说，要是我愿意再度以她为重，她还是可以跟我和好的。那时我还在伤心难过，并且陷入了这样一种心态，即如果我们真的有缘分，那么等时机到了，自然就会和好。过去几个月来，我在学业和工作上的超级专注，已经让我在其他方面的感觉变得麻木了，我意识不到其实自己心里还装着凯特琳，所以我拒绝了她。时间还有的是，于是我转头又把我的超级专注力放到其他事情上去了。

但能让我视而不见、强词夺理或者说能让我自圆其说的事情，也就这么多了。生活在继续前行，死亡也没有停止脚步，生与死都不会在意我像鸵鸟一样把脑袋埋进沙子里这种自欺欺人的需求。

过了一个星期，一位 60 多岁的女士被送到了我们医院的急诊室，她瘦瘦的，但样子看上去还挺健康，有典型的卒中症状。那天早上，我恰好和一个负责卒中的住院医师在一起。寻呼机一响，我们就一路沿着走廊跑到急诊室，是真的在跑。患者的言语已经模糊不清，身体右侧也已偏瘫，我们急忙先把她送去做 CT（计算机断层扫描）检查。

情况很严重。住院医师对患者和她的丈夫说："有一种药物，如果能在发病后立刻用上，是有可能缓解一些症状的。但这个药物有潜在的严重副作用，如果使用的话，就要承担一定的风险。"那个住院医师详细地跟他们说明都会有哪些风险。医生的意思很清楚：如果决定用那个药，就得尽快下决心。这个决定事关重大，因为后果可能非常严重。

我们走出病房，好让患者夫妇私下商量一下。后来，患者的丈夫走了出来，说他们决定接受用药治疗，我们立即开始行动，准备给患者输液。

我坐在患者的床边观察着，看看有没有任何改善的迹象。其实，我不只是在观察，心里还充满希望地为她祈祷着。输液开始后的第一分钟过得好慢好慢，漫长得仿佛没有尽头。接着，患者的状态就出现了变化，但不是变好而是变坏了，而且是急剧恶化。她的言语已经完全含糊不清了。这表明患者正在经历治疗的并发症，也就是颅内出血，这种并发症虽然少见，但也在预料之中。她的呼吸也开始变得困难，我们立刻停止输液，开始想方设法抢救她的生命。我们把床整个摇得直立起来，开始尝试使用新的药物，还与神经外科医生会诊，讨论紧急开颅手术的可行性，还有我们无数的祈祷和希望。尽管我们竭尽全力，她还是在 3 小时后去世了。这种结果虽然少见但确实风险已知，而且我们事先也告知了患者和她的丈夫。即便如此，我们心里仍然十分难过。

那一年我 25 岁，就这样失去了“我的”第一个患者。我走出房间，眼里含着泪水。

“我们已经无能为力”这句口头禅虽然已是陈词滥调，但它反映的却是一种实情，而且还没有反映出全部的实情，真实情况要远比这句口头禅还要严重。没错，一旦那个患者开始出现药物治疗的罕见并发症，我们确实就无能为力了；但假如一开始我们不给她使用那个药物治疗，那么她也许还能活下来，虽然可能会留下一些身心上的严重残疾。这个教训太沉痛了，尤其对我这种人来说。我这种人，总把“干事”当成生活的中心，总是想着要去“干点什么事”，直到“干事”成为生活的全部，排挤掉了所有其他的一切。

我的工作观念也是基于这样一个根本信念，那就是如果我做的事情是对的，而且我做得足够努力，那么这种“对的事情”最后就一定会成功。在我看来，一场战争，往往在第一场战斗开始之前就胜负已定。如果我在冬天和春天能坚持健身和训练场上的苦练，那么当赛季来临，我就能获得首发位置并赢得比赛。有多少付出，就有多少回报。迄今为止，多数时候这个道理在我身上都得到了应验。

母亲的去世，让我看到上述那个道理未必总是对的。我在医学院里所学的关于遗传、健康和疾病的各种课程，也让我更加看清了这一点。不过，还是在这个患者去世的那一瞬间，我才一下子意识到（就像大部分人突然大彻大悟的一刹那），人生是多么的不公平。难道这个患者就活该倒霉，碰上这种罕见却致命的药物不良反应？如果一切事情都事出有因的话，那么也许这就是上天注定要给这位患者的丈夫上的珍贵一课，而这一课的代价就是让他眼睁睁地看着妻子在自己面前死去。对这种凡事皆事出有因的说法，我并不认同。随后，悲伤的情绪令我的思绪继续飞扬，去寻找更多的例证，来证明这种说法没有道理：那些因为基因突变而死亡的人们，又该如何解释呢？要知道，基因突变是在受孕之时随机发生的。难道这些致命的基因突变也是神明的安排，也是为了给死者痛苦的家人们再上一课？还有，那些在孤儿院中独自死去的婴儿们，谁又能从他们的死亡中上一课呢？这起无谓的急诊室死亡事件，让我瞬间明白，不能仅仅因为我工作努力了，决定也做对了，也竭尽全力去帮助别人了，就理所当然地会得到上天的庇佑，所做的事情就一定会有好的结果。我原有的那种信念，像泡沫一样，瞬间破灭了！哪里有什么因果报应！人生之事，并非总如人愿。也许我老早就该意识到这一点。在潜意识里我也知道，在对待我和凯特琳的关系上，我也需要好好上一课，反省一下。但我控制着自己，尽量先不去想它了。

第三章

母亲生病了

严格来说，我的身体早就有毛病。小时候，我曾经被诊断出有注意缺陷多动障碍（attention deficit and hyperactive disorder，ADHD），我得的是其中的一种变体，会注意力过度集中。所以也就不难解释，为什么从很小的时候开始，我就能做到一些不同寻常的事情，比如我能连续不停地锻炼好几小时，又或者，在一起观看对手的比赛录像时，我的队友们早都看腻走开了，而我还能继续坐在那里津津有味地看个没够。

千万不要误会，注意力过度集中可不是什么超能力。这种病会阻碍你从一项任务切换到另一项任务，那种感觉就好像你永远都在顾此失彼，永远只见树木，不见森林。过度专注的时候，你只有眼前的这棵树，只有这棵树最好玩，特别地有吸引力。

最后，我想出来一个办法，那就是确保我想做的事情都既有趣味又有意义，并且把时间安排精确到以分钟为单位，这样就能让 ADHD 为我所用了。大部分时间里，我能做到这样。我父母在这方面也是很好的榜样，他们把生活安排得井井有条，主次分明。我借鉴了他们的人生策略，并加以内化，为我所用。其余的时间管理工作，我就都交给电子日程表来打理了。

我是在北卡罗来纳州的罗利市长大的。我的父母是从加勒比海地区的特立尼达移民到美国来的，当初来美国的打算就是我父亲先读大学，再读医学院。父亲从医学院毕业后，我的父母就搬到了北卡罗来纳州，我父亲要在那里完成严苛的骨科住院医师的培训阶段，而母亲则操持家务，养育三个子女，大姐丽莎、二姐吉娜还有我。我认为，我自己的工作观念主要直接继承自母亲。母亲不知疲倦地操劳，在把父亲、两个姐姐和我都照顾得妥帖周到的同时，也会带我们出去见世面，让我们学习做人的道理。在平时，她常常会带我去给教区的老人们发放食物。在周末，我们会去参加慈善步行活动，去施粥场做志愿者，还会去北卡罗来纳州的残奥会做志愿者。去帮助别人，去跟那些需要帮助的人在一起，是最能让母亲乐此不疲的驱动力。这不仅仅是因为她在做好事，而是因为她深深相信，帮助别人就是她的责任，这是她的热爱所在。

我父亲是一个骨科医生。骨科医生总是让人望而生畏，但父亲却是个例外。他是我见过的最外向的人，想法多，故事多，不管你有没有主动要求他讲给你听（或者你以前早已听他讲过），他肯定都会跟你说上一通。从父亲那里，我逐渐形成了一种对教育的信念，相信只有教育，才是跨越壁垒和障碍的最可靠途径，而这个信念，又是我父亲从他的父亲那里学来的。我祖父在纳粹大屠杀中失去了所有的亲人，二战后来到特立尼达重建了自己的生活，尽管初来乍到时，他连一个英文单词都不会说。我祖母是圭亚那人，她的家族在拉丁美洲已经生活了好多代，不过她的祖先也来自世界各地，包括撒哈拉以南的西非地区。而我母亲的家族，早在很多年以前就从欧洲移民到了特立尼达。我的血统就像特立尼达本身一样，是文化、肤色与信仰的大熔炉。

父亲对姐姐们和我抱有很高的期望，他希望我们也能像他一样，成功找到自己的人生使命。自然而然，父亲的骨科手术深深地吸引着我。我亲眼看到患者们坐着轮椅，一个接一个地进入父亲的诊室，然后经过他的手术和治疗，这些患者都能站起来，可以自己走路离开。他的患者都能被治好，所有患者，不管病情多么复杂严重。

但我也知道，给患者治病几乎占去了他的全部时间，他似乎永远都在工作。每天早上我还没醒，他就已经离家上班去了，到了晚上，要很晚才能回家吃饭。大部分的周末也不见他人影，但奇怪的是，他从来没有错过我的任何一场橄榄球比赛，这点倒是值得表扬。我想他每次来球场看我比赛，也是在传递着一个信息：那就是当一个好父亲也是他人生的一件要事。

因此，我有时也会遐想，等将来我有了自己的家庭之后，如何也能像父亲一样（作为医生），在工作出色的同时也不冷落家人，但后来我还是把我的超级专注力放到了橄榄球上。

从 7 岁开始，我就梦想着能成为第一级别大学橄榄球队的四分卫。我所说的梦想，不光是夜里做梦会想，而是每天都会想，从早到晚地想，脑子想的都是橄榄球。别忘了，我有过度专注的毛病。我父亲是北卡罗来纳州立大学橄榄球队“狼群队”的队医，所以我有机会跟着他进入球员的更衣室，并在主场比赛时能在场边近距离观战。大部分的比赛都能吸引数以万计的球迷，每次比赛我都会看得无比投入，如痴如醉。场上球员们的健硕身材、奔跑速度和拼搏精神，都令我敬佩不已。

上了高中之后，我逐渐意识到，自己的运动天赋和奔跑速度都不突出。如果我真的想要在橄榄球赛场上有出色表现，那就必须自我提高，提高很多才行。我的一些队友已经显现出极强的运动天赋，但我没有。我需要更多的比赛技巧，更强的运动能力，我需要在更多方面加以提高。于是，我开始每天训练好几个小时。晚自习的时间，我会去训练，每天早上或每天下午，我也会去训练。我读了很多关于体育科学和运动营养学的书，还花很多时间回看自己的比赛录像以及对手的比赛录像。我从来不是球场上跑得最快的那个，但我敢打赌，在全国所有 13 岁的少年里面，我卧室墙上的橄榄球相关图表一定是最多的那个，我把自己在各方面训练的进展状况都记录了下来：包括四十码冲刺快跑的速度、一英里跑的时间、传球的准确性、传球的距离等。我刻苦训练，记录成绩。无论是在图表上还是在球场上，我的成绩都有明显提高，我感觉自己的投入有了回报。我意识到，虽然我们谁都不能掌控自己的天生技能，或者说天赋，但在努力程度方面，却完全可以自己掌控。

父亲经常不在我身边，两个姐姐又分别比我大 5 岁和 7 岁，于是在很多方面，母亲就成为了我最亲密的朋友，也是我的最佳队友。我们甚至还在一起玩投掷橄榄球，但随着我的劲儿越来越大，逐渐地母亲就接不住我掷出的球了。她赶忙想出了一个高招儿，这样我们俩就既能待在一起，她也能帮上我的忙：母亲在家后面的小山丘上立了几个靶子，她站在靶子旁边，等着我把球掷向那些靶子，然后她再把球滚下来给我。母亲从未强迫或督促过我去打橄榄球。其实，她倒情愿我不去打球，因为她特别担心我会受伤。但她也清楚我热爱这项运动，所以就全力支持我，就算要连续几小时帮我把球从小山丘上滚下来。我和母亲都热爱并践行着那句格言："训练并不能成就完美，只有完美的训练才能成就完美。"

我的高中橄榄球教练是内德·戈内特，他看好我的拼命劲头和顽强作风，对我寄予厚望，也对我提出了更高的要求。他曾在杜克大学队打过后卫，后来还参加过国家橄榄球联盟（NFL），是北卡罗来纳州橄榄球界的一个传奇人物。他在训练场上铁面无情，人人惧怕。从第一天起，他就盯紧了我。要是我表现得不够完美，就会被他一顿痛骂；要是我表现得非常完美，也会被他一顿痛骂，他会骂我说以前你为什么没有表现得这么完美。他不断加码，要求我提高，提高，再提高。而这一点也从一开始就塑造了我对成功的看法：成功从来不是你到达了某个具体位置，也不是你完成了墙上标记的那些训练目标。如果那就算成功的话，那实现目标之后就不用再继续努力了。内德教练让我懂得，成功必须是动态的——我的成功与别人的不同，无论过去还是现在，都与别人的不同，而且成功的标准，也应该每一天都不一样。努力训练，争取超过别人或者赢了别的球队，这不是关键；努力训练，做到自己所能做到的最好，这才是关键。如果你已经达到了某个目标，那就再把那个目标放得更远一点。从这个意义来说，批评和责骂不是惩罚，而是你的下一个目标在拉扯着你，在呼唤着你。

当然，即使你努力过了，也不能获得什么绝对的保证。我是吃了很多苦头才明白这个道理的。高中十一年级那年，我带领本校球队打进了州冠军赛，但最后输了，我随即下定决心，争取明年一定要获胜。当时，有几所大学已经准备要录取我了，我也知道橄榄球现在是我生活的一部分，未来也将继续如此。但突然间，这两条时间线同时崩溃，高中打不了球了，大学也打不了球了。那是高中十二年级的第一次分组对抗赛，比赛中我的锁骨碎裂，断成了三截。父亲看完我的 X 线片，直截了当地跟我说，我没法再打橄榄球了，说完便继续去忙他的工作了。第二天，父亲给我做了手术。幸好，他是骨科手术的高手，但却是个差劲的预言家。到了赛季中期，我康复得很好，得以重返高中校队，并成为首发阵容的四分卫。我们校队再一次打进了冠军赛。比赛进入第四节的尾声，我们凭借一次完美漂亮的进攻领先对手，比赛也只剩最后几分钟了。但接下来，魔法消失了，形势逆转，我们再一次输掉了比赛。对我和我的球队来说，不存在什么仙尘和魔法，也不存在什么完美结局。

除了输掉冠军赛，让我失望的还有另一件事。我受伤之后，之前本打算要录取我的很多大学都反悔了，这当然很好理解。我小时候记忆中的那些场景——大西洋海岸联盟赛事上的耀眼灯光、数以万计的热切球迷，以及全国电视台转播的比赛盛况，都曾经赋予我进入第一级别大学橄榄球队的梦想，而现在，我的梦想目标也只好有所调整，转向了有着更高学术追求的爱国者联盟大学和常春藤联盟大学，最后我选择了华盛顿[3]的乔治敦大学。未来将与我同场对阵的球队包括布朗大学的“熊队”、康奈尔大学的“大红队”、拉斐特学院的“豹队”。这些球队的队员阵容中都是未来的学术明星或公司的大小高管。对于高度重视战略和严明纪律的橄榄球爱好者来说，这里真是理想之所。因此，虽然乔治敦大学橄榄球队并非常胜冠军，但它仍属于第一级别，而且后来的事实也表明，这里对我来说就是个完美的选择。这里既提供高水平的比赛机会，也重视培养学生乐于助人的高尚精神，而母亲的榜样早就把这种精神深植于我心。同时，这所大学也要求我在专业学习上有所建树，而这一点也正好符合父亲对我的要求。所以，在这里我将成长为一个真正的乔治敦大学人。

---

3 编注：本书中华盛顿指华盛顿哥伦比亚特区。

大一开学，父母开车送我去华盛顿。一路上，父亲一如往常的兴高采烈，说个不停，而母亲却一直没怎么说话，这有点异样。在母亲和我单独在一起的时候，我问她怎么回事，我还以为她是因为最小的孩子也要离开巢穴而伤心呢。但情况并非如此，母亲说她头痛得很厉害，而且已经有一阵子了，她也不知道究竟是怎么回事。我那时候才 18 岁，和所有同龄人一样，坚持认为她不舒服的感觉都是因为我。我说很可能是因为她的精神过于紧张，让她不要为我担心，我会好好的。

父母启程回家之前，我们仨一起去拜访了我的新橄榄球教练。离开教练办公室时，恰逢一群老球员走过。那可真是个尴尬时刻，让我难堪了好久：母亲爱抚地拍了拍我的后背，父亲则握着教练的手，恳切地说："教练，请你照顾好我的宝贝儿子。"

那些老球员们一阵哄堂大笑。这下可好，一天课都还没上呢，我就已经有了个绰号，叫"宝贝戴维"。

不久，我抓住机会，给同学们留下了一个完全不同的第一印象。一个星期后，我们打了第一场对抗赛，7 对 7，对手是霍华德大学队，我打四分卫。我五次触地得分，而且一次也没让对手截住过，我们大胜。我打电话回家，想把这好消息告诉父母。是父亲接的电话，我满怀喜悦地向他讲述着比赛的细节。父亲一直在听我说，而他一句话也没说，直到最后，他才开口。

"你母亲得了脑癌。"而下一句话他根本没必要说，"你得回家来。"

在飞回北卡罗来纳州的飞机上，我终于有时间独自面对自己的思绪了。18 年来的记忆，一幕一幕地在我脑海中翻腾涌现。站在我家后面小山丘上的母亲的剪影、教堂里坐在我身边的母亲、复习备考时陪着我熬夜的母亲、照顾别人给他们送食物的母亲、帮助陌生人的母亲。总是闲不下来的母亲。

等我赶到杜克大学脑肿瘤中心时，母亲已经被送进了手术室，准备摘除脑肿瘤。父亲、姐姐们和我一同坐在等候室，讨论着下一步的事情。我们头上方的墙上，写着一句标语，“在杜克，有希望”。这句标语给人以安慰，但我们都明白，开颅手术十分复杂，这意味着存活并非唯一可能的结果——我们不知道，在部分大脑被切除之后，母亲还是不是原来的她；我们不知道，母亲还能不能再开口说话；我们不知道，她还会不会认出我们都是谁。终于，有人出来告诉我们，说手术完成得很顺利，我们可以进去看她了。我在过道里拥抱了家人，并劝他们千万别在母亲面前哭出来。我的逻辑是，如果大家都在哭，那母亲就会担心我们。在此关键时刻，她最不需要的就是为别人担心。

我们往她床边走去，谁都没有说话。当看到我们的时候，母亲指了指自己的脑袋。母亲的头上缠满绷带，还连接着各种管子和“滴答”作响的仪器。“看，我像不像那个广告里的‘金吉达香蕉夫人’”，母亲笑着说道。我们都大笑起来，流下了喜悦的泪水。我们没有失去母亲，她还是原来的那个她，这下我们有希望了。

第二天，医生告诉我们，母亲的肿瘤是Ⅳ级胶质母细胞瘤。我宽慰姐姐们说："还好不是Ⅴ级。"我后来才知道，没有Ⅴ级，Ⅳ级就是最严重的。我没有问像母亲这样的患者平均存活时间是多长，而是问了有Ⅳ级胶质母细胞瘤的患者最长活了多久。我要抓住一切微小的希望，哪怕是想象出来的胡编乱造与误导。一位医生告诉我："我知道有人活了 5 年。"这句话在我听来，就意味着至少还有 5 年多 1 天，我们能与母亲在一起。"闲不下来"一直都是母亲的默认生活模式。如果说这个世界上还有人值得一个奇迹，那个人就应该是我的母亲。于是，我就在心里为母亲祈祷。

我还不想返回乔治敦大学上学，但母亲坚持让我回去，她希望我回去继续追寻我从小就立下的梦想。直到姐姐们都同意从纽约搬回罗利市（北卡罗来纳州），以便就近照顾母亲，我才同意返校。大家还商定，所有家人要争取差不多每个周末都在一起。

母亲乐善好施的为人之道，意味着在得知她生病之后，会有很多人为她祈祷。一次回家的周末，我去药店给母亲的化疗处方拿药，看到收银员的胸牌上写着名字"金"。当金得知我是在为谁拿药时，她的眼泪一下子夺眶而出。很显然，母亲以前经常关心她，每次都会花上几个小时，听她倾诉，帮她排忧解难。我很明白此时金的感受，现在角色互换了，得知母亲生病，她自然感到难受。

接下来的几个月，我一直在乔治敦大学和北卡罗来纳州的家之间来回穿梭，我的家人们也会开车来乔治敦大学看我的主场比赛。我请求不去外地参加客场的比赛，这样有异地比赛时，我就能有空回趟家。而仅在几个月前，我还绝不可能想象自己会做出这样决定，但当时却自然而然，无须多想。当我一个人回到学校之后，就会感到无比孤独。这并不是说我在学校里没有好朋友，而是因为我找不到能有与我一样的处境，能感同身受地理解我的人去倾诉。我们逐渐习惯了定期的药物治疗与磁共振成像检查，同时期盼着好消息。这时我开始认识到，为我母亲治病的那些医生们是多么重要，那些医生对我母亲来说意义重大，对我们所有的人来说，同样意义重大。于是，我过度的专注力开始转移到了一个新目标上。潜意识里，我一直惦记着将来要去读医学院，但现在吸引我的已经不再是骨科了。我开始梦想着有一天，我也要像这些努力为我母亲治病的医生们一样，去救治像母亲一样的其他癌症患者。

但此时医生们所能做到的，也只有这么多了，母亲的记忆力开始变差。至少她的短期记忆开始退化。洗手后，她会忘记关水龙头，但大家在一起重温家庭录像时，她又能记得屏幕上的每一个画面。有时候她会给我们讲讲那些画面之外的细节，又或者给我们讲讲某个场景背后的故事。其中有很多故事我以前从来没听过，我非常感动并且特别想听听母亲的讲述。大一结束，整个暑假我都和母亲待在一起。我带母亲去做理疗，做放疗，看医生，去教堂。我们常常在祈祷，也总是在希望。后来的磁共振成像检查结果表明，高强度的各种治疗并没有效果，她的癌症复发，而且再也不适合做手术了，即使这样，母亲仍然说这是她“有生以来过得最快乐的一年”，因为这一年里，一家人在一起共度了那么多快乐的时光。虽然忍受着癌症、化疗和放疗的痛苦折磨，母亲也是带着快乐走向死亡的。

那时候我不知道该怎么形容，但在我自己也经历了母亲在她生命最后一年所经历的一些事情之后，我终于意识到，母亲不仅心地善良、乐善好施，而且还有着无比坚强的意志力。现在我认为，应该这样形容母亲那种无比强大的意志力，那就是，在看起来完全没有希望的时候，也决不放弃，也要再拼搏一次。

意志力强大的人最显著特征之一，就是在面对重重困难的时候，总能发现一线希望。但母亲向我展现的意志力还有所不同，她不仅是在努力寻找那一线希望，而且她还亲手为自己创造了一线希望。她生命的最后一年确实过得十分快乐，这听起来简直不可思议，但却是事实。母亲在她生命最后一年里的心态，可以用四个字来概括：行动、自主。她决定要在自己走后给家人们留下美好的记忆，然后她就去行动了，去创造了这些记忆，为她自己，也为我们大家。

写到这里，我突然想起和母亲一起去杂货店的一次经历。当时癌症已经使母亲身体的右侧几乎完全瘫痪，所以她走起路来非常吃力。但走路的时候她可以倚靠在我身上，直到我们走进店里。她想去拿那种电动的购物车，但她只能捏紧购物车一边的把手，于是购物车就开始原地转起圈来。我还以为她会吓得大喊大叫，换成我可能早就喊起来了。但当购物车开始朝我这边转过来的时候，母亲竟然大笑起来。她就一直让购物车在那里不停地转啊转，我俩就一起不停地笑啊笑。现在，只要看见那样的电动购物车，我就会想起母亲，想起那天我们在一起时的大笑。那天，她创造了一线希望，并且把它送给了我。她让我明白，我不需要盼着有什么奇迹发生，也不需要盼着别人来救助自己或者自己所爱之人，我完全可以自己去抓住命运的“把手”，自己去创造奇迹，自己去救助自己。

第四章

成立纪念母亲的组织

秋天，大二开学，我极不情愿地回到了学校，但每个周末我都会回到北卡罗来纳州的家里陪伴母亲。几个月之后，2004 年的 10 月，我最后一次回家陪她，那也是我们的最后一次聊天。母亲很担心我以后的生活，我告诉她我会好好的，我还告诉母亲，我会创建一个组织来纪念她，来帮助其他跟我一样因失去亲人而痛苦悲伤的同学们，这个念头是在那一刻突然冒出来的。然后我还告诉母亲，我将把这个组织命名为“AMF”，这是我母亲的名字“Anne Marie Fajgenbaum”的首字母缩写。这样，母亲生前的工作，母亲的生命，都可以通过我得以传承下去。

那时母亲说话已经很困难，断断续续，但她还是微笑着对我说：“无条件的爱。”2 个星期后，母亲走了。那年我 19 岁。

母亲的去世，简直让我肝肠寸断，我找不到别的语言来形容我的痛苦。我的母亲怎么可能就这样走了？她是我见过的最勤奋、最善良、最慷慨的人。她饮食习惯非常健康，每天都会锻炼身体，不抽烟也不喝酒。她一辈子的生活中心都是帮助别人。上帝为什么要这样对她？如果上帝真的在掌控一切，那为什么单单非要把母亲带走？我一直相信上帝，这是我的人生根基，我也相信秩序与希望，而母亲因脑癌去世这件事，让我的这两种信仰都有了第一道裂缝。

几个星期后，我在母亲的钱包里发现了一张小纸片，那是一片已经发黄的剪报，周边还粘着透明胶带，很明显是经常被人拿出来翻看以鼓励自己用的。虽然只有片段文字，但我看得出来，它来自约翰·保罗二世 1998 年访问古巴时的一篇新闻报道，是他当时演讲中的一段话：

亲爱的年轻人们，不管你们是否信教，都请接受这种召唤，去成为一个正直高尚的人。这就意味着，你们要内心强大，胸怀宽广，富于情操，敢于求真，勇于自由，永远担当，慷慨去爱，永不放弃希望。

受到上面这段话的启发，我知道自己接下来该做什么了。我带着使命回到了乔治敦，正式成立了 AMF 这一组织，并决定这个名字同时也可以解释为“Ailing Mothers & Fathers（病痛中的父母）”。这个组织有一个同侪悲伤安慰互助小组，也会开展社群活动来纪念已故的父母。我很快了解到，很多其他同学，甚至包括我的一位好朋友凯特，也都在承受着丧亲之痛，大家都在独自承受悲伤，因为大家都不跟别人说。很快，我们的组织就向所有因亲人病痛或死亡而正经受悲伤的同学们敞开。AMF 这个名字的含义也再一次被重新解释，变成了“Actively Moving Forward（积极前行）”，这个解释也反映了我们组织的包容性。那些新加入进来的同学分享着他们的痛苦经历，诉说着在学校里无人倾诉的孤独，每一个学生和他们每一段经历都鼓舞着我加倍努力打理好AMF。每当我为母亲的去世而黯然神伤时，我就会把更多的精力转移到AMF上。我高中时最好的朋友叫作本，他曾经也被我母亲视如己出，我母亲去世后，本也十分悲痛，他当时在北卡罗来纳大学就读，也在自己学校里建立了AMF的分支机构。等到第十个学生来联系我，说他也想在另一所大学建立AMF的分支时，本和我决定将AMF扩展成一个全国范围内的非营利组织。在乔治敦大学的最后两年以及之后的很多年里，我每周都会作为AMF的执行理事，无偿工作20～40个小时，并开始在全国各地的大学里成立该组织的分支机构。

我母亲以那种方式去世，就这件事情本身而言，实在没有什么“积极”的意义可言，一点也没有。她是靠着强大的意志力，让自己生命的最后一年过得很“积极”而已。我借用了一些母亲留给我的意志力，努力将AMF这个组织变成了现实。现在，AMF帮到了全国范围内成千上万经历着丧亲之痛的年轻人。毫无疑问，AMF就是一束希望之光。在我把它创造出来之前，它是不存在的。

我的使命感开始超越橄榄球赛场，我拼命工作的习惯和劲头似乎也终于找到了一个新的用武之地。现在，在我的重要议程清单上，橄榄球已经排到后面去了，我更专注于AMF的建设，想把它在全国范围内发展壮大。努力学医，排到了我议程的前面。我要成为一个肿瘤科医生，去与癌症做斗争。我要报仇。

大四那年，我得到了一笔奖学金，供我去英国牛津大学攻读硕士学位，研究方向是癌症预防。这样，读完硕士之后，我就有充分条件去攻读医学院了，毕业后，我就可以去当医生，去与癌症做不懈的斗争，至少那时我的计划是这样的。去英国学习是我人生的一段新旅程，我兴奋地做着各种准备工作，就像去新兵训练营一样，心中充满期待。然而，正所谓计划赶不上变化，我的计划出了点意外。冬天放寒假，我回到北卡罗来纳州的罗利市探望家人。在罗利市的一家酒吧里，我与凯特琳相遇了。

原来，我和凯特琳是瑞文斯克罗夫特高中的同学，不过由于凯特琳比我小两岁半，而且她是从别的学校转学过去的，她入校半年后我就毕业了，所以在校期间我们俩并不怎么认识。高中毕业后，她去了罗利市的梅雷迪斯学院。巧合的是，此前我母亲也在那所学院读书，那时母亲已经四十多岁就快五十岁了，并且还差一半课程就可以拿到大学文凭了，但后来脑癌打断了她的学业计划。

在学校里，我俩也许并未相遇过，但凯特琳还记得我俩的第一次交集。那是一场高中篮球赛，她注意到对方球队有一个球迷，穿了一件橄榄球的上衣，那球衣的背后印着“废根鲍姆”的字样[4]。当时她没太多想，甚至也不知道这名字指的是谁。但紧接着，她就看到一个与自己同校的学生，飞奔到了球场的另一侧，一下子跳上了对方的观众席，抓起对方球迷穿的那件背后印有名字的橄榄球球衣，一撕两半。在对方球迷的一片嘘声和哄笑之中，那个同学被保安请出了比赛的现场。

那个撕破人家球衣的人就是我！我去撕烂对方球迷球衣的举动，跟那场篮球比赛本身无关，而是出于我们双方在橄榄球场上的多年积怨。

那场篮球比赛之后，凯特琳给自己的母亲讲了这件轶事，她母亲就叫她再也不要去看任何篮球比赛，也要她远离那个叫费根鲍姆的男生。

如今，4 年之后，我们又在罗利市相遇了。

我在酒吧瞧见凯特琳的时候，立刻就认出了她。虽然我们有不少共同的朋友，但我俩从来没有真正见过面。几个月前，她在脸书（Facebook）上向我发送了好友申请。我给她发信息说，既然已经成了脸书好友，那就表示我们是很亲近的朋友了（在 2000 年左右，情况确实是这样），我建议等我下次回到罗利市的时候，我们应该见个面。在酒吧里，我鼓足勇气向她走了过去，我们互相拥抱，就像相识多年的老友重逢。

---

4 编注：作者的名字叫戴维·费根鲍姆。这个球迷故意用看不起的字眼“废”，以示不友好。

说来也奇怪，和她见面，就是多年老友的感觉。我向她吐槽自己医学预科的那些课程，而她则向我倾诉自己在梅雷迪斯学院的那些时装销售课程。正常来说，在这次聊天过程中，我应该尽量避免提及我母亲，因为那样会引来更多的问题，会将我们的第一次见面谈话引向悲伤或有关疾病的方向。可我还是跟凯特琳讲了我的母亲，说母亲也曾在梅雷迪斯学院求学，我也告诉了她，我母亲不久前刚刚过世。一切都是那样地自然而然，我们之间似乎可以无话不谈。

我的心狂跳不止。我爱上了她，她也爱上了我。我俩都有这种感觉，但我还是尽全力掩饰自己内心的激动，接下来的半小时里，我故意总在跟别人说话，以免暴露自己的真实想法。但每当我在左顾右盼的间隙，偷偷将目光转向凯特琳时，都会发现她也在看着我。她是那样漂亮，她的笑容是那样甜美。能让凯特琳开心微笑，很快就成为了我“过度专注力”的下一个目标。

在乔治敦大学的最后一个学期，我和凯特琳开始了远程约会。有时候是我南下去罗利市看她，有时候是她北上华盛顿来看我，我们成功做到了几乎每个周末都能见上一面。她也非常认可我通过 AMF 所做的那些事情，她甚至也在梅雷迪斯学院建立了一个分支机构。她是我们这个组织最积极的啦啦队员，也是我本人最忠实的支持者。

有生以来第一次，我遇上了一个能让我这个工作狂从工作中分心的人，不过这种分心让我很喜欢。在我的亲朋好友之中，只有少数人能直言不讳地指出我某些不妥的做法，以及某些需要改进的缺点，凯特琳便是其中之一。在我第一次接受关于 AMF 的电视采访时，我听到采访者的每一个提问，都会紧闭双唇，极其夸张地使劲点头。除了凯特琳，还有谁会指出来，并提醒我以后要避免这些问题呢？我向她保证要好好练习，管理好自己在聆听别人说话时的面部表情。

去英国牛津之前，我和凯特琳说好，尽管我们天各一方，但都要努力保持我们的爱情之火不灭。我的硕士课程原本要读 2 年，但我不想和凯特琳分开太久，同时我也盼着能早点回来开始读医学院，并在之后开始住院医师的实习。开学后一个星期，我就去见课程主任，和他讨论了我打算提前完成学业的想法。这次谈话并不轻松，课程主任提醒我，我必须满足相当于 2 年时间全日制研究生的任务量，才能拿到硕士学位。我开始行动，决心要在 8 个月之内拿下硕士学位。

为了完成自己定下的期限，我夜以继日，玩命苦读，同时也没放下 AMF 的领导工作。AMF 现在已经有了一定的影响力，也引起了国外媒体的关注。就在那一年，NBC 电视台的《今日秀》节目和《读者文摘》杂志，都报道了我们的事迹。我们创立 AMF 的故事，还将被印在 2 000 万个“酷牧场”口味的“多力多滋”玉米片的包装袋背面，从 2007 年到 2008 年，连着印两年。大学生们最爱吃“多力多滋”，所以那些包装袋上的宣传又促成了很多 AMF 分支机构的建立。但同时我也吃惊地发现，公众的广泛认知并不一定会转化为行动，或者具体点说，转变为对 AMF 的捐助。数百万人看到了我们的故事，数百人给我写邮件，祝贺我的工作取得成效，但真正给我们捐款的却寥寥无几。对我们不断取得成功的广泛宣传，或许让人们误以为问题已经解决了，或者认为已经有别人在着手解决了。我们一路走来有多么艰难，可谓一言难尽，而且前面还有多少事情在等待着我们继续努力。而且我也觉得，很多人都会以为 AMF 一定已经接受了大量捐款，才会这样大手笔地花钱，在各种媒体上广泛曝光，因此他们自己也就不用再继续捐款了。

我也想办法抽出了一点时间，在牛津大学骑士（美式）橄榄球队打打球，还是打四分卫的位置。虽然这里的竞技水平跟以前的不能相提并论，但这毕竟是我熟悉的一项爱好，也满足了我一直以来对加入一个团队的渴望。当然，同样重要的是，橄榄球确实很好玩。我也知道，自己紧张的学习生活需要这样的放松渠道。

在牛津读书期间，我有机会接触了生物医学的研究领域。但我的所见所闻，却令我非常惊讶与不安。之前，我在杜克大学医学中心里看到过，那里的医生们是如何齐心协力、密切配合给我母亲治病的。各个部门都能通力合作，每个人都能紧密配合，他们就像一台润滑良好的机器，运转顺畅，令人赞叹。我曾想当然地认为，医学临床领域的优良组织方式，也同样会延伸到医学研究领域，乃至整个医学领域的每一个角落，人人都在携手并肩，都在为着一个共同的目标而努力着：救死扶伤。

恰恰相反，我开始认识到，在医学研究领域的很多地方，科研人员之间都缺乏沟通和协作，而且到了惊人的地步，尤其是在癌症预防和心血管疾病预防的研究方面。尽管不当饮食、缺乏运动和吸烟都是这两种疾病的三大风险因素，而且是可以预防的，但医学界在这些方面的研究现状却都可以说是在画地为牢，各自为战。没有跨领域合作就不必说了，甚至在各自研究领域的圈子内部，也都是在各自为战，很少会有合作。例如，有些医学研究是关于风险因素的修正对癌症预防的影响，但这些医学研究却没有同时去跟踪风险因素的修正会对心血管疾病预防有什么影响，反之亦然。人们各自圈定自己的研究领域，都有各自的领地：我看到的不是大家作为一个集体在共同努力，去抗击真正的敌人，去救死扶伤，相反，我看到的是一个不停内斗的战场。我在硕士论文中也提出了上述结论，并建议大家更加团结协作，以便进行癌症预防和心血管疾病预防的研究，这两者可以互相借鉴，互相启发。我把自己的上述看法与相关的研究人员做了分享，虽然略微有些尴尬，但大多数人对我的看法并不感到特别惊讶，可以说早都见怪不怪了。

不管怎么说，我的“超级专注力”终于有了回报，我如期完成了 8 个月就拿下硕士学位的目标。我欣喜若狂，即将学成回国，即将回到凯特琳身边，同时，我也拿到了全额奖学金，即将在宾夕法尼亚大学医学院开始我的学习生活。进入医学院后，前

1 年半的时间里，我还要继续担任 AMF 的执行理事，全职无薪。我还要把落下的那些医学院的课程补上，我以 2.2 倍的快进速度播放课件视频，补习落下的那些课程。我没时间让自己睡觉，所以我吃咖啡因片、喝能量饮料，让自己保持头脑清醒。

在思想上，我认为自己是在完成着一项使命，而且已经到了最后的完成阶段。

而在事实上，我是在沉溺于自己的执念，不顾一切，过于玩命了。很快，我这种超高强度的玩命学习方式是否还能维持下去，就成了一个无须讨论的问题。

第五章

夺命病魔

2010 年 7 月，我在医院实习已经 6 个月了，接下来有两周休假。我只想利用假期去探望父亲和大姐丽莎、二姐吉娜和她丈夫克里斯，以及他们的女儿安·玛丽。我早已迫不及待，恨不得一步到家。我快步走出罗利达勒姆国际机场的航站楼，看到家人们都在迎接我。回到家，吉娜告诉我，她怀了第二胎，我又要当舅舅了。在伯利恒市接生了那个小男孩之后，这样的事情对我有了新的意义。我也想到了凯特琳，想到了我在心中曾经设想过的我们自己的孩子以及我们未来的共同生活，而对这种生活，我以前都没有怎么放在心上，没有去努力争取。

我为吉娜和克里斯感到十分高兴，但不知怎么回事，当时我脑子里只想着要去睡觉。我这辈子都没感到过这么疲劳乏力。我也很想和家人一起说说笑笑，一起欢聚至深夜，但我就是困得不行。

第二天，睡了 12 小时又喝了好几杯咖啡之后，我的精神头仍然没有恢复过来。我只好放弃和克里斯一起去健身房锻炼了，这可是从来没有过的事。休息了一天之后，我仍然感觉全身乏力，就像散了架一样。那感觉就像喝醉之后，宿醉永远挥之不去，无法清醒。这种疲劳感持续了好几天，我就知道出问题了。又过了几天，在洗澡时我发现腹股沟处的淋巴结有些肿大，这才意识到问题可能有点严重了。我不想叫家人担心，所以跟谁也没说。但当时我立刻就想到，淋巴结肿大可能是癌症的征兆。我和姐姐们也不是第一次互相隐瞒痛苦之事了。我们都有一个最好的榜样，母亲就是一个默默承受压力和痛苦的高手。在她与癌症抗争期间，只有当医生详细询问她是否出现过某些症状时她才会说，而我们都不知情。因为母亲不想给我们增添负担，但对医生，她不会撒谎。所以，有母亲这个榜样在前，当年我在乔治敦大学上学不在家时，我的姐姐们为了不让我担心，对当时母亲的病情，也只是有选择性地告诉我。

我也想过，休假结束回到费城后，我就去找在实习期间曾带过我的那个外科医生给我做个检查，起码先做个淋巴结活检。然而，我又说服了自己，心里想，这不过是“医学生综合征”——实习医生中常见的一种“疑病症”，因为医学生都刚刚开始学习和了解各种疾病，而目前已知的人类疾病大约有上万种。我试着把对自己身体的担心抛诸脑后，我的大家庭正要添丁进口，我要好好休假，享受与他们在一起的宝贵时光。

我是个经验主义者。换句话说，我只相信自己的亲眼所见。

这种话从一个医生、一个研究人员的嘴里说出来，也不算什么惊人之举。21 世纪的西方医学，一切讲究的都是证据。白大褂、听诊器和科学方法这“三件套”，缺一不可。作为医疗行业的一员，其实你真正能做的事情无外乎就是试验，接着试验，继续试验，更多试验，如果你运气不错，还有机会继续试验的话，那就再去多做点试验。你就是一个职业的“结果采集者”。偶尔，可能会有那么一个结果让你很满意，于是，这个结果就成为一种有效的治疗方法。一种新的药物、一种新的手术方法，也都是不断试验、反复试验、千千万万次试验的结果。

然而，大多数时候，这些试验的结果都不会让人满意，你都会无功而返。

但是，这些试验还是要做的，因为它是一种必要的取舍与权衡，而且这种试验过程自有其价值所在，不会白做。我们相信这个过程，我们相信证据。

所以，对有些医生来说，他们很难理解那种所谓灵光一闪的直觉。我自己就是个典型，我就非常不相信自己的直觉。

在罗利市的假期结束之后，我又回到了伯利恒市的那家医院继续实习，这次的实习部门是妇科门诊，这也是我实习转岗的最后一站。但这次，真正的转变，是一个让我难以承受的转变，那就是我的无精打采和疲劳乏力都明显地加重了。为了打起精神，我加大了咖啡因片和能量饮料的摄入量。每天我会多次偷偷溜进没有人的房间，定好一个 7 分钟后的闹钟，这样我就能睡上 6 分钟。我继续专注于任何可以让我专注的事情，却唯独没有去在乎与凯特琳的关系，也没去在乎自己的健康。

很显然，我生病了，但绝非仅仅是生病那么简单。不知怎么回事，早在最严重的症状出现之前，早在因为器官衰竭而失去能力之前，早在我被送进医院接受治疗之前，早在家人都围在我的身边之前，我就知道自己已濒临死亡了。别问我是怎么知道的，反正我就是知道了。

这么说其实并不完全准确，因为在思想上，我对濒临死亡有不同的看法。应该这么说，我觉得我是在劫难逃了。而且在没有任何征兆之前，我早就知道自己在劫难逃了。

别再说什么经验主义了，经验主义就是一种感觉。

对于发生在我身上的这件事，我只能这么形容。就像宠物狗，在临死之前它们都会蜷缩在主人的身边，或是在自然灾害发生之前，它们也都会表现得烦躁异常，它们就是能感到有坏事即将来临。

实际上，我也告诉了3个最好的朋友，本、格兰特和罗恩，跟他们说我快要死了，那甚至是在我后来的各种症状全面出现之前。我那时还只是觉得很疲乏，身上有几处淋巴结肿大，但我有一种预感，事情很快就会急转直下。他们都不知道该如何应对，我想他们都以为我在开玩笑。我倒真情愿是在开玩笑。也许格兰特知道我是真的出问题了，因为我浑身乏力，没有去跟他一起去健身。他和我都养成了同样一个习惯，每天早上都会在伯利恒市医院的实习医生宿舍外面的一根树枝上做引体向上。现在回想起来，我知道那些引体向上其实已是我最后的几次锻炼机会了，很快，接下来我与病魔的缠斗，最需要的就是充沛的体力。我错过了几次树下的晨练，我想格兰特还是乐意看到我能稍微偷懒放松一下的，但他也知道，我没去晨练肯定不是因为我没有精力或者失去毅力了，他知道我不是那种人。

我还变成了一个宿命论者。我给自己买了一台新电脑，但刚收到货我就退了，换了一台带更大显示屏的，尽管这台新的要贵很多。我给自己和朋友们找到的合理借口就是，我应该享用更大的显示屏，我没必要省钱，因为反正我也活不了几天了。对于我的这种表现，朋友们再一次不知如何应对。朋友们也都觉得我与那些普通的疑病症患者不同，他们都觉得，我突然表现出来的陌生一面，很让人不安。

然而，患病初期那种隐隐约约的不妙感觉、用宿命论的观点来调侃安慰自己、大手笔地花钱买大显示屏等，我与疾病的这种相安无事的“蜜月期”没几天就结束了。很快，剧烈的腹痛和恶心就开始如恶魔缠身，挥之不去。恶心感一来，我就吃不下饭；腹痛起来，我就不得不蜷缩成一团，就像胎儿那样；如果不得已非要站着，也只能弯着腰，几乎弯成90°才行。当然，如果有患者在场，我就绝不允许自己做出任何以上的举动，只能强忍着，因此我与患者之间的谈话就变得十分痛苦，十分难受。疼痛还扩散到了我的脊柱。一次，在接待患者的空隙，我叫格兰特帮我捶捶背，希望这么简单的一招，能帮我缓解一下疼痛。可根本没用，我感觉那都已经不是我的后背了。

实习即将结束，离最后考试还差 4 天。一觉醒来，我看到床单都已被我的汗水湿透。我踉踉跄跄地走到水槽边去找点水喝，这时，我摸到脖子两侧都有了肿块，吓了一跳。我对着镜子一看，很显然，我摸到的就是肿大的淋巴结，那和我最近治疗的一个有淋巴瘤的年轻患者症状一样。但我没继续往下多想。如果换成别人，我摸到了类似的肿块，那我肯定早就做出判断了，可能性无外乎就这么几种：感染、单核细胞增多症、狼疮、肿瘤。但此时不行，放在我自己身上就不行，我不想自己给自己看病。我要自我蒙蔽，能拖一天是一天。

第二天早上，我注意到，我胳膊上、胸口上几天前开始出现的那些小红疙瘩变大了。这些小疙瘩看着就像是皮肤上长了一些由血管形成的小球球，我记得以前在皮肤科实习的时候见过类似的东西。这些小球球被称为血痣，或称樱桃状血管瘤，又名老年性血管瘤。随着人年龄的增长，皮肤上出现这些小红疙瘩是完全正常的，所以才称为老年性血管瘤。但我以前从未听说过像我现在的这种血痣，它们出现得非常突然，增长得非常迅速，而且竟然会出现在我这种身体原本健康（至少看起来健康）的年轻小伙子身上。

各种症状的接连出现，已经让我无法继续视而不见。但我还需要坚持到实习结束，考完终考。我跟自己说，再等上几天，就可以去做检查了。我也安慰自己，可能只是个胆囊炎而已，是胆囊炎引起了腹部刺痛、恶心，以及类似流感的症状。当然，胆囊炎解释不了那些血痣。所以，我和全世界人民一样，上网去搜索了一下。不出意外，搜索结果并不乐观。我搜到了几篇 20 世纪 70 年代和 80 年代的论文，都认为血痣的大量出现，可能预示着癌症。我立刻关闭了那台崭新大显示屏上的浏览器。

终考的前一天，上午我出门诊，还在苦苦坚持，我猛灌了两瓶能量饮料。我的体温忽冷忽热，在一间病房里，我用体温计量了一下体温，38.6℃，而短短几分钟后，又降到 35℃。带我实习的那个住院医师，也看出来我的精神状态不好（谁都能看出这一点），于是她叫我回家休息一下，我听话地离开了门诊，但转身就去图书馆学习了。我当时还在一心想着要在终考中取得好成绩，还处在彻底的自我蒙蔽之中。可还没看完第一页学习笔记，我就再也熬不住了，蜷缩着躺在了地上。地毯仿佛只有一毫米厚，我能清楚地感到下面冰冷坚硬的水泥地面，但我已顾不上这些了。4 小时后，我醒了过来，这时候已经到了回费城的时间，因为第二天早上我和格兰特都要参加那个终考。那天晚上是格兰特开的车，我没开，这对当晚 I-476 公路上的所有司机们来说，都是一件万幸的事。

我想那时候我可能还存有一丝幻想，我的身体能在考试当天消停下来，给我几个小时的轻松时间，但幻想终究是幻想。事实上，我之所以还能在考试当天出现在考场，确实说明我对考试这件事情是多么地执着，早已习惯成自然（每当考试，我都会准备很多支2B铅笔，削得整整齐齐，临考前还要无数次地从头到尾再看一遍学习笔记）。但这次来到考场，即使对我这种“考试爱好者”来说，也有些难以承受了。我发着高烧，腹部刺痛，从头到脚都被汗水浸透了。而最糟糕的是，我感到非常非常地疲惫，难以形容的那种疲惫，一点力气也没有，就好似身体已被掏空。

这样的身体状态，怎么能考好呢。我拼尽全力去理解眼前试卷上的问题，疼痛一浪接一浪地袭来，我的思维也随之忽上忽下，精神无法集中。仿佛过了很久很久，我才意识到，自己一直在纠结着，答案到底该选A还是选C，而早已忘记了问题本身是什么。

然后，我突然间再次无比清晰地意识到自己的命运。我意识到，无论选A还是选C，都已经不重要了，因为我就要快死了。

考完试，我跌跌撞撞地穿过我考场所在医院的走廊，来到急诊室。分诊护士只扫了我一眼，就知道情况不妙。他们急忙给我安排了一系列的检查。B超检查显示我的胆囊没问题，但验血结果异常，说得好听一点就是，我的肝功能、肾功能和血细胞计数全都“超标”。急诊医生摸了摸我脖子上肿大的淋巴结，跟我说他要给我做胸腔、腹腔和盆腔的CT，还让我住院做进一步检查。

一转眼，我就穿上了患者的服装。就在这家我曾实习过的医院的同一个楼层，我躺在轮床上，被人推着，一路经过那些医学生、住院医师和护士们。而且，现在我躺的这张病床，以前就躺过我的一个患者；现在我床前医生所站的位置，就是以前我曾站过的位置；我现在感受到的恐惧与不安，可能也是我以前的患者们同样感受过的。别的先不说，这等于是让我在现场接受了一种教育，让我知道了对于一个患者来说，他对病床前医生的言谈举止和行为表现都有哪些最迫切的期待和最真正的需求。至于什么绝境中的一线希望或者什么人生教训之类的事情，我倒没有去想。

在等待 CT 结果的时候，我意识到想要给家人打个电话，但又转念一想，还是等有了进一步结果之后再打吧。我不想现在就让家人跟我一样，知道出了问题，但不知道是什么问题。我清楚，一旦告诉了家人，他们就会为我担心，于是决定缓一缓再说。

第二天早上，我的主治医师告诉我，CT 结果显示我全身各处都有淋巴结肿大，验血结果也比前一天更糟糕了。他怀疑我得了淋巴瘤或另一种与血液有关的癌症。但他还想再做进一步检查，看看我的症状是不是可能是由病毒引起的，尽管这种可能性微乎其微。医生的话很简练，也很专业，但他的话我听得懂。所有迹象都表明，我得的是侵袭性淋巴瘤。医生知道，我也知道。

这可不是我想知道，并且想告诉家人的那种“进一步结果”。

我想起了在医学院上学时的那些考试，一提到淋巴瘤的案例，几乎总是这样开头：“一个之前一直很健康的 25 岁男性，出现类似流感的症状、淋巴结肿大、血细胞计数异常。”这说的不就是我吗？我的医生们也是这么告诉我的，只是他们还不能完全确定。医生们从病房离开后，我来到过道上，这回我穿的不是往常的那种医生白短褂了，而是患者的病号服。我登录了墙边的电脑，调出了我的 CT 结果。我忍受着阵阵腹痛，弯着腰，一遍遍地看着那些影像。每张影像显示的都是同样的结果，我全身各处都布满了肿大的淋巴结，心脏周围、肺部和腹部都有积液。症状如此明显，进展如此迅猛，我清楚知道，不管这是不是淋巴瘤，我都只剩几个星期的生命了。

就在 2 个星期前，我感觉自己快死了，那种感觉虽不科学，但却让我深信不疑，还促使我买了一台高配置的电脑。而这一次，死亡不再是一种感觉，而是一个真相，一个被医学影像所展示的事实。死亡的各种迹象已经在我体内开始聚集，并且以黑白分明的图像清晰地呈现在我的眼前。我立刻想到了凯特琳，我想给她打个电话，但我做不到。我们分手已经 6 个月了，分手之后她找过我一次，但我没理她。因为我心里还很受伤，同时也还在愚蠢地以为我们还有大把时间来解决问题，如果我们命中注定有缘，那么就一定能在合适的时机重归于好，我一直在等待着那个时机变得更加明显一点。不期而来的病魔让我在分手之后第一次把向前奔跑的节奏放慢了下来，也第一次让我认识到，我对凯特琳的感情是多么深沉。

然后，我就开始数日子。在我生命最后短短几个星期的日子里，我还有时间与凯特琳和好吗？我们还有时间再次相爱吗？我们还有时间去生一个属于我们俩的孩子吗？如今回想起来，最后这个想法尤其疯狂，同时正说明，在潜意识里，我仍然渴望自己能“有个未来”。

想到这里，我已泪流满面。

我想到的第二个人就是我最好的朋友，本。从高中第一天开始，本就一直是我最好的朋友，说真的，我们俩更像是亲兄弟。他总是在帮助我，陪伴着我，比如在橄榄球的跑位训练和拉丁语学习上的困难，他会帮我一起克服，而他对我的帮助还远远不止这些。2 个星期前，我给几个朋友打电话说要买大电脑的事，其中就包括本。现在，我又要给他打电话了，我努力让自己镇定下来，可一开口，我就哭了出来。“你还记得上次我跟你说，我感觉自己生病了，但还不知道究竟是什么病吗？现在医生觉得是淋巴瘤，而且 CT 结果也不好。”我尽量缓着气说道：“我想我活不了多久了。”

我的强装镇静，很快就崩溃了。我哭着，抽泣着，断断续续地告诉本，我很抱歉，不能在他的婚礼上做他的伴郎了，也不能在将来做他孩子的教父了，这两件事是我们多年前对彼此的承诺。等我说完，本二话没说，就说了一句，“我已经开车上路，尽快赶来。”就这样，本开了 7 小时的夜路，来到了我身边。

后来，我又给两个姐姐和父亲打了电话。接了我的电话之后，他们就都很清楚该如何应对，因为他们以前也接到过类似的亲人患病的坏消息，这种不慌不乱的反应，真令人伤心。他们把手头上所有的事情都停了下来，父亲取消了他所有的手术和门诊，姐姐们关了店铺，第二天就都飞了过来。打完这些电话，我该做的就都做完了。我没打电话给凯特琳，我也不去想与她重归于好，携手未来了。

我的验血结果和各种症状继续恶化，但我的病因却更加扑朔迷离了。第二天，又来了一波新面孔的医生，跟我说他们认为我的病不是淋巴瘤，但到底是什么，他们还不清楚。家人们已经在我身边，医生的新说法让大家都松了口气，而我现在又被迫回到了状况不明的灰色地带。我不想当这个病人，我想当医生，当一个能主宰自己命运的医生。我要找出问题，解决问题，立刻，马上。

医生们又给我预约了一系列的后续检查，并决定让我出院，这一切都发生在我刚考完试就被送进急诊室的 48 小时之内。医生对我的家人说，要密切注意我的情况，情况一有恶化，就赶紧送回来。我回到公寓，睡了差不多 24 小时，只偶尔醒来片刻，喝了很多运动饮料，但还是一直口渴难耐。但我一直没小便。父亲和两个姐姐在陪着我，三个好朋友本、罗恩和格兰特也都在，他们挤在沙发上，一起盯着我的情况。人人都忐忑不安。

第二天早上，我的双腿和腹部都因为积液而肿胀起来。这种积液引起浮肿的症状，以前我在肝功能、肾功能或心功能障碍的患者身上见过，但从来没见过像我这样发展如此之快的。我挣扎着下了床，胸口一阵剧痛，就像被子弹击中，我连忙喊父亲过来。父亲立刻又把我送回了医院的急诊室，做完心电图，结果正如所料：心脏严重异常。医生和护士在我的病房里进进出出，忙个不停，给我用上了好几种药物，又做了一堆新的检查。周围的人群忙忙碌碌，就像一股旋风围绕着我，而我则躺在这股旋风的中心，突然感到经历着一个怪异的平静瞬间。就像搭得高高的叠叠乐，在出现第一次摇晃到最后轰然倒塌之间，那种缓慢而怪异的安静时刻。一时半会，我是哪里也去不了了。接着，突然之间，我感受到一种前所未有的最剧烈疼痛穿透了胸膛，随后，眼前白光一闪。我晕了过去。

差不多 24 小时过后，我才苏醒过来，已身在重症监护室。我的左眼什么也看不见了。我眯缝着眼睛，吃力地抬起胳膊，用手去揉眼睛，但左眼还是什么也看不见。他们后来告诉我，那是因为我视网膜出血了。眼科医生来了，开始给我治疗眼睛。

但我现在最不担心的，就是我的眼睛。

除了眼睛，我身体的其他每个部位也都开始崩溃了，而那些部位对保命的意义都比眼睛更加重要。先是我的肝脏，再是肾脏，然后是骨髓，接着是心脏，一个接一个开始崩溃。用医生们的简洁术语来说，这种情况叫做多系统器官功能衰竭（multiple system organ failure，MSOF）。我曾经多次在患者的病历上写下过“MSOF”这几个字，却丝毫没有去想过这究竟是怎样的一种感受。

苏醒过后，等待着我的是更多的检查。再次验血、检测炎症和免疫激活情况，这些检测结果全都异常，而且仍没人知道病因是什么。很快，我就坐不起来也站不起来，就连简单的稍微伸直或弯曲一下胳膊以便抽血或输液，也都非常困难。我时而昏睡，时而清醒。在清醒的片刻时间，我挣扎着让思路通畅，挣扎着张嘴说话。想上半天才能凑成一句话，结果话到嘴边就变了样，断断续续不成句子，似乎在从脑子到嘴巴的路上，那些个字词全都迷路走丢了。在意识清醒的片刻，我反复琢磨的只有两件事。其一，我想不通，自己到底做了什么事，才会遭到这种惩罚？是因为我做了什么，还是因为我没去做什么，才要让我尝到这种无尽的痛苦作为惩罚？是因为我祈祷得太少吗？还是因为我质疑得太多了？其二，我一直想搞清楚自己身体上的那些血痣到底是怎么回事，不管谁走进我的病房我都会问，不管是医生、护士、送餐员或者保洁员。我就是禁不住地想，想搞明白那些小红疙瘩到底是怎么回事。

一个血液科的专科医生过来查看我的情况，我逮住机会，使劲问他。我闭着眼睛，艰难地使出全身力量，抬起手臂，指了指脖子上的一颗血痣，“这个东西……是怎么……回事？”这个问题显然已经被我问过太多遍了，那个血液科医生一脸无奈，恳求着说：“戴维，你的肝、你的肾、你的心脏、你的肺，还有你的骨髓，功能都不正常了，我们正在全力研究解决这些真正要命的事情。求你了，别再想那些血痣了。”

我不能不想。或许一心想着这些小疙瘩，我就没时间去想马上要死的事情了。又或许，一心想着血痣，想着这个足够简单的事情，能让我觉得为治疗自己的病帮上了一点忙。自己患病让我暂时离开了医疗第一线，但如果能搞清楚那些血痣到底是怎么回事，也许就能助我重返马背，再战疆场。

但还不到时候。

住院 2 个星期，我整个人就大变样了，可谓面目全非。入院前我的体重是 215 磅（约 97.5 千克），完美的运动员身材。而现在，我的体重增加了 90 磅（约 41 千克），增加的全是积液，肌肉部分则丢失了 59 磅（约 22.7 千克）。我的肝脏衰竭，无法产生一种关键物质阻止液体从血管中渗漏出去，于是液体就大量流向我的腹部、双腿、双臂，以及心脏、肺脏与肝脏周围的组织间隙之中。医生给我静脉输液，几升几升地输，以保持血管中的血量足够，让心脏将其泵到身体各个生命器官。但我的血管一直在渗漏，渗漏的这种液体叫做“细胞外液”，基本上就是血液中除了血细胞之外的所有东西，其主要成分就是水和蛋白质。这种液体导致我各器官周围的组织间隙被撑到了难以承受的程度。我发现自己经常疼得尖叫。我被注射了大剂量的阿片类镇痛药，但也根本无济于事。阿片类药物只会让我的思维更加模糊，甚至产生幻觉——我会看到泰迪熊模样的生物在病房的墙上走来走去。要知道，我的全身正在经受着刀割一般的疼痛，竟然还能做这种怪异的噩梦。

创伤外科的医生们也在争论，是否应给我做腹部手术，以寻找那些症状的原因和腹痛的病灶。但我的血细胞计数太低了，手术难以安全进行。幸运的是，我在橄榄球赛场上的骨折遭遇，提高了我对疼痛的忍耐阈值，让我在剧痛的时候，还能够忍痛呼吸。另外，多年来的高强度训练，也使我练就了充足的肌肉储备，现在这些肌肉就是我的蛋白质供应源。这至关重要，因为在我免疫系统失调、身体被严重摧毁的时候，是这些蛋白质在帮我维持着生命。自从父亲匆匆把我送回了医院急诊室，在经历了这一大通忙乱的各种检查和各种治疗之后，在我昏迷了 24 小时之后，一切都仍然没有什么结论。我的病在继续肆虐，各种检查包括骨髓活检、PET（正电子发射断层扫描）、磁共振成像、肾动脉造影、经颈部肝活检，但仍一无所获，还是没法确定究竟是什么东西在要我的命。

第六章

等待死神的日子

我一连几个星期卧床不起。

病房里也常常一片昏暗。

经过药物治疗，我的左眼恢复了视力，但脆弱的视力还是受不了光亮，于是我病房里的灯一直都关着。恶心的感觉也一直如影随形，最开始的几个星期，我每吃一点东西都会吐出来。我继续时而昏迷，时而清醒。就连大脑也受到了疾病的侵袭，在昏迷的时候，我都能感觉到大脑停止了运转。恍惚之间，就连回答简单的“是”与“否”的问题，我都需要想上好几分钟。

我知道，自己得的究竟是什么病，现在仍然是个谜团，但我也开始留意到，我的病迟迟难以确诊，肯定还有其他原因。如果医生们恰好在我的病房里交谈，而且正好我也处在半清醒的状态，那么我就能对情况了解个大概。肾病专家和风湿病专家认为是淋巴瘤，而肿瘤专家认为是传染病，传染病专家又觉得问题是风湿病，而重症护理团队则不知道是什么病。

我在医学院的同学们、朋友们也开始翻遍教科书和各种医学杂志，想帮我找到答案，而医生们的口头禅也都变成了“没人知道”。

但是，家人却非常理解我此时的需要。尽管医生要求别人不要进入我的病房，以防我的病是由某种未知的危险病毒导致的，可父亲和姐姐们（二姐吉娜已经怀孕3个月了）还是一直陪在我的身边。我相信是家人的鼓励与陪伴，最后救了我的命。这个莫名其妙、突如其来的破病，打得我措手不及，毫无准备。在刚住进医院的那些日子，有几次我都准备放弃了。对“放弃”这两个字的含义，患者的理解与健康人的理解有着天壤之别。甚至到了今时今日，我都已经有点忘记了当时自己的感觉，忘记了当时自己屈服于死神（在思想上放弃）究竟意味着什么，但我还记得当时自己确实放弃过。似乎死后就能结束痛苦，获得安宁，当每一次呼吸都让人痛苦不堪时，那种想死的诱惑就难以抵挡。我越是使劲做一次深呼吸，就越能强烈地感到那刀割般的疼痛。于是我放缓呼吸，每一口都不再那么用力。我又想起了我以前的那个患者乔治，他在和女儿没有重新取得联系之前，也做好了放弃的准备。同样的，也是我的家人救了我，只有家人之间才会有那种体贴入微，他们肯定觉察到了我正在溜向死亡的边缘，正是他们的鼓励和坚持，把我拉了回来。“坚持呼吸”，我还记得听到有人在我耳边这么鼓励着我。这就足够了。我从恍惚中清醒过来，不再放弃，开始努力，为每一口呼吸而努力。

在病房之外，家人们也没闲着。二姐吉娜跑遍了各个化验室，去找医生们询问，一起讨论我的病情。晚上，她还会与罗恩和格兰特一起讨论上几个小时，讨论我的各项检查结果，讨论可能的病因，商量下一步该继续做哪些检查。我很高兴看到，除了医生，还有一个人在尽可能多地收集着有关我病情的资料。我觉得吉娜这样忙个不停，没有空闲，这能让她更好过一点。

大姐丽莎的重点则是关心我的感受，关心 AMF 的正常运转，并尽可能提供帮助。她不去关心那些检查结果意味着什么，也不去想我的结局将会是怎样，只有这样，她才不会因为思想压力过大而无法陪伴我。我很理解大姐丽莎的这种应对方式，因为知道得太多有时候未必是好事，尤其是在医院这种好坏消息满天飞、人人神经紧绷的环境里。

而我的父亲则一如既往，自成一格。我知道他也很痛苦，虽然从某种意义上来说，医院是他熟悉的环境，因为他本人就是骨科医生，见过了太多急需治疗的患者，但面对我的这种局面，他也在经历内心的各种煎熬，正如以前母亲生病时他无能为力一样，眼前我这个患者同样让他无能为力。他没法卷起袖子亲自上手，他什么都做不了，因为还没人知道如何才能阻止我的病情。父亲束手无策，帮不上忙，但他并未逃避。他也会看我的那些检查结果报告单，这些报告单自从他从医学院毕业之后可能都没再见过。每天晚上，父亲都会睡在我的病房里，就睡在一把折叠椅上，他从未留下我孤单一人。他甚至还去恳求重症监护室的医生，让他们好好照顾他的宝贝儿子。如今我还知道了，在陪我的那些日子里，有时候父亲也会崩溃，哭出声来。但家人们从未在我的病房里面哭过，哭也只在走廊里哭。因为家人们都还记得7年前我对他们说过的话，那时母亲刚做完开颅手术，我跟大家说不要在母亲的病房里哭，所以这回他们也都没在我的面前哭过。然而现在，我从照顾家人的角色转变为被家人照顾的患者了，视角不同了，这让我明白了一个重要的道理：其实，亲人在我面前哭泣也是没问题的，他们的伤心并未增加我的压力，而是让我看到了他们的关爱。

母亲去世后，我和姐姐们的关系变得更加紧密，但我和父亲却比过去有些疏远了。那时我每天都把精力全放在打理AMF上，同时专心于医学院的学习，我希望通过这种方式，能让母亲的精神永存心中。而父亲则不愿意说起母亲，也不愿意提起过去的事。这点我完全可以理解，我们父子俩都要忘记悲伤，继续前行，只是各自的应对方式不同，而这种不同的应对方式，让我们的关系有些疏远。但我们只有应对方式上的不同，没有本质上的区别。尽管我们之间曾有些疏远，但现在，在我生病期间，我们之间没有一丝别扭的感觉。事实上，我们的关系反而更加紧密了，而且比以往任何时候都要紧密。

后来，父亲找到了一个办法，直接将他浑身的医学本领派上了用场。我不认识的一位家族朋友，给了父亲某个医生的手机号码，这个医生在美国国立卫生研究院（National Institutes of Health，NIH）工作。父亲不认识这个医生，也不知道他是干什么的，但这不会让父亲为难，他也不想去问清楚。因为他不是想去结交这个医生，他不过是听说这个医生对我的病也许会有所帮助，他只想听听这个医生对他宝贝儿子的病情有什么看法。父亲每天至少会给这个医生打去一个电话，常常一说就是 40 ~ 50 分钟，全然不管那位医生忙不忙。他会在电话里高声报告我的最新情况："喂，福奇，我们又有了一些新的检查结果，我跟你说说。"接着，他就报上那些检查结果，然后一个问题接着一个问题。我后来问父亲，他老打电话的这位"福奇医生"究竟是谁，父亲说他也不知道是谁，于是我就上网去搜……好家伙，搜出来的结果吓了我一大跳。原来这位医生竟是托尼·福奇，那个独一无二的托尼·福奇医生，美国国家过敏症和传染病研究所的所长，也是一位在全世界享有盛誉的医生科学家。福奇医生曾作为总统顾问，帮助乔治·W. 布什总统制定了美国"总统防治艾滋病紧急救援计划"，他也因此获得过"总统自由勋章"。父亲从来不以名衔论英雄，自然也不会过于在乎福奇医生的这些名头。为了他宝贝儿子的病，父亲愿意去做任何事去寻找答案，一个大名鼎鼎的 NIH 研究所所长，自然也吓不退他。

我的病连累了大家，让每个人都不太好过。自打上次视网膜出血之后，通过静脉输液的办法，医生给我用上了抗凝药，目的是让我能重获视力并防止类似情况再次发生。但在输液的时候，突然一根输液管松脱了，我的血流了出来，而且由于抗凝药的作用，我的血液流速很快，就像是拧开了水龙头，喷洒了一地。大姐丽莎当时在场，她急忙跑去叫护士。护士来了，一连串操作，更换输液管，减少抗凝药，稳住了局面。这一事件对大姐丽莎来说，是她生命中的一个重要时刻，以前她总是晕血、晕针，每次我接受手术或抽血的时候，她都会到病房外面等着，因为她担心自己会晕倒。而这次她没有晕倒，这令她胆量大增，并兴奋地说要继续留在我身边陪着我，因为当天晚上我正好要做一个小手术。但她显然高估了自己，晚上在看着我做手术的时候，丽莎直接晕倒在地，这惊动了医院的“成人急救快速反应小组”前来救援。而二姐吉娜则因此不太高兴，她可不希望医院里的任何一个医护人员，把注意力从她的宝贝弟弟身上转移开来去照顾别人。大姐苏醒过来的时候，一群医生和护士正在给她做着检查，而旁边的二姐则瞪了大姐一眼。

住院的前几个星期，我的好朋友本也一直陪伴在我左右。在那些意识清醒的片刻，我会向他倾诉我心里的希望以及恐惧，这些话我不能与姐姐们或父亲说。我们聊得最多的话题就是凯特琳。我们聊了是不是该联系一下她，是不是应该让她来探望我，但我不希望自己留给她的最后记忆是我现在这个样子。当时她提出与我分手的时候，我是那样的倔强，没做一丝解释，没做一丝挽留，心里想的话一句也没说出来。而现在，我是有千言万语想说给她听，但我知道，自己根本没有力气说话，头脑也没有完全恢复清醒，根本无法进行我想要的那种谈话。我想要告诉凯特琳，我心里还有她，还在想着与她一起的未来。对自己还能有这种幻想，我也觉得自己很天真，可我当时就是这么想的。就连我都不知道自己的未来是个什么样子，还怎么跟凯特琳谈我们共同的未来，谁知道我还有没有未来呢。

随着病情的加重，我已无法清晰地思考，不管是关于凯特琳的事还是我自己健康的事。我和本的谈话主题也主要集中在了两点——如果我能活下来我会去干什么，如果我活不下来我该做些什么。我们在一些重要的小事上达成了一致，光是想想这些小事，就能让我为之精神一振。我们说好，要是我活下来了，就一起开车去大峡谷玩儿，并说好每年都要来一次自驾游。

我们俩也讨论了，如果我活不下来，我该如何趁着为时未晚，向亲朋好友们一一告别。显然，这样的事我们肯定讨论过好多次了。因为本告诉我，从那以后，我们就不断地重复这种痛苦话题，因为我的思维和记忆都已经模糊不清了。

到了住院的第 20 天，我们准备开始按计划进行了。那时，我的病情最严重，正在接近最低谷，我随时都有可能一去不返。我的思维已经开始混乱，头脑在大部分时间都处于“停电”状态，我的肺部、腹部和双腿都充满了积液，我差不多有 3 个星期没下床了。医生们把所有能做的检查都做完了，但还是没办法确诊。本联系了我的那些好朋友，好让他们能来见我最后一面。

朋友们都来了。一连 3 天，共有 9 位朋友以及我的叔叔迈克尔，陆续前来探望了我。这就像是一个临死患者的“营业时间”：每一个朋友都单独进来看看我，待上半小时左右。空气中充满了忧伤，眼睛里都是泪水。早来的探望者还比较幸运，我还能跟他们说说话，但随着时间一天天过去，后来的探望者，我连跟他们说话都变得很困难了。每一声“再见”都是最后的告别。

我知道，所有来看我的这些亲朋好友，都非常愿意尽最大可能来帮我，让我好起来。我隐约记得我的朋友利亚姆也来看我，他身高 2 米多，曾经是乔治敦大学橄榄球队的进攻内锋。他提出可以为我捐一个肺、一个肾，或一部分的肝。我们交谈时，刚好父亲走了进来，他搭话说，器官移植帮不了我，因为我的状况已不允许进行移植手术。接着，父亲又开玩笑说，反正我的体型也装不下利亚姆的那种大尺寸的器官了。

其中一个朋友的探望给我带来的那种乐趣，可谓绝对纯粹，货真价实，那或许是我最后一次能享受那么好笑的时刻了。这个朋友叫弗朗西斯科，他也是一名医学生。他俯身去拥抱躺在病床上的我（不得不夸一下，这位医生的床前行为礼仪还真是做得非常到位），这时，可想而知，他挂在脖子上的听诊器“咣当”一下就砸在了我的额头上。正常情况下，人被这样砸一下完全不会出问题，因为人体里流淌着正常数量的血小板，血小板能阻止出血，正常情况下血小板的数量约在 15 万 ~ 45 万个（每立方毫米血液）之间。而当时我的血小板数量仅剩不到 1 万个，所以即使稍微一点创伤，都有可能引起致命的脑出血，而我则一直处在这样的风险当中。一时间，我们两人面面相觑，都愣在那里，都在心里默默地想着，刚才这下拥抱是否已经造成了我的脑出血，把我就地送走了。等过了一阵，发现我没出什么事，我们两人都大笑了起来。其实幽默从未像我想象的那样遥远，它就在身边。有些时候，死亡似乎有一种引力，这种引力把它自己的黑暗空间都扭曲了、颠倒了。患病以来，我经受了各种治疗抢救和各种挣扎求生，结果差一点被一个医生朋友的听诊器给无意间砸死。这件事真的太好笑、太滑稽了。

先不说这些淤伤和创伤的风险了。发生这事后不久，一位理疗师来到我的病房，问是否可以帮我试着下床走走路。就在前一天，也有一位护士曾严肃地警告过我，说要是我不用上全身力量站起来，克服疼痛，尝试行走，我就永远也出不了院。虽然我不知道自己还能不能出院，但还是很想去试一下。

光是从床上坐起来，就已经把我累得上气不接下气。我差不多已经 1 个月没走过路了，准确地说，是连站都没站起来过。但弗朗西斯科一直陪着我，他曾经是我的卧推伙伴，也是我见过的最靠谱的健身保护人。我从病房走到护士站，有 25 英尺（约 8 米）远，走了个来回。一开始，双腿不听大脑指挥，就像我已经忘记了该怎么走路。很快，肌肉记忆开始发挥作用，但又轮到心脏与肺跟不上双腿的动作了。迈出第五步的时候，我已经彻底上气不接下气，必须歇一会儿，喝点苹果汁，然后才能走回重症监护室的病床。送我回到病房后，弗朗西斯科和我痛苦道别。

3 年后，弗朗西斯科因一场摩托车事故而瘫痪，丧失了行走能力。当时他在哈佛大学医学院就读，在急诊科做住院医师。令人惊叹是，他后来继续完成了住院医师的培训，成了第一个坐在轮椅上毕业的急诊科住院医师。弗朗西斯科的精神每天都在激励着我。

我的另一个朋友格兰特也前来跟我道别，他可根本做不到像其他人那样，装出一副淡定从容的样子。他后来向我描述了我那天的样子有多恐怖。过去肌肉发达的双腿，变成了两只臃肿的木桶，完全走样了。积液让我身体的各个部分都肿胀起来，但面颊却瘦削凹陷。因为血小板数量太低，刮胡子太危险，我几个星期没敢刮胡子，脸上的胡须早已乱如蓬草。格兰特当时的表情告诉了我，自己当时的模样有多可怕，自己的身体发生了多么大的变化。我已经好几个星期没照镜子了，现在看来更不需要了。

其间，还有一个人来看我。这个人不是我通知的，她是不请自来的。事实上，我不希望她知道我现在的状况，可结果她还是来了。我阻止不了消息的传播，何况这些传播还都带着善意，再加上现代便利的通信。来人是凯特琳的母亲，她叫帕蒂。几天前她收到过一封电子邮件，里面有一个叫“爱心桥”（CaringBridge）的网页链接，还有一封邮件，请她为一个叫“戴维·费根鲍姆”的人祈祷。帕蒂希望那是另一个重名的戴维·费根鲍姆（尽管跟我重名的人并不多），她就拨通了我的手机，是我父亲接的电话。父亲给她讲了我的情况，没有拐弯抹角，他直接告诉帕蒂，我的状况每天都在恶化，也没人知道是什么病因。

弗朗西斯科来看我的那天下午，我短暂地清醒了一会儿，父亲正守在我身边。他告诉我，帕蒂来过了，还说了她收到电子邮件以及给我打电话的事情。

父亲还告诉我说，过几天帕蒂会再来看我，还会和凯特琳一起来。凯特琳已经大学毕业了，在纽约的时装行业工作。

从进急诊室的第一天开始，我就每天都在想着凯特琳，也想着当我再次见到她的时候，将是一种怎样的情形。我和本也讨论过，再次见面，是否是正确的选择，或者说，是否是最佳的选择，无论对我还是对凯特琳来说。而且，我已经想好了，我是这样决定的：我不想自己现在这个样子成为凯特琳对我的最后记忆，一个卧床不起的我、一个生病的我、一个身体和精神都虚弱不堪的我。总之，我连跟人说话和交流都很困难，几乎无法形成完整一点或复杂一点的思路。

我希望自己就这样死去，不想让凯特琳看到我这个样子，这一想法毫无疑问与我母亲的生病去世有关：母亲临终前被癌症折磨得虚弱不堪，那个样子深深烙在了我的记忆之中。我想象着在自己去世之后数年甚至数十年，凯特琳一想起我来，脑海里就是一个憔悴不堪的人，就像我现在想起母亲当时的样子。无论是母亲还是我自己，其实都不希望我脑海里留下她这样的形象。此时的我已经非我，我也不想凯特琳记住这样的我。

所以，我狠下心来，跟姐姐们说我不想让凯特琳来看我。第二天早上，凯特琳和她母亲帕蒂一起来了，姐姐们就在医院大厅里拦住了她俩。我无法想象这对她们每个人来说，都是多么糟糕的事情。凯特琳和帕蒂都很吃惊，很困惑，也很悲伤。她们说并不在意我是什么模样，她们只想见见我。之后，她们不情愿地离开了，心里想着姐姐们也许会再追出来把她们叫回去。但两个姐姐没有去追，是我叫她们不要的。如今想来，我后悔不已。

凯特琳来过了，但我没让她见我，跟亲朋们也都道过别了，我安下心来，静待死亡来临。没有什么事情比等待死亡更令人难受的了。实际上，我以后的健康状况还会进一步恶化，我离死亡的距离还会再一步接近，但那些都比不上现在等待死亡的感受，我再也不想经历这种感受了。我再也不会坐以待毙，屈服于命运的安排了。我对自己这段日子的记忆，是零零碎碎的，就像万花筒一样，杂乱无章，拼凑在一起。我当时的神智已经濒临崩溃，意识已经模糊，但我现在还记得，那时我回想了自己的一生，思索着我身后都留下了些什么，我的讣告会怎么写。我两眼盯着病房的窗外，直勾勾地一直盯着，想象着凯特琳的未来生活将会怎样，我自己的未来生活将会怎样，但马上又意识到，自己也许永远也无法走出这个房间了。我现在还记得，那时我对自己做过的所有事情都没有感到后悔，只是后悔有些事情没有去做，有些话没有去说。我也还记得，那时我也在为自己祈祷。

第七章

否极泰来的第一次出院

在费城住院 4 个星期之后，我的家人决定把我空运回罗利市的医院，父亲曾在这家医院工作过。我原以为他们这样做是为了让我住得离家近一点，方便我死后举行葬礼，但其实他们是想稍微夺回一点儿对眼下局势的掌控权。之所以把我转到这家医院，是因为这里有他们熟悉的医生、熟悉的护士，以及熟悉的建筑。

我的病还是迟迟未能确诊。

罗利市的这家医院名叫雷克斯医院，它的重症监护室成了我的新家。这家医院和卡特 - 芬利体育场在同一条街上，两者相距不到 1 英里（约 1.6 千米）。就是在这个体育场，我曾多次目睹我的英雄偶像们的风采，也就是北卡罗来纳州立大学的橄榄球队——狼群队，成千上万的球迷为他们呐喊助威，少年的我热血沸腾，我大学时对橄榄球运动的痴迷也从此发端。我也曾多次在这个体育场为我的球队祈祷，期待奇迹出现，但似乎从来都没有成功过。我的狼群队输了比赛，我也曾为之哭泣。

虽然患病和比赛的利害关系并不相同，但此时的我，完全能够体会到少年时代的那个我，体会到球队输了之后的那种失落心情。至于我的病，仍然是各种检查、各种尝试，但都没有什么效果。

我还记得自己曾一直盯着病房窗边的某样东西看，过了好长一段时间我才意识到，那是一根电话线。姐姐们刚好都不在房间，我知道房间里就剩下我自己了。此时，我的思维能力已经被消磨得所剩无几，只能进行一些简单的、断断续续的思考：我正独自一人，我正遭受痛苦，我很快就要死去，家人看着我这样也在跟着我遭受痛苦，而有一样东西也许能让这一切都有个快速了断。自杀的想法既让我痛苦，也让我觉得解脱。我不是想要去死，不过既然我很快也要死去，那么把这个无法逃避的结果加快一下，也是很有道理的。在某一个平行宇宙中，我的下一个念头就是伸出胳膊，抓起电话线，勒在脖子上，闭上双眼，从此不再醒来。终于，我从这个人间地狱解脱了。但庆幸的是，那个平行宇宙不是我所在的现实宇宙。相反，或许这正是预示着我身体状况开始好转的第一个时刻，因为我开始想到自己的亲人了，开始想到如果我自杀，其实会让亲人们更加难受。所以，我没有再继续想下去，我的胡思乱想就此打住。

后来，也不知道什么原因，我的病情逐渐稳定下来，并且开始好转。肝功能和肾功能的检查结果也都有所好转，肺脏和心脏的积液也开始消退，疼痛也因此缓解。血痣逐渐变小，也不用那么频繁地静脉输入红细胞和血小板了。恶心和呕吐的症状也减轻了，我吃上了 5 个星期以来的第一顿好饭。我绕着重症监护室走了半圈，接着，又走了完整一圈。之前在宾夕法尼亚大学医院住院的时候，医生就已经开始给我注射大剂量的糖皮质激素——进了重症监护室，在没有什么其他好办法的情况下，一般都会采用这个办法。尽管糖皮质激素当时没能立即改善我的病情，但几个星期下来的连续用药，或许与我的状况改善有某种关系。我的思维也开始恢复正常。现在再来看着床边的那根电话线，它不过就是一根破旧的电话线罢了。有点难看，有些过时，对我来说，它已再没有任何其他的意义了。

我又重拾了久违的笑声，自从被弗朗西斯科的听诊器砸了那一下之后，好像我就再没笑过了。有一次，我下地走路之后，一位重症监护医生来到我的病房。那时候我和家人都跟这位医生是老熟人了。我和姐姐们对他可谓已经“了如指掌”，因为他经常会来到我的房间，不断地跟我们自吹自擂，唠叨自己的那点破事，他上的哪个大学，读的哪个医学院，获得过什么学位。听着就让人厌烦，但这种人在医学界也不是绝无仅有，我们都只是翻了翻白眼。不过这次，他不再说他自己的那点儿破事了，而是说的别的事。他一脸认真地望着我说，“在你继续下床走路之前，我们需要给你拿一双——嗯，那个东西叫什么名字来的？”他没说完，停顿下来。“你看，上个星期我一直都待在意大利，所以现在我脑袋里想的还都是意大利语，一下子怎么也想不起来那个词用英语该怎么说了。嗯——橡胶的——鞋——”他又停顿下来，比刚才停顿的时间更长。

“哦对！叫拖鞋。我们要给你拿一双拖鞋。你这么长时间没下床走路了，穿上拖鞋走路，脚上就不会起泡了。”

说完，他还朝二姐吉娜咧嘴笑了笑。这真是不可思议。他竟然试图一边让一个衰弱的重症患者开心，一边还去挑逗一下患者怀着孕的姐姐，同时还要假装低调地显摆自己四处周游的优渥生活。他走后，我们大家都笑死了。能够再次大笑的感觉实在是好极了，而且不得不承认，能够因为别人的荒唐可笑而大笑，这种感觉同样也真是好极了。

住院（大部分时间都在重症监护室）7个星期之后，我终于出院了。我身体好转了，但和入院的第一天一样，我还是对自己的身体究竟出了什么问题一无所知。

出院时，我问重症监护室的另一位医生，这个差点要了我命的究竟是什么病（我知道，我的病早已成为医生们的闲谈话题之一，医生之间最喜欢谈论这些疑难杂症），他说：“我也不知道这究竟是什么病，不过就让我们希望它别再回来吧。”他如此消极地使用了“希望”这个词，这让我心中很不踏实。

很快，我就知道那时有成千上万的人都在为我祈祷，而且是每天。我听说特立尼达（我那大家族的其他人几乎都还生活在那里）的修女们，也在为我的健康祷告。朋友们、亲人们、支持者们——那些在我组建和领导AMF的过程中彼此信任的伙伴们，他们曾多么努力地为我的康复祈祷，看到我有所好转，他们又多么地高兴。

我很感激这些祈祷，但对其中的某些说法表示质疑。一些亲朋好友言之凿凿地对我说，是那些祈祷救了我的命，我的怪病也不会再复发了，因为那只是上帝对我的一次考验，而我已经通过了考验。根据这种说法，上帝在做出判决之前，早就在跟踪着看有多少人在为我祈祷，之后也不会再有第二次考验了。我知道他们想说什么，但我还记得母亲第一次手术后做磁共振检查，没有发现任何癌症的迹象，我当时也是像他们这么想的：她自由了，她战胜了癌症。我们继续为她祈祷。然后，我记得，母亲的癌症还是复发了，我们的祈祷没能挽救母亲。还有些人跟我说，这次上帝救了我，因为在这个世界上还有很多事情需要我去完成。而我自己心里清楚，我并不比母亲或者那些死去的患者中的任何人都更有资格或更有能力。我努力把这些想法从脑子里赶出去。

我终于可以想想其他的事情了，那就是凯特琳。这让我很兴奋。连续几个星期的卧病在床，终于让我有时间去反思自己有多么在乎她，有多么想念她。漫长难熬的住院生活结束，回到家中不久，我就鼓起勇气，给她打了个电话，想跟她解释清楚，之前我病危阶段为什么坚决拒绝她来见我。我们的对话进行得很艰难，因为我没让她见我这件事深深地伤害了她。不过，她还是跟我说没事了，她接受了我的解释，我只是不想让她看到我那虚弱的身体，并记住我最后病恹恹的样子。到后来我才知道，其实她对我的解释并不买账，她觉得是我的姐姐们不让她见我，而我不过是在给姐姐们打掩护。

能重新和凯特琳说话，让我感到比身体好转还要高兴，这让我感觉自己又恢复正常了。虽然有时候我们之间的谈话还会略显尴尬，但大多时候我们都能像以前一样了，这种感觉真好。我们有意避开和好的话题，不过她邀请了我去纽约过万圣节。但是，我们没有说定，因为我还不知道自己的健康状况到时候是否能让我出行，但能被邀请我就已经开心不已了。

不久，凯特琳的父母来到罗利市，这是他们早就计划好的行程。他们到我父亲家里来看我，我们一起散了步。他们能来我高兴极了。凯特琳的母亲帕蒂，比我见过的任何人都要像我的母亲，她总是以子女为荣，品德高尚，任何时候都乐于助人（我们一见如故，所以很快就忘掉了多年前的那场高中篮球赛，我撕烂人家橄榄球球衣的插曲）。凯特琳的父亲伯尼，既是一个优秀的好父亲，也是一个成功的电视行业高管。伯尼还是当地多家慈善机构的理事会成员，为慈善付出了很多时间。我非常佩服他，能够同时扮演好生活中的多重角色，而且应对得得心应手。

他们丝毫没有抱怨我在病重时拒绝帕蒂和凯特琳来见我一事。我想他们是看到我现在这么健康，只顾得上高兴了。帕蒂问我，有了濒死的体验（说起我病危的那段经历，大家都开始用这个词了）之后，是否要放慢一下脚步，不要再那么拼命地去发展AMF了，也不要为早日成为一名医生而那么拼命地去实习了。我跟她说，我可能真的会放慢脚步，不再每天那么长时间地忙于工作。但伯尼却不太相信我的话。他说，他见过一些朋友，有的有心脏病，有的得了卒中，还有的得了癌症，他们都说要改变自己，但没有一个人真的改变过。他希望我和他们不一样。但很快，我就和他所说的那些人如出一辙——我的未来也没有放慢脚步。

但这并不是说，我从这第一次与死神擦肩而过的经历中什么也没有学到。也许是因为我的病床边总是守护着一群关爱我的人，这让我清楚地意识到，他们眼前躺着的那个人是谁，还有他们为什么会守护在那里。我非常清晰地想明白了，我要把生命中的每一天都当成最后的一天来过。这一天，也是当我所爱之人围在我身边的时候，我希望留给他们的最后记忆。我的母亲当年就是这样做的。她的行为举止就是我的一份宝贵遗产，慷慨大方、睿智通透、善良温暖。她身上的这些优秀品质，不只表现在顺风顺水的日子里，也不只表现在面对死亡之时，而是始终如一。

我现在清晰地认识到，我那时坚决让两个姐姐把帕蒂和凯特琳拦在医院大厅，不让她们来见我，有三方面的原因：一是因为分手之前我就没有把凯特琳放在首要位置，二是分手之后我也没有去努力挽回，三是我还在为自己没有做到的那些而后悔不已，情绪低落。而现在，我又和生命签订了一份新的“租约”，不管这次租约有多长，我都决定了，不管我整天忙着的事情有多么重要，我都不想在我死后人们回忆起我的时候，只记得我是一个整天只知道“忙于做事”的人。如果我还有机会活下去，那么我希望人们记忆中的我，是一个好伴侣、一个好爸爸、一个慷慨的朋友、一个好的医生。我发誓，一定要为所爱之人抽出时间，去陪伴他们。我要立即行动。

我还要立即行动，去弄清楚自己最近这段时间的不幸遭遇到底是怎么一回事。莫名其妙地得了病，然后又莫名其妙地“好转了”，我对这一过程极为不满。我要知道答案。

首先，我申请查看了自己的所有病历，从小时候一直到现在的。我这样做，不仅由于我有极其强烈的、近乎病态的好奇心，而且因为我知道，那些看起来自行消退了的疾病，同样还会不请自来。据我所知，我的病只是暂时休眠而已，我要在它醒来之前弄个明白。我是一个患者，但同时我也是一个实习中的医生，我更喜欢做一个医生，去查明病因。

于是，我开始工作。我拿到了自己的病历，共有3 000多页，我把它们都重新整理了一遍。我对自己的病情采用了“鉴别诊断”的方法，即针对具体的症状或问题，把各种可能的诊断结论都罗列出来。接着，我运用手头已有的数据资料，对每一个诊断结论依次进行评估，把目标范围逐步缩小。这也正是几个月之前，我在医院实习的时候，经常为其他患者所做的一项功课。现在，我每天都要用12小时以上的时间查看我的病历和相关研究文献，试图找出任何一点可能与我的病情相吻合的地方。

虽然我有着激光一样集中的注意力，但有一件事却老是让我分心，不过我对这件事却非常欢迎，这件事就是去上厕所，而且是频繁地去。我的肾脏和肝脏在经历了 2 个月非正常工作之后，现在终于恢复了正常的运转，慢慢地我把体内积聚的大量液体通过尿液排了出去。两周之内，我就通过尿液排出了 42 磅（约 19 千克）的液体，之前充满积液的腹部和水肿的双腿也都随之变小。突然间我的体重就降到了仅仅 165 磅（约 75 千克），比我刚住进宾夕法尼亚大学医院的时候少了整整 50 磅（约 23 千克），从初中开始，我的体重应该从来没这么轻过。轻就轻吧，我坦然接受。这简直太神了，我通过尿尿把自己尿好了。

但随后，我又开始感到疲劳乏力了。

第八章

这到底是什么病

人体的免疫系统超级复杂，复杂得让人目瞪口呆，难以置信。

换句话说，无论你想如何努力去描述免疫系统的功能以及这些功能是如何实现的，很快都会首先面临一个挑战，那就是现有的任何一种比喻都不够贴切，都不足以透彻地反映出免疫的概念。如果你还记得一堂典型的高中生物课，你就会想起曾领教过这个挑战。很多教科书作者都曾绞尽脑汁，想方设法地尝试用通俗易懂的语言来描述人体的免疫系统。有的说它像一个警报系统，有的说它像一个输电网络，有的说它像一个现场急救系统，还有的说它像一支军队。也许最后军队的这个比喻是最贴切的。我曾无数次听人这样比喻免疫系统：我们的身体由多个堡垒组成，白细胞就是这些堡垒的卫士，其中包括大量训练有素的士兵与追踪猎手，他们能发现外来入侵的病原体以及堡垒内部的癌细胞。而接下来会发生的，大家都可想而知。这些人体卫士们之间有着独特的信号通路，他们会与敌人发生战斗，战斗有时会赢，有时会输。

实际上，把免疫系统比成军队可能是略显夸张了，但根据现有的认知，我觉得这个比喻还是相当准确的。

我们可以这样理解：免疫细胞表面有受体，受体能够侦测出来者是敌是友。这是整个免疫机制的最基础部分，也是我们目前了解得比较充分的一部分。就像任何势均力敌的军备竞赛一样，很多敌方细胞已经进化出了一种能力，能把自己“入侵者”的特征隐藏起来，有的甚至还能伪装、模仿我们的健康细胞的外表。当敌方细胞的模仿和伪装失败，免疫细胞成功地侦测到了敌人，就会释放出一种分子，这种分子叫做细胞因子。细胞因子会触发人体内的一连串反应：

1. 向其他免疫细胞发出警报，告知自己的侦察结果。

2. 通知专门的杀伤性免疫细胞，做好战斗准备。

3. 把其他免疫细胞聚集到合适的位置。

4. 密切配合并保持联系，适时结束战斗。

这一过程叫作免疫应答，如果其中任何一个环节出了问题，比如发出了错误的警报，或者那些专门的杀伤细胞杀错了目标，或者停止战斗的信号没有被队友们接收到，那么几乎可以肯定，身体的健康细胞就会受到伤害。只需其中一个环节失误，就会出大问题。而如果你再想一想，我上面列出的还只是 4 个简化之后的环节，其中每一个环节实际上都是由成千上万个更小的环节和联系组成的，每一个小环节本身又有成千上万个基因与成百上千个分子在进行着复杂的相互作用，这些分子都必须与特定的细胞受体结合，随后触发细胞的生产程序，以产生更多的分子。就这样，自上而下，一路触发下来，然后再自下而上，一路触发回去，目的就是要反馈给上一级触发器，通知它们战斗应该停止还是应该继续。而且，所有这些环节的应答，都是在同一时间进行的，同时发生在数十亿个细胞之中，这些细胞代表的就是人体成百上千种的特异性免疫细胞。你看，我要是说免疫系统真是纷繁复杂，是不是太过轻描淡写了。

还有，这一过程每天都在你的身上发生着，每一天，每一刻，每一处。

遗传密码的任何一点差错或者免疫应答中的任何一处失误，都可能是致命的，因为免疫系统的放大效应，这些差错和失误会被逐级放大，最后蔓延到全身。

军事上的差错和失误，屡见不鲜。比如补给丢失、装备老化，甚至偶然还会发生灾难，也就是说，自己人会向自己人开火，即所谓的误杀。

但你还可以继续想象一下，如果误杀又接着触发了更多的误杀。

继续触发更多的误杀。

继续触发更多的误杀。

而我上述所说的这一切，前提都是假设我们对免疫系统的各项功能及其相互作用该知道的都已经知道了。可事实上，我们对免疫系统的认知还差得远呢。

从雷克斯医院出院后，有时候我住在父亲那里，有时候住在二姐吉娜家。这样对他俩来说，就都不会因为照顾我而太过劳累。我是个敏感的人，即使我知道他们谁都会乐意收留我，投入所有时间照顾我，那我也不想可着一个人累。

3 个星期后，那时我正住在吉娜家。一整天下来我都觉得特别疲乏无力，但我乐于将其归结为这是身体在持续恢复，毕竟我是在死神的门前走过一回的人，我的身体需要一段时间才能完全恢复活力，这完全说得通。但那天晚上上床睡觉时，我发现胸前和手臂上又有血痣了，在我身体好转时缩小了的那些血痣又变大了。在我苍白皮肤的映衬下，那些血痣看起来黑红黑红的。更糟糕的是，我还看到了新出现的血痣。

虽然心里越发焦虑，但最后还是疲劳感占了上风，我睡着了。睡了 14 个小时后，吉娜觉得该叫醒我了，但我仍然感到筋疲力尽。

接着，恶心和腹痛也准时回归，准时得吓人。之后不久，积液也回来了。我又去验了血，无非是例行公事，等于再次确认早就知道的那些事情。这个虎视眈眈的怪物，卷土重来了。

出院刚 4 个星期，2010 年 11 月 1 日，我又住进了医院。雷克斯医院的医生再次给我用上了大剂量的糖皮质激素。这种药物几乎总能让患者感觉好受些，有时候甚至会神奇地让那些怪病有所好转，但在我身上，这个药物看起来再一次没有什么效果。

不过，这次住院与上次相比，还是有些不同的地方。这次给我看病的医生是一个熟面孔。实际上，我也曾经很想成为他那样的人。就在几个月之前，我还和他见过一面，向他请教过自己未来的职业规划，我想跟他取取经。这个医生就是曾给我母亲看过病的那位肿瘤专家。

与之前所有给我看过病的医生一样，他在看了我的那些检查结果以及我的症状之后，也得出结论，说无论我得的是什么病，都不会是淋巴瘤。要是换成几个月前，我一定会把他的话奉为圣旨，绝不会有任何质疑，但现在我的脾气不再那么好了。虽说这个怪病暂时打断了我的医学教育，但不知怎么回事，它却给了我一份率直，而这种率直是我在身体健全时所没有的。也可能只是因为我现在这种被逼上梁山的心态，我再没有什么可顾忌的了。

所以，当这位曾给母亲看过病的肿瘤专家说我的病不是淋巴瘤时，我立刻反驳了他。我告诉他，我研读了大量 20 世纪 70 年代和 80 年代的相关文献，里面的内容表明，血痣大量出现可能就是潜在的恶性肿瘤的标志，而对我来说，这个恶性肿瘤可能就是淋巴瘤。因为我的淋巴结肿大了，也出现了所有的相关症状。但还没人给我做过淋巴瘤的定性检查，即淋巴结活检。我有板有眼地说了一大堆给自己做淋巴结活检手术的理由，好像我就是一个经验丰富的内科医生，但他给我的回应却好像我就是一个实习医生。

“少安毋躁。医生的工作还是让我们医生来做。”他语气断然，还有些刺耳，但他说得并没错。

他这是在教训我呢。一般来说，出现这种局面，我不会再得寸进尺，逼人太甚，尤其是面对这样一个我曾经非常尊敬的人。但当时我的心态已崩溃，心里想着：从我第一次发病算起，现在已经过去 11 个星期了，还是没人能搞清楚我这个怪病。第一次发病，所有人都对我的病一无所知，就已经让我很难受了；到了现在，我第二次发病了，还是没有人知道我得的究竟是什么病，这让我无法忍受。

“那好，那你说，我得的是什么病？”我几乎喊了起来。

“我也不知道。但它要是淋巴瘤，我就把脑袋拧下来给你。”他说。

我的家人们也都灰心丧气。好几个星期了，我们一直都对医生言听计从，但至今也没有一个明确结论。倒是有一样，即使连淋巴结活检这种定性检查都还没做，医生们还是一致认为我得的不是淋巴瘤。我猜医生们可能已经采取了排除法，但没有淋巴结活检的结果，就不应该把淋巴瘤的可能性排除掉啊。我不知道需要排除的清单还有多长，而我的验血结果表明，我的肝脏、肾脏和骨髓又已经开始衰竭了。

上次的好转有可能是糖皮质激素救了我一命，但这回它却一直没有什么效果。在又做了几次没什么大用的检查之后，医生终于给我安排了淋巴结活检。我松了一口气，这并非因为我确信自己得的就是淋巴瘤，而是我认为淋巴瘤的可能性最大，这是我按照“鉴别诊断”的例行操作得出的判断。我已经厌烦了猜测和假设，我要的是确凿证据，我要看到的是结果。我也厌烦了再相信医生们的意见，也不再对他们能找到答案抱有希望。作为一个正在实习期的准医生，同时也作为一个医生的儿子，我自己心知肚明，我们医生，绝不是从不犯错的，也绝不是全知全能的，远远不是。

一个周五的上午，淋巴结活检的结果从院外通过传真发了过来，但不巧的是，我的医生刚好外出了。

于是，和医生搭档的主管护士来到我的病房告知我检查结果，她手里就拿着检查报告。恰好，那天就我一个人在房间里，这可是我差不多 3 个月的住院期间里少有的情况。我见过传达好消息的场面，也见过传达坏消息的场面，我见过护士和医生的“好看的严肃面孔”，也见过“难看的严肃面孔”。现在眼前的这位护士，给我的不是一张“好看的严肃面孔”，而是简直欣喜若狂。

“好消息！不是淋巴瘤！你得的是……”然后她就开始照着传真念了起来。“你得的是 HHV-8 阴性，即特发性多中心型卡斯尔曼病。这个病我从来没听说过，所以回答不了你的任何问题，但它不是淋巴瘤！还是等你的医生下周回来之后，他能告诉你更多信息。”她微笑着说完，走了出去。

我的那位肿瘤专家医生这回不用把脑袋拧下来了，我得的不是淋巴瘤，千真万确了。而且还有一点更好，我再也不用遭受一个连名字都不知道的神秘怪病的折磨了。这个怪病原来早就有名字了，我还恍惚记得以前在医学院的免疫学课上听说过一次。有名字就好，这就意味着它一定有以往的病例，有以往的临床经验，有以往的治疗手段……光是知道我可以去了解这个怪病了，就已经让我激动不已。

于是，跟所有人一样，我立刻到网上搜了一下，就在病床上，用我的苹果手机。

我在维基百科的页面一页一页地往下翻，好半天才找到一点有价值的资料。唯一一篇被收录的研究文献，还是发表于1996年：多中心型卡斯尔曼病患者确诊后平均存活期为1年，只有1/8的患者存活期超过2年，他们死于多系统器官功能衰竭——“MSOF”。也就是说，实际上，这种病要比淋巴瘤严重多了，而之前我们都以为淋巴瘤才是最糟糕的情形。那一刻真的让人百感交集，可以说，我在心理上遭受了一场完美的暴虐。之前，我病态般地一直坚持要求做个淋巴结活检，我的如意算盘是这样打的：如果活检结果证实我对淋巴瘤的猜测是错误的，那么至少我错的方向还是对的，因为我没有得淋巴瘤。我还想着，要是我猜错了，那才好呢。我甚至连想都没有想过，竟然还有比淋巴瘤更凶险的疾病在等着我。我这是被病魔全面包抄，逃无可逃了。

此时，病房里就剩我自己一个人，我失声痛哭。这是我第二次在一瞬间同时意识到了两件事：我就快要死了，我再也没有机会将来与凯特琳在一起了。

事实证明，除了上述那个研究文献提到的存活率数据之外，当时人们对特发性多中心型卡斯尔曼病（idiopathic multicentric Castleman disease，iMCD）的认知还有一点，那就是肿大的淋巴结会产生某些物质，能引起生命器官的衰竭，直至死亡。我还是用免疫系统就像军队的比喻吧。iMCD 患者的免疫系统出了问题，不仅仅是误杀引发更多误杀那么简单，而简直就是原本应该去保卫各大主要城市的军队，反而向每个主要城市都投下了一枚核弹。姐姐们和父亲回到病房后，我也把我的病向他们做了一番这样的解释。又过了几天，我的祖父祖母、外祖父外祖母和姑妈姨妈也都从特立尼达赶了过来。大家都尽力保持乐观。至少我的怪病现在有个名字了，我们可以咒骂它了。但在大多时候，大家都在伤心、哭泣。我们也都在祈祷。

多个星期以来，我一直都在想着要揭开这个对手的面纱，这样我才能掂量出它的本事，想好应对方案，然后跟它殊死较量一番。但现在，我对这个对手，除了名字以外所知甚少，所以我要找到一位具有相关知识和相应治疗手段的医生，这样我才有机会跟它较量。

不久我们得知，在杜克大学医学中心就有这么一个医生，可以算是在这方面“有些经验”。于是，家人就把我送到了杜克大学医学中心的血液 / 肿瘤科病房。7 年前，母亲就是在这家医院做的开颅手术，医院墙上的标语“在杜克，就有希望”曾给我以莫大安慰，但现在，我却一点也感受不到当时的那种感觉。每天都会有 5 ~ 8 个医生来到我的病房，讨论我的病情，观察我的情况。我的新医生团队一致认为，糖皮质激素没有起作用，下一步应该采用化疗手段。医生们也坦言他们的相关经验很少，我们听说的那个“有些经验”的医生，实际上只是治疗过“很少几个”卡斯尔曼病患者，而且跟我都不是同一种亚型。我感觉自己就像个试验品，家人们也都很快泄了气，因为看起来一切都没有改变，即使做了化疗也没有好转。我的病情继续恶化，医生们也只能按部就班地继续现行的治疗，他们也没有什么别的好招儿了。

不过，医生们倒也确实在努力保证我身体里能有足够的营养。好几天了，我一吃东西就吐，所以医生决定给我插上饲管，就是把一根管子通过鼻孔插到胃里，然后注入液体营养。要是饲管堵住了，就得拔出来，再插进一根新的，而堵住的情况时有发生。我说不清插进去和拔出来哪个过程更难受，反正都很难受。在我还是医学生的时候，我也经常给患者插拔饲管，那时我从没想过插拔过程会有如此的疼痛或恶心。我突然有了一个高论：也许我们所有医生在医学院上学的时候，都应该自己去亲身体验几次类似插拔饲管的这些操作，以便能亲身体会一下那种感受。

在杜克大学医学中心住院期间，我的身体状态每况愈下，一天不如一天，很快，我就从悬崖上跌了下去。我再一次遭受了 MSOF，再一次感受到全身器官同时崩溃的那种痛苦。我躺在病床上，身体多处充满着积液，多个器官逐渐罢工，我的意识就像一台老旧的电视机，一闪一灭，忽明忽暗。再一次，我的记忆开始分裂、游离。“再难受的事情，如果让你只忍受一天，都没问题”，我对二姐吉娜来了这么没头没尾的一句，我想我好像是说过。

我命悬一线。肝、肾同时衰竭，导致毒素在血液中不断积累，浓度越来越高，足以让我持续昏迷不醒，并使我数日甚至数周无法形成任何记忆。有时候，我甚至希望这种记忆空白越多越好，因为如果我还能活下去，有些记忆不要也罢。比如，有个记忆是这样的，我记得家人叫来了神父，目的不是来探望我，而是在病床前主持我的临终仪式。我不记得仪式的具体过程了，但我只记得当时房间里很黑很黑，我害怕极了。

凯特琳也来探望我了，这是她第二次来看我。她是坐飞机从纽约飞来北卡罗来纳州的。虽然最近我突然想明白了，要把自己所爱之人放在首要位置，但我还是没有做好准备让她来见我。两个星期以来，我能连贯说出的话已经没有几句，其中有一句就是告诉两位姐姐，我不想让凯特琳来见我，我不想让她记住我现在这副模样。大姐丽莎给凯特琳发了信息，告诉她现在不是来见我的合适时机，但并没有告诉她我的病情越来越重，正濒临死亡。凯特琳就一直等着我们的消息，等时机合适了再来医院看我。在等待期间，她只好去见见在罗利的其他朋友来打发时间。她完全不知道我当时病得有多重，也不知道我随时可能会死去。她只好飞回了纽约。凯特琳第二次伤心离去，我第二次拒绝了凯特琳，时至今日，对此我依然后悔不迭。

临终仪式完毕，大家已准备好送我上路。就在这时，化疗药物开始起作用了。化疗暂时拴住了我的小命，再晚一点就不好说了。从我第一次住院到确诊特发性多中心型卡斯尔曼病并接受第一次化疗，这个过程整整用了 11 周的时间。如果这个过程拖到 11 周加 1 天才完成，那我可能就活不成了。不管怎么说，我逃过了一劫。

这 3 个月里，可以说我已经差不多死过两回了。死而复生这种事很可能还会再来一次，但我知道，这就像玩“俄罗斯轮盘赌”的死亡游戏，玩的时间越长，被打死的概率就越大。所以苏醒过来又能正常思考之后，我也没有什么值得庆祝的。我可不想这样活着。我可不想一会儿自己要死要活，一会儿又给家人带来无尽的痛苦，一会儿又迫不得已拒绝凯特琳来见我。我受够了对自己的病毫不知情；我受够了一味地寄希望于医生能碰巧治好自己的病；我受够了老让家人提心吊胆，随时准备送我上路；我受够了不断地拒绝凯特琳，拒绝自己的一生所爱，因为我不想让她记住我现在这种迷迷糊糊、浮肿不堪的鬼样子。从这一刻开始，我下定了决心，只要我的健康状况允许，我就要努力把自己的生命掌握在自己的手中。我要直面特发性多中心型卡斯尔曼病——“iMCD”，从此它就是我的敌人了。我的战略战术也许会因时而异，但我的使命和目标，将永远不会再改变。

随着身体的慢慢恢复，我的脸上暂时有了一些笑容。那时，我的心情也确实好了起来，因为我心怀感激，我仍然还活着，而且我的专注力都放在了下一步的计划上，没有理由把时间浪费在自怨自艾或徒自悲伤上，一分钟也不能浪费。时间已经是 11 月末，父亲做了感恩节的晚餐，送到了我床边。之前我的饲管已经拔掉了，于是我和两个姐姐、父亲，以及几个朋友，一起享受了一顿大餐。这是多个星期以来我吃的第一顿真正的饭菜。整个下午，我感到自己又变成了一个健康的人。吃完饭，我和姐姐们一起在 YouTube 上看了电影《波拉特》和综艺喜剧节目《周六夜现场》，我们边看边笑，边看边聊，大家都轻松开心。

第二天上午，我就在病房里开始了下一步的工作。

第九章
找到卡斯尔曼病专家

UpToDate（临床顾问网）是著名的临床医疗资源网站，医生们都愿意用它来搜集和了解与临床医疗相关的所有最新资讯，比如各种疾病以及治疗方法。这个网站深得大家信赖，因为它的内容是由医生创建并且为医生服务的。这个网站随时保持着更新，其网站名称 UpToDate 的字面意思就是如此。至少，它的初衷是这样的。在医学院上学的时候，我也经常使用它。

这个网站收录的卡斯尔曼病条目里说，我的这种亚型（特发性多中心型）迄今为止只有 4 个报告病例，而且其中只有 1 例患者还活着。这让我很惊讶。于是，我和杜克大学医学中心给我看病的一位住院医师都得出了一个推论：这就意味着我是迄今为止的第 5 个报告病例，这显然不对。很难想象，只有这么寥寥无几的患者，怎么可能会已经存在一个有效的治疗方法。如果仅仅为了一个发病率如此之低的疾病就去研发一种治疗方法，那么有人就可能会认为这是在滥用有限的医疗研究资源。当然了，我不会这么想。海上沉船的幸存者会抓住一切残骸碎片，捆成救生筏，绝地求生，我和我的医生们也像那些幸存者一样，玩命地去搜寻、去研究，试图能找到更多跟我一样的，特发性多中心型卡斯尔曼病的患者。结果我们发现，就在近期，光是一项临床研究项目所招募的特发性多中心型的卡斯尔曼病患者就超过了 75 人。而且，我去 PubMed（医学数据网站）上一搜，很快也搜到，我的这种亚型（iMCD）其实早就有几百个公开的病例报告了。原来，UpToDate 网站只是名为“最新”，但其内容早就不是最新的了。

如今，UpToDate 网站上关于卡斯尔曼病这个条目的作者是我自己了，所以我能告诉你，现在内容真的都是最新的了。我们现在知道，全美国每年都有大约 6 000 ~ 7 000 人被诊断为卡斯尔曼病。也就是说，这种病的发病率与肌萎缩侧索硬化（ALS，俗称渐冻症）基本在一个水平。其中，又约有 1 000 人是我的这种亚型（iMCD）。iMCD 患者的平均存活年限大约是 7 年。因此估算一下，全美国大约有 7 000 个像我一样的患者还活着，而不是只有我 1 个。

在当时的情况下，知道已经有人在进行着相关的临床研究，这就足够了。因为它意味着这种疾病虽然罕见，但也不是无关紧要。这同时也意味着，我需要走出杜克大学医学中心的血液科病房，去寻找一位真正的专家来给自己看病。这个专家一定存在，而我愿意跑到任何地方去找到他。这类罕见疾病往往能吸引那些最聪明的大脑，他们醉心于研究那些复杂难题，研究那些少有人问津的偏门问题。很快，我也梦想着能加入他们的研究团队。

果然，在网上稍作搜索后，吉娜和我就找到了要找的专家：弗里茨·冯·李医生。他是医学和哲学双料博士、教授、多个国际学术组织的会员，从 NIH 获得了大量的研究经费（能拿到 NIH 的资金资助，可是医学研究界的最高荣誉）用于研究多发性骨髓瘤。弗里茨·冯·李医生也被称为业界顶级的卡斯尔曼病专家。他现在在小石城的阿肯色大学医学院工作。

我给冯·李医生发了封邮件，问他在我身体恢复到可以从杜克大学医学中心出院时，他是否愿意在小石城给我看病。我很高兴能找到一位顶级专家，但同时我也面临着一个不可避免的严峻后果。这就好比打官司打到了最高法院，对我的病来说，这个顶级专家就是无可争议的最高权威。但到时候，如果连他都不知道该如何治好我的病，那可怎么办？对这种可能性，我都不敢去想。

冯·李医生很快给我回了邮件，说他愿意给我看病。他回复得这么及时，我决定把这一点看作一个好兆头。一个忙碌无比的大专家能这么迅速、及时地回复邮件，他一定不是一般人。

我和冯·李医生的预约在 12 月 26 日。我还要先去做 PET 检查、骨髓活检和验血。我在杜克大学医学中心已经住了一个月了，经历了从化疗到临终仪式的各种阶段。我的身体状态一点都不好，验血的结果也很不好。我只有 3 个星期的时间来锻炼身体，积蓄力量，然后才能有足够的力气前往小石城，向冯·李医生全面请教自己的疾病。我的故事不再像是一个寓言故事了，寓言故事里面的人物遭受的往往都是些莫名之灾。我也不再像一个英雄传奇故事里的人物那样了，是被某种神秘未知的力量所击倒。从这个意义上来说，我的故事已经进入了一个新阶段。现在，我的故事变成了一个侦探故事，我体内深处埋着一颗定时炸弹，滴嗒作响，亟待拆除引信。

可首先我得需要一些新衣服，好在出院的时候穿。因为身体充满积液，我的肚子看上去比怀孕 7 个月的二姐还大，住院前的所有衣服都穿不下了。我可不打算穿着医院的病号服到处跑，多少我还有一点自尊心。所以我和二姐去买了一些没有商标的 XXXL 号超大码衣服，我看上去就像个穿着囚服的黑手党。

另外，我还需要弥补一些我的过错，但愿我还有机会。回到父亲家里，我首先就打了电话给凯特琳。我再次努力解释为什么再次拒绝了她的探望，她也再次接受了我的道歉。但我后来了解到，这次她还是认为那是姐姐们在保护我。彼此心中纵有情愫万千，衷肠百转，但在电话里，我们谁也没有多说，我想这是因为过去几个月我生病以来的起起落落，让我们俩都已身心俱疲，不愿多说。不过，凯特琳还是告诉了我，我拒绝她探望的时候，她心里有多难过。我能感到，言谈之间我们的关系越来越近，我们之间的那种紧张感消失了，取而代之的是过去相恋时那种美好的幸福感，那种熟悉的感觉一直萦绕在我的心中。但我还是尽量控制自己，不去过多设想我俩未来的关系。因为，谁知道我这可怕的疾病明天又会是什么样呢？我尽量地去享受这件事情本身，那就是我在与我曾经爱过的女人通电话。保持清醒，别想太多。

第十章

查找疾病治疗的蛛丝马迹

1954 年，马萨诸塞州的一位病理学家首次从大约 10 名具有相似症状的患者身上，观察到同样的淋巴结异常显微特征。这位病理学家叫作本杰明 · 卡斯尔曼（Benjamin Castleman），于是，卡斯尔曼病便因他而得名。但这一复杂的疾病除了名字还比较简单之外，其他方面可一点也不简单。

这种病的根本特征就是复杂。说它复杂，第一点就体现在它的名称上：我得的这种病是卡斯尔曼病的一种亚型，叫做 iMCD，其中的“i”表示“特发性”。所谓特发性，就是说人们几乎还不知道它的发病原因。

我被确诊之时，医学界对 iMCD 的认知还仅限于它与各种细胞因子有关。细胞因子是免疫细胞的分泌物，负责触发和协调整个免疫系统的一系列活动。其中有一种细胞因子，叫作白细胞介素 -6（interleukin-6，IL-6）。每个人的身体都会制造和分泌白细胞介素 -6，很可能此时此刻你就在分泌着。白细胞介素 -6 能帮助我们抵御感染和癌症。然而，如果得了 iMCD，那么白细胞介素 -6

的生产就会进入超速运行状态，而且停不下来，换句话说，就是友军的炮火失去了控制，自相残杀，从而引起类似流感的症状，并扰乱肝、肾、心、肺和骨髓的正常工作，威胁到生命。那为什么一开始会出现白细胞介素-6生产过剩的状况呢？这就是我们还没弄明白的其中一个问题。可能是由某种特定的外来致病因素，比如病毒引发的，也可能是因为体内出现了癌细胞所引发的。还有一种可能，就是内源性的因素引发的，即免疫细胞的遗传密码（遗传密码要么是先天写好的，要么是后天获得的）发生了突变。没人知道究竟是哪一种原因。所以，我们甚至都不知道该把iMCD称为自身免疫病，还是癌症，又或者是由病毒引起的疾病。很难将它归类，它似乎是横跨了淋巴瘤（癌症）与狼疮（自身免疫病）这二者的交界地带，在两者的交界处占领了一个无人区。

我还了解到，不是所有的卡斯尔曼病都是一样的，它有很多种类型，就像癌症有很多种类型一样。不同的类型，其后果也不同。我的这种卡斯尔曼病，除了是“特发性”的以外，还是“多中心型”的，因为身体多个部位的淋巴结都会发生肿大，其显微镜下的外观与卡斯尔曼医生最初的描述类似。淋巴结是免疫细胞获得行动命令的大本营：与谁战斗，怎么战斗，战斗之时如何避免伤害到健康细胞。这一极其复杂的过程，每一天、每一刻都在我们每个人的身上进行着，它要求各种免疫细胞到达淋巴结的指定位置，发送信息，接收信息。而且，信息的发送和接收都必须准确无误。如果得了卡斯尔曼病，那么淋巴结中的血管分布形态就会发生异常，走行迂曲，因而免疫细胞的分布形态也会随之发生异常，导致免疫细胞在迂曲变形的部位过度集中。这样一来就会存在风险，可能导致免疫细胞接收到错误的信息，从而抵达身体各个部位，并进入战斗模式。

卡斯尔曼病除了 iMCD，另外还有 3 种亚型，其淋巴结也具有相同的异常显微镜下的外观。第一种是单中心型卡斯尔曼病（unicentric Castleman disease，UCD），其症状要比 iMCD 轻，而且只会在单一局部区域出现淋巴结肿大，通过手术切除，一般都可以治愈；第二种是与 POEMS 综合征[5]有关的多中心型卡斯尔曼病（multicentric Castleman disease，MCD），是由少量癌细胞引起的临床表现异常与化验结果异常，其异常特点与 iMCD 相同，消除那些为数不多的癌细胞，就能消除 MCD；第三种是与人类疱疹病毒 8 型（human herpes virus 8，HHV-8）有关的 MCD，其症状也与 iMCD 几乎相同，但其诱因是 HHV-8 引起的感染失控。针对这个亚型的研究已经相当深入。在没有查明其病因和关键免疫细胞类型之前，这个亚型的预后甚至比 iMCD 还要差。而现在，HHV-8 相关的 MCD 的病因和机制已经破解，找到了有效的治疗

5 译注：POEMS 综合征是一种与浆细胞瘤或浆细胞增生有关的多系统损害，临床上以多发性周围神经病（polyneuropathy）、脏器肿大（organomegaly）、内分泌紊乱（endocrinopathy）、M 蛋白（M-protein）血症和皮肤损害（skin changes）为特征表现。“POEMS”取自 5 种病变的英文首字母。

方法，长期存活率大幅提高。我从中得到的启发就是，只要能找到它的发病原因，我的这种亚型 iMCD 也不是不可治愈的。

然而，即使这个启发给了我一些鼓舞，我也很难直视那些存活率的数据。就像多系统器官功能衰竭患者的存活率数据一样，我在医学院上学的时候有过理论上的学习，而现在我对此有了一个全新的、切身的体会。大约 35% 的 iMCD 患者在确诊后的 5 年内去世，这一数字与所有癌症加在一起的平均存活率相同，而低于淋巴瘤、膀胱癌、乳腺癌、多发性硬化症和前列腺癌的存活率。约 60% 的 iMCD 患者在确诊后的 10 年内去世。与其他许多可怕的疾病不同，iMCD 在各个年龄段都有可能发病，因此在这场艰难的斗争中，确诊 iMCD 的儿童与青年也很常见，这事全在概率。

我多次翻阅研究文献，想寻找一切有关线索，包括发病原因、免疫细胞的类型，以及与我这种病相关的关键细胞信号通路。如今，距卡斯尔曼医生报告第一个病例已经过去了 55 年，但其发病原因、关键细胞类型和关键细胞信号通路，还都是未知数。当时的唯一发现，就是患者白细胞介素 -6 的生产会处于超速运行状态，而这一发现仅限于对数量不多的 iMCD 患者的为数不多的几项研究。医学上存在一个弊端，那就是，你只看得见你想要找的东西。在已知的几百种细胞因子中，白细胞介素 -6 只是其中少数几种在 iMCD 患者中被检测过的细胞因子之一，所以，很可能还有其他重要的细胞因子没被检测到。尽管如此，日本已经批准了一种叫作托珠单抗（tocilizumab）的药物，用于治疗 iMCD，其作用机制是阻断白细胞介素 -6 的受体，批准依据是其在部分患者身上已经见效。但这个药物一直未能达到美国食品药品管理局（Food and Drug Administration，FDA）的要求门槛，包括药物疗效、药物安全与临床试验设计的严谨性，因此在美国也就无法获得许可用于 iMCD 的治疗。不过到了后来，这个药物在美国最终获准用于治疗类风湿关节炎。因此，那个时候如果杜克大学医学中心的医生们想要在我身上试用一下，并且也能获得保险公司同意的话，那么当时完全可以拿到这个药。遗憾的是，那时候杜克大学医学中心的医生们对此还一无所知。

在这一对卡斯尔曼病学习与研究的早期，我自己同样也不知道托珠单抗已经在日本用于 iMCD 的治疗了。我只知道卡斯尔曼病是一个极其复杂的疾病，同时也是一个让人着迷的疾病。抛开它带来的痛苦不谈，单就目前我们所知，这个怪病简直让人称奇，而且我自身的免疫系统攻击我自己身体器官的能力，从某种意义上来说，也真是让人叫绝！

就在我努力学习，尽量多了解 iMCD 的知识来帮助自己的同时，医学研究人员也正在利用在研究 iMCD 的过程中所掌握的有关细胞因子的知识来治疗癌症。这种做法，是医学上的开创性成就之一，即我们能够向威胁我们身体健康的敌人学习，并且能够大大方方地复制敌人的武器，然后发起反击。

就治疗癌症来说，这种想法的初衷和计划是将免疫系统的火力小心谨慎地引向癌症本身（而且只对准癌症本身）。当然，这样做是有风险的。这些强大武器一旦被释放出去，如果方向引导错了，那就意味着患者的病情通常会加重而不是减轻。过去 20 年来，我在宾夕法尼亚大学和其他地方的同行们已经想出了解决办法，那就是对特定的杀伤性免疫细胞，即 T 细胞进行重新编程，使其能找到并杀死癌细胞，因为癌细胞的表面有某种特定分子的表达。他们的具体做法是，从患者身上取出 T 细胞，然后操控 HIV 病毒的相关组件，将其基因物质注入这些 T 细胞之中。这些被导入了嵌合抗原受体（chimeric antigen receptor，CAR）基因的 T 细胞（简称 CAR-T 细胞）再度被输回人体，就会大开杀戒，释放细胞因子并激活免疫系统，去摧毁那些带有特定细胞标志的癌细胞。毫不奇怪，接受了这种疗法的患者，病情通常都会迅速加重。事实上，最初一批接受 CAR-T 细胞治疗的患者当中，有一位患者病情加重以至于就快死了，被送进了重症监护室，其各种症状、器官功能障碍和免疫过度激活等表现，都与 iMCD 几乎一模一样。这位患者的白细胞介素 -6 也都严重超标。医生们决定尝试一下托珠单抗，这是一种白细胞介素 -6 受体拮抗药，最初在日本被研发的目的，就是用于治疗 iMCD。

托珠单抗起作用了，这个患者得救了。要是托珠单抗没能救回这个患者，那么整个 CAR-T 细胞的研究计划可能早就中止了。如今，CAR-T 细胞疗法已经获得 FDA 的批准，用于治疗多种白血病和淋巴瘤，这也给人类抗击其他癌症的艰巨斗争带来了新的希望。

普通公众会觉得，这些所谓的灵丹妙药每天都会出现，医学界几乎对所有疾病都能找到解决办法。这种感觉主要归结于我们在媒体上看到的都是各种“成功突破”的宣传，而看不到失败的报道。新闻标题不会这样说，“有 10 万个实验研究项目今日未取得任何突破”。很多人相信，奇迹就是会自然而然地发生，就是会让研究人员能幸运地得到。事实当然不是这样。托珠单抗就是一个很好的例子。日本医生吉崎和幸率先发现，一些 iMCD 患者的白细胞介素 -6 水平偏高，并在 20 世纪 90 年代和 21 世纪初花了十几年时间研发托珠单抗，用来治疗 iMCD。在将这种药品用于临床试验中的其他人之前，吉崎医生首先在自己身上试用，以证明其安全性。我曾当面向吉崎医生问起此事，他淡然一笑，指了指自己的胳膊说：“不是不是，不是我自己打的针，是护士给我打的。”

像这样在自己身上做试验的医学研究者，吉崎和幸医生不是第一个，也不是最后一个。事实上，有 12 位诺贝尔奖获得者都曾把自己当作试验对象。沃纳 · 福斯曼医生，是研发心导管检查的先驱，他率先将这样一根导管插入自己手臂上的静脉血管，并成功将其引导到自己的心脏。巴里 · 马歇尔医生，通过饮用充满细菌的肉汤，证明了一种特殊的菌株会导致溃疡。这一实验结果为他赢得了诺贝尔奖，同时也带来了治疗和治愈这类溃疡的新方法。

吉崎和幸医生是一个这样的榜样——既是医学的研究者也是医学的研究对象，在今后将对我产生非常、非常重大的影响。

随着我研究和了解卡斯尔曼病的进展，我感到自己原来的另一个身份又逐渐显露了出来，这个身份自从我被送入急诊室抢救之后，就被我搁置一旁了，现在我又重新觉得自己是个医生了。只不过，这个身份的某些部分已经不像之前那么完整了。作为医生，我所接受的职业训练，就是把疾病视为各种诊断工具的检查结果之和。我们接受的职业训练也是要我们多想那些能够做到的事情，只想能够解决的问题，这点本无可厚非。但在我自己成为患者之后，这种简单粗暴方式的弊端在我眼里暴露无遗。我开始逐渐理解了作家苏珊·桑塔格说过的那句话：我们每个人都拥有双重公民身份，最终谁都难逃在疾病王国里待上一段时间。我的病不仅仅是各种症状的总和，它已经成为我与这个世界的一种关系，我与周围人们的一种关系。

一天，在北卡罗来纳，我作为一个疾病王国公民的身份得以充分展示。那时距我们计划前往阿肯色州的小石城还剩 7 天，大姐丽莎耐心地陪着我去商场转一转，散散步。在那里，我看不到一个像我一样在真正“散步”的人，那里只有熙熙攘攘的人群，大家都在忙着为圣诞节采购东西。几个星期前，我从杜克大学医学中心出院了，那段时间的状态也不错，我急于增加体力。我穿着一身崭新的 XXXL 号灰色运动服，好遮住我那肿胀的大肚子，里面依然充满了大约 5 升的积液；我的脚也还肿着，穿不进任何鞋子，所以我穿着医院的病号袜和一双凉鞋，尼龙搭扣的鞋带也调到了最宽松的位置。

我的样子就像电影《飞越疯人院》里演的那样，刚刚从拉契特护士的手里逃出来。但我才不在乎这些。我感觉好极了。

转过一个街角的时候，我身边走过一位年龄相仿的女士，我们的目光发生了短暂的接触。我向她投以微笑，并自然地期待着她也能回报以微笑。如果你从未来过美国南部，那我得告诉你一下（虽然这句话已经被人们听厌了，但它还是事实）：这里的人们对微笑会报以微笑。可我遇到的这位女士，不仅没有回我以微笑，还以一种绝对厌恶的眼神瞟了我一眼。大姐丽莎看到了我俩眼神交流的那个瞬间，她大笑起来，我也跟着她大笑起来。有那么短暂的一刻，我暂时忘记了自己是疾病王国的公民。大笑的感觉真好啊。我在猜想，自己当时的邋遢模样，肯定早已不具当年猛兽般的健美身材，而是更像被某种猛兽撕咬过后的那种，憔悴凌乱。

我们全家人一起过圣诞节，母亲去世已经好几年了，今年是感觉最特别的一次。但我还是禁不住一直想真正得到圣诞老人的礼物，那就是，让冯·李医生把健康送还给我。

第二天，我们终于抵达了小石城，在机场上了一辆穿梭巴士，跟司机说我们要去阿肯色大学医学院。司机问道："你是去看卡斯尔曼病的吧？"

我吓了一跳，回答："对啊。"

"我就说嘛，你看起来就有点像卡斯尔曼病患者。"

我的那些一流医院的医生们花了 11 个星期，才整明白我得的是卡斯尔曼病，而眼前这个大巴司机刚一见面就看出来了。

"嗯，那你算来对地方了。全世界的卡斯尔曼病患者都来找冯·李医生看。"

这句话听起来真让人欣慰，我第一次来到了这样一个地方，在这里，我的这种病是"正常的"。

在我入住的酒店，在我就诊的医院，都发生了同样的事。我们遇到的每一个人，似乎都知道卡斯尔曼病。我刚从一家知名的医院出院，那里的专家医生对卡斯尔曼病一无所知；而那个知名的医疗资源网站也是乱说一通，说什么我这个亚型的卡斯尔曼病患者只有一人在世。现在，我可以斩钉截铁地说，这是错误的，因为那天早上等着看冯·李医生的 iMCD 患者排着长队。我终于来对地方了。

我是有备而来的。像所有优秀的强迫症患者一样，我做了一个 PPT 来展示我最初的鉴别诊断过程，以及过去几个月里的各种症状和检查结果。我的 PPT 很长，有 100 多页，在拿给冯·李医生看时，我非常紧张，怕他翻着白眼，不耐烦地看着手表，以为我一个普通患者、一个年轻医学生，竟想班门弄斧。但我想多了，那根本不是他的风格。冯·李医生花了 3 个小时跟我和我父亲一起，仔细查看我的病历资料，并制订了一个详细的治疗方案。交谈中，我们发现，除了都对卡斯尔曼病感兴趣之外，我们还有一个共同点，那就是冯·李医生的妻子也是特立尼达人，而且是和我母亲在同一片社区长大的。我们一同回忆了特立尼达岛上的陈年往事、我们最喜欢的特立尼达食物，以及我们最喜欢的海滩。

我和冯·李医生在文化上有着共同的交点，这点让我很欣慰，但更令我欢欣鼓舞的，还是他提出的治疗方案，因为他的建议就等于目前世界上关于我这个病的所有知识的总和。这真是太棒了，他真是太棒了。他还告诉我们，一家制药公司正在研究一种叫作司妥昔单抗（siltuximab）的药物，通过直接阻断白细胞介素 -6 的方法来治疗 iMCD[6]。目前，该药已经进入了Ⅱ期临床试验阶段，这也是迄今为止 iMCD 的随机对照研究中首个进入Ⅱ期临床试验的药物。如果最终成功，FDA 很可能会批准将司妥昔单抗用于 iMCD 的治疗。初步的试验结果非常令人鼓舞。我还震惊地获悉，这项临床试验的地点，刚好就在距离杜克大学医学中心只有 15 分钟路程的北卡罗来纳大学，他们正在招募患者参与试验，而之前当我躺在杜克大学医学中心奄奄一息时，我和我的医生们竟然都对此事一无所知。我自己的白细胞介素 -6 检测结果在初次发病和复发时都显示不高，但冯·李医生解释说，根据目前对

6 原注：托珠单抗和司妥昔单抗都能阻断白细胞介素 -6 的信号通路。托珠单抗阻断的是白细胞介素 -6 的受体，使它不能与白细胞介素 -6 结合，司妥昔单抗则是直接结合并中和掉白细胞介素 -6。

iMCD 的已知情况，我的白细胞介素 -6 一定是升高的，因为这是 iMCD 的一项关键指标。他还解释说，目前对白细胞介素 -6 的检测还不是非常完备，很可能会出现误报的低水平。最后我们讨论的结果是，我马上回到北卡罗来纳，加入那个司妥昔单抗的临床试验研究计划。这是治疗 iMCD 的药物中唯一在进行临床试验的，而且针对的也是该病的一个关键因素。终于，我找到了自己一直在找的。那就是，找到行家、制订计划、付诸行动。我高兴极了。

看完病后，冯·李医生带我去见了另一个患者，一位和我年龄相仿的 iMCD 患者。跟我一样，这个患者也曾在重症监护室度过了几个月的危险期，然后也复发了，差一点儿没命。他还多次得了卒中，大部分结肠切除，而现在，他差不多完全康复了，这都要归功于司妥昔单抗，也就是冯·李医生推荐给我的，那个还在试验中的药物。这个患者让我看到了自己的未来，让我几个月以来第一次如此充满了希望。我要回家了，但这次我手中有了武器，我可不再是好惹的了。我不会再被动地希望和等待，我要主动进攻了。

至少我的打算是这样的。第二天，我们叫了辆出租车，前往机场。从上车的那一刻起到下车的那一刻止，我就意识到自己的病已经开始复发了。在过去的这几天里，我的疲劳感与恶心感早已经越来越强烈，但我在忙着跟冯·李医生见面，直到终于有了一个计划之前，我都尽量不去往那个方面想。现在，我的病开始给我狠狠一击，让我切实感受到它的存在了。到机场后，为了证实我的预感，我登录了一个网站，上面有在冯·李医生那里验血的结果。毫无疑问，我的病又回来了。我的身体感觉和验血结果说明了一切。

第三轮比赛又开始了。

我们只好离开机场，坐上出租车，重新回到了冯·李医生的医院。我既失望又害怕。不过还好，至少我现在所处的地方，正是卡斯尔曼病的治疗圣地，我心里自我安慰着。

冯·李医生立刻收我住了院，给我开了更大剂量的糖皮质激素，糖皮质激素在雷克斯医院救过我的命；他又开了双倍剂量的化疗药物，化疗药物在杜克大学医学中心救过我的命。

几天过去了，很显然，这两种治疗手段都不见效，我的卡斯尔曼病在肆无忌惮地咆哮肆虐。

很快，我就开始接受血液透析治疗，以代替我衰竭的肾功能。我每天都要多次输液，包括输血、输血小板、输白蛋白，每周都要抽腹部积液好几次，每次都会抽出 6 ~ 7 升的积液。我的身体变成了一个工地，时时刻刻都在进行着各种活动，来来去去，进进出出，走走停停，而我的身体状况却在不断恶化。

冯·李医生想要我参加的那个在北卡罗来纳进行的临床试验研究项目，要求受试者在试验前的 8 周内没有接受过任何其他的药物治疗，因为只有这样才能确保任何改善都是司妥昔单抗的作用。医生们和我都知道，如果暂停治疗这么长的时间，那我是活不成的。于是冯·李医生向 FDA 和那家制药公司申请了“紧急同情使用”，允许我在无法参加正式临床试验的情况下，照样接受试验药物的治疗。考虑到我病情严重而且没有别的选择，这个请求获得了批准。

我接受了该药的第一次输液治疗，期待着好的结果出现。输液期间，负责临床试验的一位工作人员告诉父亲和我，她曾见过有的患者在接受治疗后的短短两三天之内，就出现明显好转。这个工作人员以及我的护士也都继续跟我解释说，注射了司妥昔单抗之后，如果我的白细胞介素 -6 指标逐渐上升到很高，那就说明这个药物对我起了作用。

两天过去了，我的病情在持续加重。

我没有感到任何的好转，而且相关的检查结果也证实了我的病情确实在持续加重。

我的器官也在持续衰竭。

终于，所有人都在期待的那个迹象出现了！我血液中的白细胞介素 -6 水平已经是正常值的 100 多倍。我的护士和那个试验的工作人员都提醒我说，这表明司妥昔单抗很快将开始发挥作用。

父亲和我击掌相庆。父亲还连忙给亲朋好友打电话，分享这个好消息。接着，我们就开始等待，等待着那个奇迹般的好转开始出现。

又过去了两天。我的器官功能进一步恶化，我又开始昏迷，失去知觉。有位医生通知我，我们不能再继续等待司妥昔单抗这个药物起作用了，再等下去可能我就没救了。

司妥昔单抗这个所谓的神药已经有了，我也用上了。这个药物针对的是人们对卡斯尔曼病的“现有知识”的其中一点，即大家都认为，白细胞介素 -6 是问题的原因。然而现在，即使白细胞介素 -6 已经被阻断了，对我也没有产生任何效果。除此之外，再没有任何别的药物有人在研究。

多系统器官功能衰竭的后果，让我的大脑也未能幸免，我的思维迷迷糊糊，但有个知识上的问题始终困扰着我：为什么阻断了白细胞介素 -6，也并未出现大家都在期待的那种效果？我的情况与别人的有什么不同吗？不过我也知道，我很有可能活不到搞清楚这两个问题的那一天了。

冯 · 李医生来到我病房，讨论下一步的治疗方案。简短谈话间，我们都认为，可能正是司妥昔单抗起了作用，要是没有它，我的病也许会更严重；还有一种可能，就是它需要更长的时间才能见效，只是我们没有时间再等下去了。冯 · 李医生走后，我心里琢磨着，也许我的这个病例样本，在将来会有助于冯 · 李医生的医学研究，也有助于其他患者。但在医院的此情此景下，燃眉之急不是什么医学研究，而是别让我死掉。我们别无选择，要想活命，只能以毒攻毒了。

冯 · 李医生决定对我的病发起强攻，就像战争中的“震慑行动”，即以毁灭性大剂量联合使用 7 种化疗药物：硼替佐米（bortezomib，商品名：Velcade）、地塞米松（dexamethasone）、沙利度胺（thalidomide）、阿霉素（adriamycin）、环磷酰胺（cyclophosphamide）、依托泊苷（etoposide）和利妥昔单抗（rituximab）。取这 7 种药物的英文首字母，我们把它称为 VDT-ACER。治疗一开始，将采用 VDT-ACER 中最狠的一种组合，连续用药 4 天。然后在接下来的 17 天，每隔几天再变换一种组合形式，以针对免疫系统的某些特定方面和关键环节。这种联合用药的化疗方案，最初是为了治疗多发性骨髓瘤而研发的，这种骨髓瘤是一种血癌，它与 iMCD 有很多相似之处，但这种用药方式还从未在 iMCD 的研究中尝试过。我的医生们都提醒我将要承受的各种副作用，但我跟他们说，尽管放马过来，给我用药。我知道接下来会发生什么，至少在理论上我知道都会有什么后果。这种联合化疗药物的毒性极大，大到爆棚。我会掉头发，我会一直呕吐，我也可能不会再有自己的孩子。

我开始掉头发。我开始呕吐，频繁地呕吐。我还没准备放弃要孩子的机会，但我需要先活下来才能有机会。父亲坐在我的床边，鼓励我吃点饼干。

离谱的是，每接受一剂新的化疗药物，我的感觉就会好一点。iMCD 的发作简直让人逃无可逃、难受至极，所以即使是 VDT-ACER 这种半受控的毒性化疗，对我来说都是一种改善。我的大脑仍然迷迷糊糊，大部分身体也仍然无法活动，但每往正确的方向上前进一步，哪怕只有一小步，我都感觉好极了。能让我受益的，也正是人类心理机制上的一个最美妙之处，那就是习惯化。换句话说，如果你去过了鬼门关，经历过了死里逃生，那么以后无论再遇到什么难事，你都不会觉得难了。

化疗药物正在攻击我的免疫系统，而此前我的免疫系统也正在攻击我自己。化疗只是权宜之计，但在有人揭开 iMCD 的谜团之前，我别无选择。

与此同时，我对整个学医过程中所了解到的那些药物有了新的认知。我以前认为，药物一直都不过是医生工具箱中的一件工具而已。但现在我才真正明白，真正拯救生命的是药物，而医生只是负责开药和用药。

别误会我的意思。我是说，医生相当于催化剂的角色，而药物才是发挥作用的决定性物质。我知道，我这样说肯定会惹怒一些医生。在我自己没有经历这场大病之前，要是听到这种说法，我也同样会火冒三丈。医学界总有一些人，不愿意承认药物的首要地位和根本作用，我认为这种抵触思想可能会埋下隐患，引起认知上的混乱。严酷的现实情况就是，医生对患者能有多大帮助，完全取决于有没有针对性的药物。当然，**何时采用某个药物，何时不用某个药物，这个决策过程极为复杂，它需要一个合格医生的丰富经验和专业洞见**，但如果针对某种疾病的那个药物根本就不存在，那也就谈不上用它去治病了。

不知是什么原因，可能是那些五花八门药物的副作用所致，也可能是我第三次从死亡边缘回来后需要缓解一下心理上的压力，我感到有一种奇怪的冲动，想向父亲坦白，向他坦白这些年来的成长过程中我对他撒的每一次谎。距离我首次发病已经快 6 个月了，每次我住院，父亲都会睡在一把折叠椅上，一直守着我，每晚都如此。也许是因为我觉得父亲为我付出了这么多，他值得知道我隐瞒的那些事情；也许是因为我觉得应该直抒胸臆，不留任何遗憾，以防病情突然恶化而再无机会；也许是因为我觉得自己的状况还很糟糕，在这种时候坦白，父亲不会生我的气。不管让我产生坦白冲动的原因到底是哪一个，反正我向父亲坦白了很多事，比如趁他出差不在家的时候，我曾好多次“借”他的汽车开，还对他的很多有益的教导也充耳不闻。我的坦白获得了父亲的原谅。

父亲还给我留出独处的时间，以方便我在病房里给凯特琳打电话。我和凯特琳重新建立了联系，我们会分享彼此日常生活的细枝末节。每次通话，我都会全神贯注，慢慢地，我们的通话逐渐多了起来，变成了每周一次。尽管我这边的消息注定不是那么让人开心，但我非常乐意听到她那边的消息，听她讲讲工作上的事，哪怕是最平淡无奇的那些小事。大学毕业后，凯特琳在纽约的时装行业找了一份工作。她跟我说起，有些人居然对服装上一个针脚不齐或一点绿色的不搭配就要死要活，我俩都哈哈大笑。什么才是真正生死攸关的大事，我们俩比别人都更有体会！

新年的前夜，我感觉有些力气了，可以在父亲的陪伴下，绕着血液科 / 肿瘤科的病房转圈溜达了。我的肚子被积液撑得凸起老大，和现已怀孕 8 个月的二姐一样大。我还戴了口罩以防感染，这样可以把风险减到最小，因为大量的化疗削弱了我的免疫系统。弱化免疫系统是有意的治疗目的，它能弱化下来现在是好事。我和父亲溜达到家属等候区附近的一个拐角，我们注意到一个男子，种种迹象表明，那晚他喝了酒。毕竟是新年前夜嘛。我们又走了一圈回来时，看见他已经掉下椅子，躺在地上了。时刻不忘自己医生身份的父亲跑了过去，扶他起身，坐回椅子上。男子含混地说了声谢谢，接着又说了一句，“祝你和你老婆好运”。我们继续向前溜达着，对男子的最后一句话感到困惑不解。直到我低头一看才明白，那是因为我凸起的大肚子（也许是因为那个男子喝醉了），我看上去一定像是怀孕 9 个月的孕妇，我们一圈一圈地溜达，显然是为了加速分娩的过程。原来那个男子误以为我是我父亲怀孕的老婆！我控制不住自己，对父亲脱口而出：“哥们儿，你的老婆好丑啊。”然后我和父亲就笑翻了。

当然，死亡并不好笑。但我逐渐明白一点，面对死亡之时要比其他任何情形之下，都更需要一些幽默感。

身体多个器官的衰竭导致我的体形扭曲变样，丑陋不堪，而且还被一个醉鬼误认为是孕妇，这种事本该让我难堪至极，无地自容。如果换作另一个人来讲这个故事，这很可能就是他人生中的最大不幸。在我反复发病之前，这种事情对我来说，也可能是我的最大不幸。毕竟，我以前是那样的自豪自尊、意气风发；我健壮如牛，能卧推 375 磅（约 170 千克）；我可不会假装从来不在意自己的外表形象。

然而，面对同样的难堪局面，为什么我现在的反应会截然不同？这也才没过去多长时间啊。我还记得，我当初拒绝了凯特琳前来探望，就是因为我害怕自己的那副丑态会印在凯特琳的记忆里。那一点也不好笑。我从来没觉得那好笑。

那么这回，在新年的前夜和父亲在一起散步时被误认作孕妇却还能大笑起来，这究竟有了什么不同，是什么发生了变化？

是我，是我发生了变化。

在当医生的时候，我也见过很多令人动容的场景，有些患者的病情已经很不乐观了，但他们仍然能够悲中带笑，不忘幽默。我以前总是把这种心态归为一种逃避。每个人逃避眼前事实的招数都不一样，可谓各有各的道，幽默似乎就是其中的一种办法。

现在我明白了，我以前的想法真是大错特错。幽默并没有让我逃避任何事情，反而让我能正视自己的艰难处境，并用笑声来应对它。我用笑声来面对发病时的那些可怕时刻，这与我在其他方面的努力同样重要，也是我绝不向卡斯尔曼病低头的一种表现。觉得什么好笑，什么不好笑，完全取决于我自己。也许最重要的一点是，幽默还具有社交属性，会影响到他人。对于我和我的家人来说，再也没有比一起大笑更好的方式，能让我们这个小集体重振决心的了。当年在杂货店里，母亲单手抓着电动购物车的把手不停地转圈，并跟我一起欢笑，就是她在这方面教会我的第一课。现在，父亲和我也一起分享了同样的欢乐一刻。

经过 7 个星期的联合药物化疗、每天输血和多次透析，我身体恢复了很多，可以出院了。出院之前，我对诺姆（我特别喜欢的一位护士）说，我真是迫不及待想出院。“这过去的 6 个月里，大部分时间我都在住院”，我这样说道。当时父亲就坐在我旁边，6 个月来的每一天他都是这样陪在我身边，父亲打断了我的话，说：“什么叫‘我在住院’啊？明明是我们两人一起住院好不好！”这话说得一点没错，而显然我已经把他的陪伴当成理所当然的了。父亲取消了他这 6 个月来的所有手术和门诊预约，几乎每晚都睡在我的病房里，只有大姐丽莎来替他的时候，他才会去附近的一家酒店，在床上好好睡一觉。然后，他总是第二天一大早就赶回医院。他为我做的这一切，徒劳而无功。日复一日，默默承受着煎熬，眼看着他的宝贝儿子遭罪。在朋友和其他家庭成员前来看望我时，一般来说，我的精力会变好一点，心情也会更乐观一点，比如我的教父教母、他们的儿子，还有与我亲如兄弟的康纳，这 4 个人的看望往往会让我精神大振。但等他们一走，我的精力与乐观情绪就都会黯然消退。而每次在现场目睹这一过程的父亲，也都在跟我一起承受煎熬。

我们要回家，回北卡罗来纳州了。第三轮比赛我又赢了。但这不是给病魔的致命一击，对手还有能力反抗。我们寄予厚望的“神药”——能阻断白细胞介素 -6 的司妥昔单抗没有起作用，我们被迫采用了大剂量的联合化疗，可谓背水一战。尽管如此，冯·李医生（还有我）还在自圆其说，认为或许是因为我当时的病情过于严重，所以在开始使用司妥昔单抗的时候才没能起作用；又或者我以前的白细胞介素-6检测结果虽然正常，但它的真实水平是非常高的，只是未能检测出来而已。我们俩还都认为并且期待着，尽管这一回司妥昔单抗没能帮我中止复发，但它肯定能阻止我的下一次复发。毕竟，这个药物在治疗 iMCD 方面据说有着奇迹般的效果。走出冯·李医生的诊室，我手里拿着一张黄色纸条，上面写着我的治疗方案：每 3 周注射 1 次司妥昔单抗。

离开阿肯色州时，虽然我恢复了健康，但我仍然放心不下。我的担忧是：每反击一次，我们的火力就要提高一个等级，但弹药库里已经没有更强大的武器了。另外，正如 iMCD 是一颗滴嗒作响的定时炸弹，那些用来给我治病的各种药物，又何尝不是炸弹呢？化疗药物有毒性，化疗会伤害身体，人体所能承受的最大化疗剂量是有限度的，多次化疗的累积剂量达到这个数值之后，它所造成的伤害人体将无法承受，这就是所谓的终生最大剂量。大部分患者都从未有机会达到那个最大剂量，因为要么心脏和其他生命器官因受损过重而无法正常工作；要么就是催生了癌症，因为化疗造成了 DNA 损伤，而化疗原本应该是去消灭疾病的。如果说化疗是我每次病情复发时的唯一解决办法，那么到最后我肯定会死于化疗之手。而在死于化疗之前，如果按照这种剧情发展下去，我还能活到第几集呢？但是，我把这些问题都暂时压下不想，而是提醒我自己：司妥昔单抗一定能阻止我的病情复发。另外，我还有这个领域的一个顶级专家在给我治疗呢。我知道，这个专家以及别的研究团队肯定也都在努力工作以争取揭开 iMCD 的谜团。我想，iMCD 很快就不会再是“特发”的了，它的病因一定会被找到。但解不解开这个谜团，对我来说已不重要了，因为我有司妥昔单抗这个“神药”，病魔就不会再找上门来。

第十一章

又见到凯特琳

回到家乡罗利市，一下飞机，我就去做了一件10年来都没做过的事情：去一家汉堡店（Five Guys）吃个汉堡。

10年来，我没吃过任何形式的加工碎肉，吃鸡肉时也会仔细剥去每块上面的鸡皮，我也没吃过油炸食物，不吃蛋黄酱、黄油等含脂肪添加剂的食品。我是“干净饮食”的典范，餐盘里全都是水果、蔬菜、鱼肉、（去皮）鸡肉和全谷物。偶尔吃一片芒果干，就算放纵至极了。我打着健康的旗号（再加上一点虚荣心），我压抑着口舌之欲，从不乱吃东西。“我吃食物可不是因为好吃才吃”，我曾这样自豪地对朋友们宣布，同时还会一样一样地讲给大家听，餐盘里每样食物所含的热量有多少千卡，所含的蛋白质有多少克。即便如此，即便在饮食上我已经小心翼翼到如此程度，我还是已经快死好几回了。因此，如果再认为饮食问题是我生病的罪魁祸首，那就没有道理了。事实上，我的身体原本一直营养很好，充足而且均衡，只是它自己起了内讧。我也不知道，我这么想吃一个汉堡的原因，究竟是因为自己开始意识到，严格的

“干净饮食”所提供的营养终究有限，到最后健康说不定就会出问题（其实这时候我最不需要的就是免疫系统“更加强大”），还是因为我已经好几个星期都是通过饲管摄入营养而没有真正吃过什么东西了，反正在我走出机场的时候，我那属于食肉动物的本性又被激发了出来。我现在认为，没有道理为了所谓的“干净饮食”而戒除其他美食。

我品尝着汉堡，美味极了。那感觉就好像漫长难熬的斋戒之后享受的一次大餐，也好像流感痊愈之后吃上的第一顿不是流食的食物。

能坐下来吃点东西，也给了我片刻宁静，让我能安静地思考过去几个星期里一直在琢磨的一件事：为我生命之战的下一阶段规划出新的作战方向（下一阶段也许就是我的最后胜利，当然后来的一切表明我想错了）。我想象着下一步的工作模式，脑子里不断回响着这样一句口号，“思考，行动”。注意，这句口号中间的是个逗号，不是句号，这很关键。这意味着，它不是让你去想一些事情，然后再随意去做一些别的事情；它是让你去想一些事情，然后就去做你所想的那些事情，不是光想不做。

当然，我并没有把这句口号作为鲁莽行事的借口，当时没有，现在也没有。我不会脑子里一想到什么嘴里就往外说什么，或者脑子一热就去疯狂网上购物。对我来说，“思考，行动”这句口号已经变成了某种行为准则。不要轻易放弃你的每个想法，有了想法就要再深入一步思考，衡量一下，看它是否值得去做。如果值得，那就进入行动模式，不管你是否已经有了行动所需的一切完备能力。有了这个原则，我会更加仔细地考虑自己真正想要的是什么，哪些想法真正值得我去付诸行动。我也更加珍惜地使用自己的心智能量，不把精力浪费在无用之处。具有讽刺意味的是，这反而帮我赶走了那个一直如影随形、在我潜意识里的狐疑小妖精。我们常常会想做一些事情，或者想说一些话，这些想做的事或者想说的话，对我们自己的生活或所爱之人的生活都意义重大，但到最后，我们很快又会自己说服自己，不用去做了，不用去说了。而“思考，行动”这一原则，帮我筛除了那些无用的想法，突出了那些有用的、值得去做的想法。那天，我在机场吃汉堡这件事，给我的感觉正是如此，去吃汉堡就是值得我去做的一个想法。

之前在阿肯色州小石城住院的时候，在经历了第三次与死神擦肩而过的最糟糕阶段之后，病情开始平稳的那几天，我就已经开始一点一点地理清这个新的作战方向了。那是因为我清晰地意识到了一点，当我做好准备迎接死亡的时候，我最大的遗憾不是那些我已经做过的事，而是那些我曾经想过但却从来没去做的事。我知道，我并不是第一个得出这个结论的人：“临死之前，没人会后悔多干了点儿正事”，这句话虽是陈词滥调，但也千真万确。当你身体健康、没病没灾的时候，让你深夜睡不着的都是这类记忆：晚餐聚会上你讲的一个烂笑话、比赛时你传丢的一个球、第二次约会就猴急地对女孩表白说“我爱你”后在现场尴尬的你……这类记忆让你尴尬，让你恨不得从未发生过，但你总算还有这些记忆。然而，当你将死之时（至少在我将死之时），上述这类记忆就都不要紧了，可谓无伤大雅。这时候最要紧的，是那些你原本想去创造却未能去创造的记忆，是那些你意识到你再也没有机会去创造的记忆，这两点遗憾，会在你的腹中郁结成团，一直堵在那里，一直让你难受，一想到这些，你就会后悔不迭、肠如刀绞、心跳狂乱（心率会高到令 ICU 的心电监护仪发出警报）。与凯特琳结婚生子的情景，怎么说我也想象过上百次了，神志不清的时候我会想，痛苦不堪的时候我也会想。我后悔在凯特琳给我机会的时候，没有尽力去争取修补我们的关系或者能跟她重新在一起，那样的话，我们俩就能一起度过我人生中的最后 6 个月了（那时我以为自己就能活 6 个月）。而这些并不存在的记忆，让我痛苦万分，让我追悔莫及。我跟自己说，要是还能活下来，我就一定全力以赴，化思想为行动。

当天晚上，我们举行了一个家宴。值得庆贺的事情有很多：我出院回家，我在小石城的时候二姐吉娜又生了个健康的女儿。家人们全都来父亲家里吃晚饭。我的身体依然虚弱，甚至端不动一个盛了食物的饭碗，更别说亲手做菜或端菜上桌了，但我还是帮忙布置了餐桌。那是我最开心的一次布置餐桌，就算家居女王玛莎·斯图尔特来了，她也不见得比我布置得更好。我一丝不苟地把每一条餐巾都叠成完美的三角形，认认真真地数着我经历的每一桩幸事，笑得合不拢嘴。

趁着晚宴后的愉悦情绪，我决定按住潜意识里的那个狐疑小妖精，准备开始“行动”了。我给凯特琳打了电话。在阿肯色州住院的时候，我们就已经常通电话了，而在回家后的当天下午（就在我吃完叫我大彻大悟的那个汉堡之后），我就给她寄去了她最喜欢的鲜花以及我记忆中她最喜欢吃的糖果，寄到了她上班的地方。寄东西这点儿事本身没什么可吹嘘的，但我行动起来了，这意义可不小。因为在此之前，我内心深处的那个狐疑声音一直在千方百计地劝阻我，不要寄礼物。那个声音劝我说：

你俩现在都不算在谈恋爱，她会觉得你给她寄东西的举动很怪异。你还是再等等吧，等将来再想别的办法。

要搁以前，我通常都会被这种想法劝退。而现在的我不一样了，重症监护室里的经历和新的座右铭都给了我启发，让我醒悟，这回我想做就立即去做了。

但我也不会自己糊弄自己，以为这样送点礼物就能解决什么问题。让她知道我还记得她喜欢的花和糖果，这算一个好的开端，但这根本不能弥补我两次拒绝她来探望给她造成的伤害。于是，我又鼓起勇气，问她想不想来罗利市看我。她同意了。我想，她愿意大老远地跑来看我，这就是个好兆头，但我还是有很多担心的地方。尽管我的病情在好转，但我肚子里仍有 7 升的积液，化疗又造成了脱发（有些人可能会觉得光头很酷，但我接受不来）。我满脑子想的都是自己的丑样，一直在想这事。当然，我全然走样的外形只是所谓的冰山一角，这只是我能看到的卡斯尔曼病的表象，它在时刻提醒我，表面之下还隐藏着更大的隐患。卡斯尔曼病暂时算是“眼不见，心不烦”了，但我的丑陋外形可真是“眼可见，心也烦”。

我们已经有 1 年多没见面了。我既担心久别重逢之时会手足无措，尴尬不已，又担心见面之后可能发生的事情。坦白说，我担心因为我目前的身体状况以及之前给她造成的两次伤害，凯特琳可能不会愿意再跟我在一起。这种结果在情理之中。虽然会让我很难面对，但它在情理之中。

尽管如此，我也要努力一搏。以前我总是在想，现在我在行动了。

几个星期后，凯特琳到达罗利市，直接去了二姐家找我。这次我没有叫她在门外等着，也没有让中间人传话。我自己站在门口，迎接她的到来。她看见我了。我看见她在看着我。她见了我的二姐吉娜，也见了我的外甥女（小时候凯特琳给她当了多年的临时保姆）。之后，我们终于迎来独处的时光，一起坐在二姐家的沙发上。从前在一起的时候，我们在这沙发上度过了不少美好时光。

我一只手搭在凯特琳的肩上，一手盖在自己的头顶，徒劳地想遮掩我的秃头。

而她根本没在意我的外表，她心里在想别的事：她告诉我，她想跟我重归于好。

“你确定？”我边说边移开了目光。我不想和她对视，因为我不想暴露自己，暴露自己心底想与她和好的强烈愿望。我要她自己做出决定，而不要管我心里是多么想。

在你生病的时候，出于同情，人们会做出一些善意的举动，这自然很好。大家来照顾你，安慰你，这自然更好。然而，当你病得很重、很重，这就……并不总是那么好了。你会担心他们为你所做的一切都是出于义务，或是害怕你即将死去。我敢肯定，在大多数时候，大多数的人都不清楚自己做事的真正动机，即使他们想弄清自己的动机也做不到，人们往往都是仅凭内心的冲动在做事。但作为这种善意或关照的受益者，你就会担心，假如自己没生病，那么人们又会怎么做。你知道，他们那样做也是出于本意，这没错，但人们那样做终究还是因为你生病了。你生病了，就意味着你不再是那个原来的你，你不再是那个他们可以喜欢也可以怨恨的你；你不再只是那个他们可以拥抱也可以臭骂的你。相反，你现在是个病人，也许以后永远都是个病人，这就意味着，现在人们愿意为你所做的一切事情，或者不管他们多么愿意为你而牺牲自己的需求，都是有原因的，那就是因为你的病，不管是有意识的还是无意识的，至少都会有那么一点是因为你生病的因素在内。

别误会我的意思，我当然巴不得跟凯特琳重新和好，想再次跟她在一起，比什么都想。但一想到她眼前要做的这个决定，我就感到十分痛心，十分内疚。等于她有两个选择，要么留下来和一个病人在一起，而这个病人也许都已经没有什么未来可言了；要么转身离去并带着一份痛苦，因为她知道自己让一个将死之人（也许会死）失望了。

但我现在知道了，她当时做出的有关我俩的决定，与我当时的健康状况没有什么关系。相反，她当时一直在纠结的是，我能否在追逐那些宏伟理想的时候，稍微放慢一下疯狂的脚步，万一我做不到，她又是否能容忍我这个毛病。她当时一直考虑的问题还有，她和我如何能在各自的生活中以对方为先，她同时也在想，要是她决定不再去纠结将来我俩是否都能做到这一点，那么她自己又将会作何感受。是我的严重病情刺激了她，让她加快了做出决定的过程。她做出的这个决定，跟可怜我或者不想让一个病人失望毫无关系。

我就那么坐着，仍然不敢去迎接她的凝视。她就一直等着，直到我最终抬起头来，她向我投来一个让我永世难忘的眼神，那眼神同时在回答我，“你疯了吗”和“我确定”。

“可我这么胖，这么秃！”我反驳着，语气弱弱的。凯特琳眼神坚定，始终直视着我，她一边的眉毛向上挑了挑，那意思好像在说，我竟然会认为她会因为我的身体状况而退缩，这对她来说就是一种侮辱。

于是我直奔主题："凯特琳，可谁知道我这个怪病什么时候可能再找上门来啊？"

"我不管！"她毅然决然。

就是这样，简短的三个字，让我彻底放心了两件事：一是我的幸福；二是我知道了她的爱是无条件的。我现在才意识到，我的同龄人中很少有人能如此幸运地体验到这种确定感和安心感，即我确定她将和我风雨同舟，无论我是肥胖还是秃顶，无论多么艰难的时刻，无论任何情况。到了周日，她就要回纽约了，于是我们商定好，要尽量多互相见面。她工作繁忙，我身体虚弱，这意味着我们的见面不可能像理想中的那么频繁，但有个计划总会让人感到舒服。

但是，未来的几个星期甚至几个月的时间里，我不得不再次强调两个姐姐，她们还要一如既往地继续执行我的恳求，也就是说，要继续替我阻挡凯特琳的来访。我不得不费劲地跟她俩解释一番我有些自相矛盾的逻辑：拒绝凯特琳的来访，在我看来，就是最高形式的"以对方为先"。我希望她记忆中的那个我，总是一个健健康康、生机勃勃的人，所以我觉得自己那么做是对的。

后来的日子里我才慢慢明白，自己当时的想象力太有限了。最高形式的"以对方为先"，应该是在对方面前真情流露，不遮不掩。

我已经连续 5 个星期保持健康了，这是从我首次发病的 7 个月以来，我在医院外面待得最长的一段时间。我真的愿意相信，自己终于还是战胜了这个疾病。这种感觉虽然短暂但真是很好，这也让我把对这个疾病的热切研究暂时放到了一边。我觉得，卡斯尔曼病已经转入到我的后视镜里去了，我无须再一直盯着它看了。我眼前还有更要紧的事情：我终于可以站起来了，我又可以开始锻炼身体了。

当然，我只能循序渐进，从小处练起。先是绕着厨房和客厅转圈。这当然算不上有多么好玩，但我给这项活动添加了一点“调料”，边走边听我散步时最喜欢的歌曲，单曲循环播放。这是一首苏联时期的经典歌曲，歌名叫“Trololo”，风格很奇特，是我在 YouTube 上找到的。我最近才知道，这首歌的歌名翻译过来大意是“我很高兴，因为我终于回家了”，这真是太应景了。但这歌名的潜在含义并不是我单曲循环播放它的原因，而是它的节奏跟我的缓慢步伐完美吻合，而且也很适合我跟着一起哼唱。经历了这好几个月的生病，身体各种失调，走了几圈就让我的心跳加快，也让我笑着，让我走着，不停地走着。眼下，能这样我就已心满意足。

我也没有忘记锻炼肌肉。很快我就开始练习举起那些 2 磅（约 1 千克）的小哑铃了，就是老年活动中心里常见的那种。我 4 岁的外甥女安·玛丽对此很不以为然。她从我手中接过小哑铃，给我看她也能举得起来——跟我完全一样。她还用别的方式学我，比如她也会戴上个帽子，而我戴帽子是为了盖住我的秃头和重新长出来的东一块西一块的头发。这个小跟班绝不会对我品头论足，对我只有崇拜，跟我有样学样，这让我心里美滋滋的。但显然我已不是过去那个健硕如牛的“猛兽”了。

不过，我心中的那头“猛兽”还在。我在橄榄球场上征战时期的记忆也都还在。那时候的训练，我会主动加码，自找苦吃，在痛苦中磨炼自己，在磨炼中获得力量。这些记忆都有助于我经受住磨难。比如有一次，在温度零下、冰冷湿滑的橄榄球场上，我被命令以最快的速度在场地里翻滚前行，直到呕吐，对了，是直到所有队友都呕吐，那是因为季后训练我们这些人迟到了，这是对我们的惩罚。当时的我心里恨死了，但现在我却想着，如果没有当年经受痛苦的一次次机会，球场上的一次次激烈对抗，健身房里的一次次刻苦锻炼，那今天的我究竟会是怎样的一个人呢。那些痛苦经历就像我在银行里的存款，在我回到原点重新开始锻炼的时候，它们在向我支付红利了。我的体重开始慢慢恢复，每个星期我都会自拍一下，留下我逐渐好转的记录。一开始，我像个瘦弱不堪的大肚子孕妇，慢慢地，我的肚子没那么大了，也稍微恢复了一点原先“猛兽”的风采。

生病和康复也让我有了意想不到的收获，虚弱的身体状态其实也给了我在身体健康时不会有的那些机会。没法再玩橄榄球了，也不用读本科、研究生或医学院了（我现在请了病假），没有了这些事情来分散精力，我从没像现在这样，可以投入这么多的时间来从事 AMF 互助网的建设工作。就在与雷克斯医院同一条街上的一间小办公室里，我一头扎进了这个组织的运作管理当中。这真是一份恩赐。我希望把这个网络的覆盖范围继续扩大，能让全国各地更多痛失亲友的同学们受益。当时，我们在一百多个大学校园里都有了分支机构，会举行各种互助小组会议和社区服务活动。但我希望我们能帮到更多的人。我想过要写一本书，这样即使在没有 AMF 分支机构的地方，那里的同学们也能得到我们的帮助。既然想了，我就得去做。我和自己的朋友兼人生导师希瑟·赛瓦蒂 - 塞布博士联手，共同完成了这本书，并最终得以出版，书中有 AMF 网络中那些悲痛的年轻同学们的贡献和他们的故事。在生病休假期间，我能够给人们送去这样一份希望，让我感到我是在与母亲同行。

我在罗利市一直待了 6 个月，慢慢康复。每 3 个星期我就得去一次医院，注射司妥昔单抗。自从小石城那场“地毯式狂轰滥炸”的联合化疗之后，我的身体已经越来越强壮了，验血结果也都恢复了正常。还有一些事情的变化意义更大、更深远，那就是凯特琳和我的关系终于进入了一种平衡状态，这可是从来都没有过的。尽管我们相隔两地，距离遥远，但我再也没有不顾一切地埋头工作，旁若无人的那种，我再也没有强迫自己在凯特琳和 AMF 之间做出选择，或是在凯特琳和医学院之间做出选择。我现在选择的是平衡与兼顾。而凯特琳也开始投入更多时间和精力在

AMF 的志愿工作中，这样我们就有时间并肩工作，一起追求共同的理想，帮助失去亲人的那些大学生们。我们二人的生活安排你中有我，我中有你，前所未有的亲密。

时间来到 2011 年 7 月，我觉得时候已到，卡斯尔曼病将我的生活打得支离破碎，该把最后的一些碎片也捡拾起来了。也就是说，我要回到医学院，重新投入成为肿瘤学家的实习当中，我已迫不及待。这也意味着我要将 AMF 的管理权交给一个全职有偿的执行理事。我为这个组织目前已经取得的成就感到自豪，这是凯特琳、本、大姐丽莎、二姐吉娜等多个志愿者和我一同建立起来的，我希望能找到一个合适的掌舵人。与一位应聘者的谈话尤其令我难忘。此人说，他前来应聘的原因，是受到了一本书的启发，书名叫《半场》（*Halftime*），论述的是要在人生的“后半场”找到意义。此人已大约 65 岁了。

“不过，你现在读那本书还太年轻了，”他说，“你的上半场都还没结束呢。你的人生才刚开始。”

我挠了挠头，上面已经开始长出了稀疏的头发茬儿，回答道：“你是不知道啊，我都已经进入加时赛了，哥们儿。”

我现在在想，严格地讲，那个时候我已经进入第三轮加时赛了，已经三次见证了比赛的计时器归零。三次加时赛，我都从地上爬了起来，继续比赛。

从小到大，我在橄榄球赛场打过多次的加时赛，这些丰富的加时赛经历，让我懂得了什么是永不放弃，什么叫最后一搏。体育比赛的加时赛有一种特质，那就是在局外人的眼中，它的结局完全是随机的、不可预测的。比如，篮球比赛中，压哨投中的一个决胜球会被剪辑成视频片段在互联网上广泛传播；或者那个"万福玛利亚传球"登上了《体育中心》(*SportsCenter*)的栏目，这些看上去都是运气的结果。这些神奇的最后一秒钟的比赛过程，因为罕见而被传为神话，被人津津乐道。这些时刻，确实有着近乎魔法一般的扭转乾坤的力量：上一秒，某个篮球教练还在紧张得汗如雨下，呆立不动，眼神直勾勾地随着篮球一起朝向篮筐飞去；下一秒，球进了。那个教练一下子就疯了！他激动地在场上乱蹦乱跳，想找个人拥抱一下，庆祝一下。

但是，如果你是比赛最后一秒钟的局内人，对你来说，那可没有什么幸运、随机、怪异或神奇可言。不管结果如何，参加加时赛是一个让你感到无比投入、无比认真的经历，也是一个让你看得无比清晰的经历。原因就是：当计时板上只剩下最后几秒钟的时候，所有能让你分心的东西都会消失不见，你眼中只剩下你的目标，那就是赢得比赛，这一目标变得无比清晰。所谓当下，就是你的身边之事，而加时赛就是你所有的当下，整个世界没有别的了，只有当下，只有目标。加时赛意味着就算你已筋疲力尽，也要回到场地继续比赛。加时赛，是你脚下的草，是你手中的球，是摩拳擦掌的角卫，是球场看台后面的夕阳。如果第二节比赛传丢了一个球，那只是个失误，后面还可以补救。但如果加时赛传丢了一个球，那就意味着比赛结束。

此时，我就有一种进入了加时赛的感觉，每一天、每一刻，我都有这种感觉。每一秒都至关重要，每一件事都要目的明确。但这并不是说，一切都已经万事大吉了。真见鬼，到现在我们还不知道卡斯尔曼病到底是怎么回事呢。我与病魔比赛的表现，远远谈不上完美。我明白，如果我表现完美的话，就不会进入加时赛，甚至三次进入加时赛了。但挫折同样能鼓舞人心。视网膜出血让我暂时失明，化疗药物让我身体受损，器官衰竭让我感到疲劳，这一切挫折给我的鼓舞，就同我苏醒过来，起死回生，再次见到我所爱之人给我的鼓舞一样多。

在橄榄球的加时赛中，每一秒都有三种可能——一个完美的动作就意味着胜利，一个可怕的失误就意味着失败，而打成了平局就意味着在下一个时刻再发动一次进攻。现在，我人生的每一秒也都有以上三种可能：战胜病魔、死于病魔或半死不活地将就活着。现在，我在比赛中受伤了，但我也没有别的选择，比如说，我不能一瘸一拐地离开赛场，去找个冰袋敷一下。意想不到的是，生活在加时赛中反而能让我卸掉包袱，放飞自己，发挥出自己最好的一面。

2011 年 9 月，我回到了医学院，继续上学。但我的生活可并未完全“回归正常”，也可能永远都不会回归正常了。我仍然需要每 3 个星期注射 1 次试验药物司妥昔单抗。这就是我现在的生活状态，我欣然接受。我见过很多患者，他们的生活被比这更严重的现实侵犯，他们也都接受了。只要能让卡斯尔曼病不再卷土重来，我情愿接受比这更糟的现实。

得了大病然后又好了，这种意外收获，让我知道了所谓的“生活常态”是多么的宝贵。在努力为自己重建一个（基本上）正常生活的过程中，很快我就发现，原来以为理所当然的一些事情，如今竟然成为了巨大的负担，比如说能不必去医院看病。我的司妥昔单抗治疗必须在北卡罗来纳州的医院才能做，而医学院在费城，因此我每年要乘飞机来回飞 34 次。而且，没人知道这种状况要持续多久。我跟朋友瑞安说了自己面临的处境，他立即行动起来，在纽约组织了一次筹款聚会，为我募集旅费。很快，格雷格·戴维斯、乔恩·爱德华兹和格兰特，也分别在贝塞斯达、乔治敦和费城组织了筹款聚会。凯特琳和我参加了每一场聚会，内心满怀深深的感激之情，感谢大家为我募捐，也感谢这些活动给了我和凯特琳，与朋友们见面的机会。

在费城宾夕法尼亚大学的聚会上，我还得到了一个意外的特别惊喜。这个惊喜让在场的所有人都开心不已，也让我的欢快情绪高涨到一个新的水平。格兰特和乔恩·莫里斯博士（一个我特别喜欢的教授）通过朋友的朋友，找来了波拉特（Borat）“前来”助兴，波拉特可是我的偶像。对，就是萨莎·拜伦·科恩扮演的那个波拉特。我痴迷关于波拉特的一切，过去如此，现在也是。就在我母亲去世前后的那段时间，出现了波拉特这一角色，它被拜伦·科恩演活了，当然科恩也因此而出了名。那段时间，尽管已没有什么事情能让我大笑甚至微笑一下，但波拉特这个角色却打开了我的心扉。第一次在荧幕上看到他的表演，我就哭了，是笑哭的。我没有使劲去想，为什么这个疯狂的角色能让我释怀到笑出眼泪的地步。我把这看作是对我的福佑，它也真是我的福佑。重要的是，我的那颗麻木之心终于被他打动了：一个故作天真无邪的哈萨克斯坦记者，跑来美国到处采访美国人，说什么要“好好学习美国的先进文化，为伟大光荣的哈萨克斯坦造福”。有些荒谬？没错。有些幼稚？有人会这样想。至于对我来说，我只是非常感激他，感激他能让我在那段痛苦的时期得到片刻解脱。当然，我也觉得他确实才华过人。

早在读大学期间，我就成了波拉特的狂热粉丝。连续5年的万圣节，我都会穿上波拉特的一身行头，一本正经地模仿他的一切行为。那时的凯特琳对此也只好容忍。在医学院的解剖实验室练习解剖时，面对躺在面前的“大体老师”，甚至我的心理紧张也要求助于波拉特才行。在长达几个小时的解剖练习过程中，我只用波拉特的那种哈萨克斯坦口音跟我的伙伴说话，借此减轻我用刀切开“大体老师”的那种不适感。有一天上课，我也穿成了波拉特的样子，并用波拉特的风格和口音，问了教授一个问题：“他（我指着讲台上荧幕的照片里那个肥胖、光着上身、毛很多的男人）让我想起了我老婆，但我老婆身上的毛比他多多了。请问老师，我老婆是否也得了他这种病？”对此恶作剧行为，我班上的同学没有一个惊讶的，因为早都见怪不怪了。

没想到此时此刻，波拉特还真的“来到了”我面前。就在宾夕法尼亚大学，就在休斯敦礼堂，跟我说着话。原来是萨莎·拜伦·科恩当时正在拍一部电影，他在片场录了一段视频给我。视频里，他两次（故意）叫错我的名字，还说完全能理解我正在“经历”的事情，因为就在上个星期，他得了很重的感冒，也刚刚“经历”了一整盒的纸巾。最后，他感谢聚会的组织者为我筹款，又说这些善款其实最后都要支付给他，作为他专门为我录制这段视频的出场费。我想着，格兰特和莫里斯教授这是费了多大的周折，才能请到波拉特为我出镜，我心里感动不已。波拉特的话也让我欣喜若狂。

我给萨莎·拜伦·科恩的经纪人发去了一封千恩万谢的邮件，还附上了我扮成波拉特的照片。邮件冗长，废话多多。所以，当科恩通过经纪人又发回来一封邮件，主题为“请删除我的邮件地址”时，我或许不该感到奇怪。想必他应该觉察到了，我有点强迫症的倾向，他不想让我产生那种想发邮件就给他发的念头。

作为一个罕见病的患者，作为一个只能寄希望于它不再复发的患者，我有了一个新的领域，来践行我的“思考，行动”这个座右铭。

我亲身见证了宝贵稀缺的研究资金和人们的关注度被投入到常见病的研究领域，因为从人口比例上来说，可能因此而受益的患者人数会更多，愿意为潜在的新疗法买单的人群也会更多。这是人们长期以来的一种观念，而且在局外人看来，也并非完全没有道理。但那些不太常见的疾病往往有更多值得研究的地方，有更多的“树枝低垂处的果实”可供摘取，而现有的针对罕见病的治疗方案却少得可怜。因此，只需投入少量的研究经费，就能给这些罕见病的研究状况带来可观的影响，而且对那些患者的生活带来的影响可能会更大。

我知道，我不能去改变现有研究资金的分配数量，因为影响人口数量较多的疾病总会得到更多的研究资金。但在我看来，现有研究资金的分配制度仍然不太合理，还有分配不当与不合逻辑的地方。我开始认识到，如果研究资金的分配过程能够做到更加小心斟酌，更加有前瞻性、有计划性，那么疾病研究上的突破性进展就会更加均衡、更加系统，这对常见病的研究和对罕见病的研究都将大有裨益。我渴望深入研究这些重大问题，并努力寻求一个系统化的解决方案。

就在我对这些问题的研究兴趣日益浓厚之际，也就是我重回校园不久，宾夕法尼亚大学接受了一大笔匿名捐款，要在学校建立一个“孤儿病研究中心”。孤儿病即罕见病，之所以用“孤儿”一词来形容罕见病，是因为罕见病太不受人们关注了。这简直就是所谓的机缘巧合，巧得不能再巧。宾夕法尼亚大学医学院前院长阿瑟·鲁宾斯坦博士，被任命为该中心的临时主任。我不认识他本人，但我听过他的课，知道他是内分泌学研究领域和临床领域的传奇人物，也是医学科研领域的领军人物。

我给鲁宾斯坦博士发了邮件，表示愿意尽己所能，以任何方式协助他的工作。虽然我暂时还没拿到医学博士学位，也没有什么资深的工作经历，但我觉得自己亲身与孤儿病抗争的经历，能发挥重要作用。而且，我还正在试用治疗孤儿病的一种药物，我创建了 AMF，我拥有创建和发展一个组织机构的经验。我在那封长长的邮件中强调了这些亮点，按下了发送键。我明白，鲁宾斯坦博士能约我见面的机会微乎其微，即使见我，也至少要等上好几个月。他是个大忙人，很多人都排着队等着见他。但我跟他的助手弗兰交上了朋友，博士的一个约会取消了，弗兰就把我填补上了，见面时间就安排在短短几天之后。对于一个像我这样过度专注的人来说，见面的时间安排简直就是越快越好。见面之前，我花了几十小时整理出了一份详细的文档，描述了罕见病研究面临的挑战，展望了该中心未来的工作前景。等到终于见面之时，鲁宾斯坦博士（现在他鼓励我直呼其名，叫他阿瑟）看到了我的满腔热情。那种热情我想藏都藏不住。他邀请我加入了该中心常任主任的遴选委员会，不久又邀请我牵头制订该中心的战略规划和运营计划。

阿瑟让我眼界大开，他让我领教了一种崭新的领导风格，在这个方面，阿瑟一直都是我学习的榜样。在那之前，我对于领导风格的认知仅局限于橄榄球赛场和自己那种简单粗暴的风格，就是带头冲锋陷阵、把需要鼓励的队友拉到一边单独谈心、受伤也要坚持比赛。我也见过另外一种领导者，他们督促下属的方式是通过恐惧，这种领导风格在医学界也屡见不鲜，其普遍程度远超你的想象。但阿瑟不是这样。他总是语气温和，心怀坦荡，从不搞邪门歪道，他致力于鼓励大家都能发挥出各自的最大长处。他一旦认准了某件事，就会孜孜不倦、义无反顾地去做。说实话，阿瑟也常常令我想起我的母亲。他尤其擅长放手授权、发动大家、激励下属，让所有人都能始终牢记孤儿病研究中心的使命：拯救罕见病患者的生命。

阿瑟对头衔大小、地位高低这类东西毫不看重，所有人的意见和想法都是平等的。即使像我这样一个羽毛未丰的年轻医学生，他也鼓励我多多发表意见，贡献自己的想法。开会的时候，他会向各位助理与行政人员征求意见，这让之前没与他共过事的人都感到惊讶。他从不会让人觉得居高临下，盛气凌人。相反，他会强调，在场的各位，你们才是专家。你们才最清楚，究竟要怎样做才能加快宾夕法尼亚大学乃至其他地方的罕见病研究进程。阿瑟谦逊的领导方式让每个人都大受鼓舞，大家都积极献计献策，投入工作。看到像阿瑟这样德高望重的专家，能将那些我才刚刚有所认知的东西付诸实践，真是让我眼前一亮。我刚刚有所认知的那些东西就是：医学并非只由医生和护士这些前沿人员组成，医学是一项需要全人类共同努力的事业，它不仅需要有开疆拓土的原创动力，也需要有强大的组织力和领导力。如果仅把医学视为最先进的技术与最深奥的知识的简单叠加，那么其发展和进步就会受到阻碍。如果大家都能团结协作，共同努力，那么它就会健康发展，蓬勃昌盛。

我非常感激能成为这个研究中心的一员，信心十足地领受了阿瑟交代的任务，牵头制定该中心的战略规划。在这个过程中我了解到，尽管孤立起来看，每种罕见病的患者数量都很少，但它们的总体数量却大得惊人：全世界大约有 7 000 种罕见病，共有 3.5 亿人受其影响。每 10 个美国人中就有 1 个患有罕见病，其中半数是儿童，这些患儿当中的约 30% 都活不到 5 岁。大约有 95% 的罕见病，连一种 FDA 已经批准的治疗药物都没有，因为医学界对这些罕见病知之甚少。简单地说，如果你连要针对的疾病是什么都不知道，那就无从谈起去研发有针对性的治疗药物。

人们普遍误以为罕见病都超级复杂，或难以破解，罕见病是生物学上诡计多端的超级大坏蛋。但实际上，很多时候罕见病的发病原因比许多常见病还要简单，它们往往只涉及某种单一的基因缺陷。而且我们现在已经有了相关的技术，能够找出这些目标缺陷，我们也有了相应的药物，能够有效地通过基因调控来治疗疾病。

囊性纤维化这种疾病就是一个非常好的例子。这个例子充分说明了，如果医学研究和生物制药这两个领域能密切合作，会有怎样令人称快的非凡成果。囊性纤维化是一种致命的遗传病，它导致肺部持续感染，并削弱呼吸能力，大约有 3 万名美国人患有此病（这个数字说明，受该病影响的总人数少于 20 万人，也完全符合罕见病或孤儿病的定义标准）。随着能延长患者生命的新药被不断研发出来，囊性纤维化的可治疗性也在不断提高。这一变化不是偶然出现的，而是因为有充足的研发资金、各方的密切分工与协作，以及背后那些关键人员的顽强意志。相关的患者群体为相关的医学研究募集了数亿美元的资金。其中最主要的一个基金会——囊性纤维化基金会，一直在全力以赴地协调所有的利益相关方，以图各方能协同并进。时任美国国立卫生研究院院长的弗朗西斯·柯林斯博士，这位生物制药研发领域的顶级专家，也对相关领域的进步做出了开创性的贡献。遗憾的是，囊性纤维化这种让人喜闻乐见的结局，仍然只是个例。即使有人有了合作与协作的意愿，也往往会因为缺乏协调、组织不力和资金短缺而进展缓慢。差不多一半的罕见病都没有自己的基金会来负责指导和协调研究项目的开展；而即使有自己基金会的其他罕见病，正如其各方参与者之间的协作需要改善一样，其在研究项目、研究数据、生物样本等各个方面的协调配合也需要改善。

罕见病研究资金非常紧缺这一现状，凸显了整个生物医药研发领域缺乏配合与协作的困境，科研人员被迫走向单打独斗、互相竞争，而非互相协作。某些科研人员宁愿想方设法把患者的生物样本束之高阁，也不愿与他人分享。此外，有限的基础数据再加上固有的系统性隔阂，都让各家机构难以产出足够的研究数据来赢取联邦资金的赞助。因为联邦资助机构要看到一定数量的初步研究数据之后才会拨款；但如果要达到联邦资助机构所要求数量的研究数据，又需要先赢取联邦资金的资助才有可能实现。这个怪圈很难破解。

当然，即使某种罕见病还没有 FDA 批准过的药物，医生也可以尝试采用一种叫作“超说明书用药”的方式，即把那些针对常见病的且已通过 FDA 批准的药物，用于治疗罕见病。其实，任何一种药物，只要它经过了 FDA 的批准，那么医生就可以在任何时候、为任何一种疾病、为任何一位患者开出它的处方，而无须理会 FDA 是否批准过该药用于某种特定的疾病。（当然，保险公司是否会为这种做法买单，那就是另外一个问题了！）这是因为，归根到底，很多疾病的病因都是相通的，比如基因异常、蛋白质异常或者细胞异常，因此在理论上，可以使用某种通用的药物来进行针对性的治疗。有时候，用同一种药物来治疗多种不同疾病的效果还相当不错，例如，西地那非（万艾可）也能有效治疗肺动脉高压；A 型肉毒毒素（保妥适）也能有效缓解持续性头痛；而一种具有抗高血压作用的药物普萘洛尔（心得安），也能有效治疗血管肉瘤这种恶性肿瘤。

但是，在“超说明书用药”方面，我们再一次同样面临着那些巨大的系统性隔阂，这些隔阂阻挡着医学研究的进步，阻挡着患者的临床治疗，因为这些“超说明书用药”的实践情况和效果情况，很少有人去跟踪记录，很少有人去总结归纳，所以后来的医生们就没有依据可循，在为患者制定用药方案时，也就没有先行医生们的用药经验可供参考。于是就会出现这种状况：有些患者无奈只能从头开始试用某种药物，因为这个药物以前从未有过疗效记录，而另外一些患者，则会因为没有以前的资料作为参考，眼睁睁地错过“超说明书用药”的机会，错过某种已经证明有效的药物，而这个药物本来几乎可以肯定是能治好他们的病的。在每天都在产生着海量医疗数据的今天，上述现状实在令人痛心，也令人迷惑。我对一些罕见病背后的现实状态了解得越多，就越会觉得这种情况就像当年的“9·11”事件之前情报部门和警察部门的失序和无能。看上去，大家作为每一个个体，都在尽职尽责，都在努力工作，但没有一个人能与旁边的那个人互相交流，也没有一个基础数据库，没有人会去想什么协作合作，什么数据共享，完全没有这种概念。

当然，在快速熟悉孤儿病研究领域的过程中，我也发现了一些值得欣慰之处，以及那些才华出众的领导者们。其中的一个人就是丹·雷德医生，宾夕法尼亚大学的一位优秀医生科学家，我们的初次相识就是在宾夕法尼亚大学的孤儿病研究中心。他近期刚刚做过一项研究，发现一种药物可能对纯合子家族性高胆固醇血症有效，这是一种致命的遗传病。这个药物自从研发出来之后，就一直被那家大型药企搁置一旁，之所以未能投入使用，是因为它的副作用过于严重，无法在更广泛的人群中加以试用。但那种致命的遗传病正在夺走很多儿童和青少年的生命，丹认为这个药物或许能有效果，值得去尝试一下。他明白，如果这个药物真能延长患者的生命，那么他的患者（还有患者的父母）就都会愿意接受那些副作用。于是，丹和该药企合作，共同研究这个药物对该遗传病的疗效。果不其然，试验很成功，并且这个药物最后还获得了 FDA 的批准。一个药物被研制出来，却一直坐在替补席上，等待上场去治病救人，结果却一直无人问津。直到出现了一个“对”的人，想到了一个“对”的问题，才得以重见天日，派上用场。那么，还有多少这样的药物，也正坐在替补席上，等待着被人发现，用于治病救人呢？

那对于卡斯尔曼病来说，是否也存在这样一种药物呢？

另外，还有多少种已经被 FDA 批准用于治疗某种疾病的药物，同时也可能能够有效治疗另外一种或者更多种不同的疾病呢？这一连串的疑问，从此在我的脑海里扎下了根。我总是在想，很多我们苦苦寻找的答案，其实早就存在。它们只是被遗忘了、被忽视了，或者还在等待着一个有心人去想到它们。这有点像那个智力问答的电视节目《危险边缘》（*Jeopardy*），不同之处只是它更加人命关天。

在与阿瑟及孤儿病中心同事的共事中，我有了一个最基本的体会，那就是良好的组织管理对一个团队来说太重要了。我见过组织欠佳、运行不顺的团队是什么样子的，甚至对这样的团队也曾有份参与。我也知道，作为凝聚团队的核心，专心致志的领军人物，他所起到的作用是什么样子的。我从来都不是跑得最快的，也不是掷球最远的，但我是一个合格的四分卫。每一种罕见病，都需要一个这样的四分卫。

这期间，我结识了乔希·萨默，他是另外一种罕见病的四分卫。几年前，他被诊断出脊索瘤（一种多发于颅骨和脊椎的罕见恶性肿瘤），他从杜克大学退学，创建了脊索瘤基金会。他创建的不是那种为医学研究募集资金、分配资金的传统型基金会，而是致力于创新，致力于建设公众可以共享的医疗信息资源，将世界各地的相关研究人员联系在一起。在他的领导下，脊索瘤的研究取得了突破，多项临床试验的前景也十分乐观。在一个拥挤嘈杂的咖啡馆里，乔希给我讲了他的故事，我心想，我是不是也应该为卡斯尔曼病做点同样的事情呢？

我正想着，乔希打断了我："戴维，"他说，"你的条件独一无二，完全有能力干成一些大事。也许这话不该由我来说，但卡斯尔曼病真的需要你。"

接下来的几天，我一直在做思想斗争，想说服自己还是要把主要时间和精力放在壮大 AMF、争取早日成为一名肿瘤科医生的事情上。因为我觉得乔希和我说的这种事情肯定已经有别人在做了：针对卡斯尔曼病，已经有了两个基金会，即国际卡斯尔曼病组织（International Castleman Disease Organization）和卡斯尔曼病认识与研究促进会（Castleman's Awareness & Research Effort, CARE）。我想，这两个机构肯定都在积极推进相关研究加快进行。我决定继续站在场外观望，暂不下场，期待着在某一个地方，有某一个研究人员，能把卡斯尔曼病搞明白。不过，一个想法的种子，还是已经在我心中埋下了。

回到医学院，就意味着更多的实习工作，更多的实习岗位。儿科、内科、家庭医生科、介入放射科、急诊科、风湿科。每换一次实习岗位，我都能见到那些曾给我看过病的主治医师和住院医师。其中大多数人我都不记得了，但他们都还记得我。每当与我擦肩而过，他们都会说上一句："戴维，你现在的状态真不错！"我想这句话肯定会让跟我一起工作的其他医生感到莫名其妙，因为他们都不知道我曾经生过病。"你状态真不错"并非医生之间常见的打招呼方式。

工作日的空闲时间，我全都给了宾夕法尼亚大学的孤儿病研究中心，而周末时间，我全都留给了凯特琳。我放任自己去相信身体已经完全康复。前几个月地狱般的生病经历，只不过是暂时偏离轨道，现在我的生活已经重回正轨，我心满意足。

虽然我并未直接下场从事卡斯尔曼病的研究工作，但后来我还是写了一份关于卡斯尔曼病患者的病例报告（就是我本人的）。我想指出并提醒人们，血痣或樱桃状血管瘤的大量出现就是一种迹象，它预示着要么你可能患上了 iMCD，要么你的 iMCD 即将复发，因为我自己每次发病都会出现这样的情况。《美国医学会杂志·皮肤病学》（*JAMA Dermatology*）刊登了我的报告，还将我长满了血痣的胸部照片放在了杂志封面。这可真是人生头一回——我当上了杂志的封面模特！

我希望这些对血痣的认知能有助于患者更快得到确诊，更早察觉复发，并能为解决卡斯尔曼病这一神秘疾病，贡献我的一份力量。我还暗自希望，那些曾经厉声呵斥我，让我“不要再提什么血痣”的医生们，也都能看到那一期杂志。

现在，我既有思考，也有行动。

我开始松了一口气。

第十二章 为什么会感到这么疲倦呢

我刚刚喝完今天的第二罐能量饮料。

昨晚也睡够了。

我还有大把的事情要做呢。

可为什么会感到这么疲倦呢?

这是怎么回事呢?

2012年4月，我的怪病卷土重来，当时我正在宾夕法尼亚医院实习。我正在倾听一个患者讲述他的术后感觉，这个患者刚做完膝盖手术。突然，我一整天都在努力克服的疲劳感一下子变得清晰起来，那种感觉我太熟悉了。我的脑袋“嗡”地一下，一片空白，我只能看见那个患者的嘴唇在动，但已听不见他在说什么了，房间里的所有声音都从我的耳朵中渐渐消失了。我的脑中此时思绪万千。我找了个借口离开病房，跑到了一间没人的办公室，在没有患者的空档，我也常去这个房间看书学习。在这家医院最初建成的时候，这个房间就有了。以前在这里看书的那些平静安宁的时光，我总会想象着当年本杰明·富兰克林（Benjamin Franklin）先生的样子，他于1751年创建了这家医院。他也很有可能多次来过这个房间，说不定也和我一样，想在这里享受一点私人时间，摘下假发[7]，放松片刻。

但今天我可没什么心思去回顾医学史。我要去睡一会儿，我要平息一下越来越强烈的焦虑感。我关上房门，把白大褂卷起来当作枕头，定好7分钟的闹钟，躺在地上。闭上眼睛的时候，我也在提醒自己，要淡定，不要慌：现在你每3个星期都在接受司妥昔单抗的治疗；它是治疗你这个病的特效药，它针对的就是这个病的根源所在；你绝不会复发的。你只是累了，只是累了而已。

那天晚上，我把双手压在屁股底下，犹豫着该不该伸手去摸摸自己的脖子，感觉一下淋巴结有没有肿大。我的这种想法是完全不理智的，因为不知道淋巴结有没有肿大对我没有任何好处，而且我也不可能永远压住双手不去摸自己的脖子。但我也知道，像我现在的这种心态，在患者当中是再普遍不过的现象了。每个医生都遇到过一些患者，即使他们早就怀疑自己的身体出了问题，也要一直拖到很晚才去看医生。他们就是不想知道。以前我碰上这种患者的时候，也常常感到无法理解。现在，我理解了。

7 译注：富兰克林是宾夕法尼亚州议会议员，开会等正式场合需要戴着假发。

最后，我的求知欲占了上风，摸完脖子，得到的正是我最不想知道的结果。脖子两侧，都有凸起。但是，淋巴结肿大，原因很多。我心里想。而且，这也是事实。这种想法让我心安理得，当晚没有采取任何行动。

不过，到了第二天早上，我还是给我的主管医生们发了邮件，如实坦白我没有听从他们的建议，在一月份就去做 PET/CT 检查，要是早去做了，那时就应该会检查出疾病活动的新迹象。我解释说，因为孤儿病研究中心的事情和医学院的实习，我实在太忙了，我不想把整个上午的时间都浪费在做扫描检查上。如今，我还出现了一些新的症状，这离我本该去做复查扫描的时间已经过去了 3 个月。医生们命令我第二天马上去做 PET/CT 检查。

那天晚上，我和凯特琳也通了电话，跟她讲了我这一天发生的事情，还一起商量好了下次的见面时间。但我没有告诉她我出现了新的症状，我不想让她担心。而且，这些新症状也很可能不是什么大事。我并没有像之前承诺的那样，对她做到敞开心扉，不遮不掩，但我也给自己找好了理由，因为我觉得没人愿意听你啰唆你的一痛一痒。另外，在我确认这次的状况不是普通感冒或流感之前，凯特琳也没必要跟我一起担心，没完没了地为我担心。事后我才明白，当时的我竟已吓成那个样子了。

那天夜里我醒来时，一身冷汗，床单湿透。我起身去换床单，看到了最不想看到的那个证据：血痣又回来了，遍布我的上半身。

我放任自己再做一次幻想，幻想着出现奇迹：我现在的情况肯定不是病情复发，因为我一直在定期接受司妥昔单抗的治疗，而司妥昔单抗可以阻止复发，这可是冯·李医生说的。无须多说。我肯定没有发病。

一切都万事大吉，也必须万事大吉。我知道只要我在接受司妥昔单抗这个试验性药物的治疗，我的病就不可能复发。我已经有了我的“神药”。这是我母亲得癌症时没能得到的“神药”，也是许多其他患者没能得到的“神药”。如果连司妥昔单抗都确实不能治疗我的病或者防止它的复发，那么……我不敢再继续想下去。

此时，作为患者的那个我，退到了后台；而作为医生的自我诊断的那个我，走到了前台，主导着我的思想。

第二天，我一边走进一位患者的病房，一边在手机上调出了自己的PET/CT结果。结果显示，我的淋巴结和我第一次发病住院时肿得一样大，而且其代谢活动还更活跃了。这结果已经明示我确实复发了，需要立即验血并打一针司妥昔单抗。要是换成我在治疗某个患者，我会建议他进行完全相同的治疗。但我还是那个固执的我，还想拖延一下。我跟我的医生们解释说，我还要继续完成眼前的这轮实习，此外还要忙于筹备周五将在罗利市举行的AMF年度筹款晚会，然后紧接着，周一还有一个重要的AMF理事会会议，所以验血和司妥昔单抗的治疗只能推到周二进行。接着，我也把这同一套话说给了凯特琳。不过对她，我把验血的事轻描淡写地带过了，同时我也是这样自我安慰的，没必要验什么血。凯特琳很担心我，但又被我的一番解释（或者说是自圆其说）给说服了。

不用担心，不可能是复发。我心里这么想的，嘴上也这么说的。

遗憾的是，我的医生们也相信了我的判断，直到感觉到淋巴结肿大的整整一周之后，我才去验了血。好几项检查结果都不正常，其中最重要的一项是 C 反应蛋白（C-reactive protein，CRP）异常，CRP 是炎症与免疫系统激活的标志物。我前三次发病时，CRP 都是最可靠的病情标志物，在病情恶化时会升高，最严重时曾超过 300 毫克 / 升，感觉好一点时，这个指标也会随之下降。CRP 是最能说明问题的一项检查指标，而去年 1 年内我的这个指标一直都正常。

这次验血结果显示，CRP 的指标确实升高了，但只是轻微升高，为 12.7 毫克 / 升。CRP 正常值在 0 ~ 10 毫克 / 升之间。这对于这个值曾经高到 300 毫克 / 升的人来说，超出正常值区区 2.7 毫克 / 升又算得了什么？我大大松了一口气。我又想着，自己肯定是反应过度了，我不过是跟常人一样，感染了很普通的病毒，身体有一点不舒服而已。毕竟，我的喉咙也在痛，也许喉咙痛就是导致我 CRP 轻微升高的原因？鉴于我淋巴结肿大和淋巴结代谢活跃的情况，医生们决定比通常的治疗时间间隔提前一周给我用上司妥昔单抗。以防万一。

我飞回罗利市。和之前每次的输液一样，二姐吉娜一直陪在我身边，我则在电脑上工作，心无旁骛，不是处理AMF的邮件，就是继续手头上宾夕法尼亚大学孤儿病研究中心的文件。我不断对自己说，今天跟平时的任何一天相比，没什么两样。我决定继续留在罗利市，两天之后再验一次血。以防万一。

两天后，我的CRP飙升到227毫克/升。这表明我的病确实复发了，可这一数字给我带来的震撼，远远超过了病情复发本身。CRP一下子从12.7毫克/升飙升到227毫克/升，如此之快，如此之高，几乎不可想象。于是，我和我的医生立即做了一件每个有责任心的医生都会做的事情，那就是再看一遍验血报告。

之前的验血结果看上去都没有什么问题，直到我们复查那些报告单才发现，CRP指标的检测，在不同的医院，计量单位也不相同。12.7这个数值是以每分升（即0.1升）的毫克数来计量的，而不是我们平时常用的每升有多少毫克。也就是说，之前验血报告里的小数点放在了错误的位置。我周二的CRP其实是127毫克/升，而不是12.7毫克/升。

指标这么高，我们早就应该慌神了！

我的iMCD不仅已经卷土重来，而且其强烈程度在短短两天内就增加了1倍，甚至是在我已经用上了原本应该有效的那个“神药”之后。这种感觉，就像卡斯尔曼病在嘲笑我、玩弄我，它在向我耀武扬威，显示自己魔高一丈，要比我寄予了全部希望的那个“神药”强大得多。

司妥昔单抗这个所谓的新式武器，就这样失败了，医生们只能故技重施，给我用上了化疗药物。化疗在我第二次发病时曾经起了作用（但在第三次发病时没起作用）。可以这样说，我们现在完全是看到哪棵救命稻草就抓哪棵了。

我打起精神，给凯特琳打了个电话。这次我没有再对所发生的事情强行自圆其说，而是如实相告了。这不是什么奇怪的感冒。我的怪病它回来了，我向她坦承。我知道，她决定和我在一起，是早已充分认识到我仍然身患疾病，而且随时可能复发的，但我还是没法不觉得，从某种意义来说，生病也算是一种背叛。我不愿意这么快就给她一次“考验”，我不愿意她竟然需要去考虑这种事情。她当时还住在纽约，但还是想办法做了安排，在父亲与我飞去小石城之前，先到费城来看我，稍后再和我的姐姐们一起到小石城。这将是她第一次看到我与 iMCD 病魔搏斗。她要那天晚上才能赶到费城，于是我利用白天的时间，去见了自己在医学院的那些好朋友们。这种例行告别，已经是第二回了。

凯特琳到达的时候，我已经振作了起来，表现出积极乐观的样子。是的，我又复发了，虽然我一直接连发病，但其中有一点事实甚至可以说是令人欣慰的：我病过三回了，但三回我都没死掉！我有个很牛的医生，他很有经验，他知道如何保住我的小命。而且，那些医学科研工作者们就像圣诞老人的小精灵帮手一样，他们在过去一年里的辛勤工作，也一定收获了很多新的科研成果，这些新鲜办法我的大牛医生肯定也已经借鉴过来，等着给我用上呢。

从我上次住进小石城的这家医院到现在，已经过去15个月了。小石城没有什么大的改变，至少这家医院没有什么变化。这里依然是卡斯尔曼病王国的中心，这里仍然充满着各种各样的希望。热情洋溢的微笑、坚定有力的握手、修剪齐整的草坪，还有那栋一模一样的砖石玻璃结构的医院大楼，这一切都意味着世界一流的医疗服务，快捷高效，有条不紊。

不过，我自己变了，我不再是从前的我了。过去一年多来生与死的种种考验，让我的人生智慧得以不断丰富。而且我有了一个专属的思想武器，“思考，行动”。我也经受住了多次化疗的考验。我感觉没有什么事情是我应付不来的了。

我还是过于自信了。在小石城，我接受了新一轮的验血，结果比在罗利的情况更差。卡斯尔曼病确实复发了，而且来势汹汹。住进阿肯色大学医学院的短短几天内，我的肝功能、肾功能、骨髓功能、心肺功能都在不断恶化。之前，我在自己和患者身上也都见过这些异常的检查结果，也处理过坏结果与坏消息。但从来没有一连串的检查结果能让人如此失望，指向如此明确。我总是忍不住地失望，我不是正在接受司妥昔单抗的治疗吗，怎么还会这样？这实在是太可怕了。

我的复发意味着以下两种可能，非此即彼。

1. 出于某种错误原因，我其实并没有摄入司妥昔单抗，或者摄入了错误的剂量（我认为这种可能性不大）。

2. 针对我这种病研发出来的唯一的试验性药物没有效果，而我也别无选择。这就意味着整个医学界都犯了个错误：并非全部 iMCD 患者的问题都在于白细胞介素 -6，因此司妥昔单抗也并非对每一个患者都能有效（我认为这种可能性比较大）。

这两种可能性很快就被排除掉了一种：经过仔细复核医院的账目，结果证实，过去 15 个月里，我一直在摄入司妥昔单抗，而且剂量适当。一切都是按照原本计划的治疗方案进行的，但我还是复发了。剩下的可能性就只能是第二种情况了。

我们一下子又回到了原点。医学界对 iMCD 的唯一一点“现有认知”并不符合我的情况。不是每个 iMCD 患者的病因都是白细胞介素 -6 的问题，司妥昔单抗也并非对每个人都有效，其中就包括我。

我在过去一年中一直注射的司妥昔单抗和几天前在罗利注射的单剂量化疗药物，显然都未能减缓我的病情，所以冯 · 李医生决定再次采取“震慑行动”，立即给我使用与以前一样的 7 种药物联合化疗。和之前一样，这种联合化疗针对的是我的免疫细胞，以及骨髓、头发与肠道等部位也在迅速分裂的其他细胞。

我需要答案。这已经是我第四次接近死亡了，也可能不是。我一边看着联合化疗药物通过静脉输液管一滴一滴进入我的手臂，一边问着冯 · 李医生问题，我把这次发病以来的所有问题都抛给了他。

“我的病到底是怎么回事呢？”

“没人知道。”

“是哪种免疫细胞引起的？”

“没人知道。”

为什么没人知道？我当时还想继续问下去。

还有，为什么偏偏是我得了这种病？

最后这两个问题我忍住了没问，但医院的病房从来就不会真的寂静无声，永远也不会，即使在夜深人静之时，即使交谈已经戛然而止，只剩下参与谈话的两个人在默默地品味，既品味刚刚说过的那些话，也品味那些未能说出口的话，我心中有无数个问题在大声地呼喊着。

看着静脉输液管里的液体，一滴一滴，有节奏地滴下，我突然想起一件事，就是在我问他问题的时候，冯·李医生的回答并不是“我不知道”。他或许可以说“我不确定，让我查查”，然后转身到电脑上敲入那些症状，搜出一些结果。但他没有那样说，他说的是“没人知道”。

“那还有没有正在研发或在进行临床试验的其他药物呢？”

这是我最重要的一个问题，冯·李医生回答我时，仍然是一如既往的镇定和充满关爱：“没有，目前还没有。”

“那有没有还在计划之中的呢？”

“据我所知，这个也没有。”

冯·李医生是无可争议的世界一流的卡斯尔曼病专家，而现在连他都不知道是什么原因引发或造成的这种疾病，也不知道当唯一的、仍在试验阶段的药物无效时，该如何去帮助患者阻止病情复发。这就等于说，没人知道了。我也不用再去别处“上诉”了，没有比冯·李医生更高一级的“法官”了。在谈到我的病情时他那样说，“没人知道”，并非在自吹自擂，他的水平就代表着全世界的水平，他的知识就等于全世界的知识。他不仅是有这个权威，而是他就是权威本身。

作为一个医学生，对上面我问的每一个问题，对似乎每一种疾病，我都能给出一个正确答案，但对我自己的这种疾病，我却做不到。

“我知道，白细胞介素 -6 升高原本该是问题所在，但两次对其采取阻断治疗，两次都没有效果，而且我白细胞介素 -6 的检查结果在我发病之时和复发期间都是正常的。那有没有可能，白细胞介素 -6 并非所有患者的病因呢？”

“有可能。”

他就这么简单地回了我一句，有可能。可不是嘛，一切皆有可能。

我明白他的意思。我很了解医生们的话术：告诉你真相时小心翼翼，左右逢源，不把话说死。以前我自己也跟自己的患者使用过这种话术。而现在这些话对我说了，我却丝毫感觉不到我原以为的那种小心翼翼，或者那种留有余地。相反，我感觉这些话就是对我下的逐客令，要把我扔出病房，彻底赶出医院。我被打发到了一切皆有可能的荒原。既然没人知道我的病因，那就一切皆有可能了。我只有自己靠自己了。

普通患者对于冯·李医生的这番宣告，可能就会“谦逊”地接受，自甘认命了，但我不是那种普通患者，我不接受“没人知道”这种说辞。有些事情我们可以改变，有些事情我们无法改变。对此，我们要做的选择无外乎两种，一是优雅面对，从容接受，即不再想知道可以改变的与不可改变的究竟有什么不同；二是去祈祷，祈祷能找到另一位专家，他能告诉我关于我疾病的所有答案。我不是一个优雅从容的人，我对iMCD这种疾病的现状也不再是一无所知，并且我也早已厌倦了没完没了地祈祷。

这一天，我那基于信念和期望，或者说基于傲慢自大的整个心理框架崩塌了。在冯·李医生走进我的病房，希望就我的疾病进行一番理性探讨（一个医生对一个医学生）的时候，我曾真的以为一定存在着一个庞大而隐形的、紧密协作的、由科学家和很多企业以及很多医生组成的系统，这个系统一直都在为我的这种疾病努力工作着。实际上，这个系统也应该在为每一种疾病不懈努力着。这样的一个系统肯定存在，难道不是吗？

就像圣诞老人和他的小精灵助手们，在努力为世界上的每个乖小孩实现着他们的愿望一样，我也这样想象着，针对世界上的每一个难题，也都会有这么一个高效合格的团队在努力工作着。也许就像圣诞老人和他的小精灵们一样，在他们的作坊里，在人们看不见、想不到的地方，在努力工作着，直到解决问题的那一刻。他们会准时准点地把这份礼物送到你的客厅，包装上还有漂亮的蝴蝶结。问题解决了！这就是那个作坊辛勤努力的奇迹结果。网络搜索也更加坚定了我的这种信念。你能想到的任何一个疑问，网络搜索都能给你提供一个快速而准确的答案，而且还常常会提供非常详细的背景资料，虽然答案并不总是好消息，但总能给人以信心。关于医学突破的新闻屡见报端，也助长了这种乐观的幻觉：你会理所当然地认为，在某个地方，已经有某些人，对你可能提出的每一个医学问题，都已经找到了答案，就算暂时还没有，也一定有一个团队在努力工作着，在为你的特定问题寻找着答案，以求尽快地满足你的特定医疗需求。治病救人的方法马上就要出现，不管你本人是否对其贡献了时间、才华或金钱，治病救人的方法终究都会出现。因此，我一直在场外等待结果，等待答案，因为我相信，这件事已经有人在干了。但现在，我的这种幻想已经无法维持下去了。现在，圣诞老人本尊就在直视着我的双眼，告诉我，没有什么实质的东西能够给我，没有什么礼物能治好我的病。

恶心的感觉又如潮水一般涌来，一是因为在我和冯·李医生的谈话之间，联合化疗药物已经慢慢滴入我的静脉血管；二是我已明白，没人能帮到我了，我感到孤独无助。我心中一阵恐惧。这是两年来我第四次接近死亡的边缘。这次，我知道自己真的要死了，因为唯一针对我这种病的试验性药物没有作用。残酷的现实是，医学界连这种疾病的皮毛还都没有了解清楚，而他们唯一自以为对的“现有认知”还是错的。治疗我这种病的世界顶级专家，对我的病也已经想尽了办法，束手无策了。

尽管我的免疫系统正在攻击我自己的器官，并在这个过程中耗尽了我的能量，尽管不断积聚的毒素和化疗药物让我的思维模糊不清，但此时我却产生了自己年轻生命中一个最清晰、最重要的想法：我不能再这样干等下去，期待着目前的治疗方法见效；我不能再依赖之前的医学研究结论；我不能再这样寄希望于在某个地方、有某个别人，可能在做着相关研究，研究可能会产生突破，可能会挽救我的生命。如果我希望自己能再一次活过来，而且要长期地活下去，那我就必须停止旁观，开始加入行动。如果我不主动发动反击，去治疗自己的病，那就没人会采取行动，我将很快死去。我将永远无法与凯特琳结婚，也将永远不会有自己的孩子。冯·李医生是世界顶级的卡斯尔曼病专家，他就是这个领域的圣诞老人。然而，世界顶级专家所能知道的，最多也不会超过世界现有的全部知识的总和。如果新的答案还未有人揭晓，那就算是世界顶级专家也不可能知道。这些新的答案是网上搜索不到的，即使祈祷也无法找到知道这些新答案的医生，因为没人知道。更糟糕的状况是，目前还没发现什么有价值的线索。冯·李医生的能力是有限的，而他的局限就等于全世界的局限。现在，它就是我的局限，也是其他患者的局限。

我身体正在垮掉。我又在打加时赛了。我已筋疲力尽。但至少现在我不再是场外的旁观者了。我已经加入了比赛，我知道自己该做的事。我该做的事，就是要对 iMCD 疾病领域的知识，贡献自己的研究发现。

两个姐姐、凯特琳和父亲都围坐在我的床边，他们也听完了冯·李医生说的每一句话。他们都双手抱头，眼睛盯着地板，很久才会眨一下眼睛，长出一口气。

我打破了沉默。这些话我以前从未说过，但我知道那是我唯一的选择。事后回忆起来，这些话也让我想起了我对母亲的最后承诺。我是这样说的："如果这次我还能活下来，那么不管余生还有多长，我都会将其投入回答这些未知问题，治疗这种疾病的事业之中去。"

我讲这些话时，感觉自己就像二战期间的英国首相温斯顿·丘吉尔，在发表演说鼓励民众，发誓要在海滩上与敌人战斗[8]，但我这番要战胜卡斯尔曼病的豪言壮语，却没能让凯特琳以及我的家人兴奋起来。我的这番慷慨陈词只得到了在场人的礼节性回应，每个人都勉强地微笑了一下，这种微笑我以前就见过，嘴唇抿着，眼睛闭着。因为大家的心思全都在想着我如何才能撑过这次发病，没人对我这些豪言壮语感兴趣。大家也都知道，我们又一次进入了加时赛，现在谈论这些未来的打算，不合时宜。

我也不能怪他们。我的家人已经三次目睹这个病魔将我带到死亡的边缘。而且，8 年前，我母亲在接受了当时唯一有希望的

8 译注：1940 年，英国首相丘吉尔发表著名演说《我们将在海滩上战斗》（*We shall fight on the beaches*）。

药物治疗1年后，癌症仍然复发。大家束手无策，眼睁睁地看着她几个月后去世。因此家人们的乐观情绪，早在8年前就已透支了很多。如今又轮到我病了，距上次发病已经过去了15个月，唯一有希望的那个试验性药物也没能起作用。此情此景，此刻在我房间里的每个人都再熟悉不过了。

但正是在这一刻，我才发现，自己终于摆脱了那种被动的希望，等待圣诞老人帮助就是一种被动的希望，它阻碍了自我行动。诚然，被动的希望也曾帮我挺过了多次复发。我想，要是没有在冯·李医生的医院遇到那个看起来非常健康的患者，我应该撑不过第三次复发，是那个患者的榜样鼓舞了我。

然而，此时此刻，我终于明白，光有希望往往是不够的。就我而言，单纯希望治疗能奏效，希望某个地方的某些研究人员能够破解iMCD之谜，这些都阻碍了我采取行动。与其等待他人去揭开谜团，那个人为什么不能是我自己呢？突然间，我看清了，自己所希望的那条道路也许很漫长，我也清楚，很可能永远也无法到达自己所希望的终点，但我总要迈出万里征途的第一步。

现在我必须想明白该采取什么行动。当然，我也不能保证真的能想明白什么，也不能保证自己把所剩无几的时间花在寻找卡斯尔曼病未知难题的答案上，最后不会是徒劳无功。其实，我预计，在能为自己和其他患者带来有意义的结果之前，可能我的生命就早已耗尽了。但我还是想去试一试，因为不去尝试，就永远不可能知道会有什么结果。我将充分利用每一秒的时间，我的第四次加时赛也将更加有意义，因为我不再仅为自己的生存而战了，我也将为患有同样疾病的千万患者而战。

很快，我就开始感受到希望与行动形成闭环之后所产生的巨大威力：我越是积极憧憬着与凯特琳长长久久的未来，憧憬着也许我们还会有自己的孩子，那些令人止步的恐惧与怀疑就消散得越快。接着，能带来实质性进展的行动，又进一步激发了我对未来的希望。我越是想到现有的数以千计的患者，以及将来更多的可能确诊的患者，我就越有行动的干劲。在我人生的关键时刻，希望是保障我行动的必需条件和根本动力。恐惧可以被粉碎，怀疑可以被瓦解。希望可以为我们扫清前行的道路，为我们开疆拓土，给我们广阔的空间，去构筑理想的殿堂。我的希望之所以能够燃起并维持燃烧，全凭一股力量，这股力量是家人给我的，是凯特琳给我的，更为重要的是，当我明白除了我自己，没有别人会去这样做的时候，我紧紧地抓住了它，并决定领受它。“思考，行动”是我给希望编写的一个“程序”，是我把希望转化为每天都要采取行动的两个步骤。希望，不是某种需要我来保护的贵重物品；希望，是一种非常强大的东西，它比我强大，它是我那时的命之所系。

多年来，我对母亲钱包里那片剪报上教皇约翰·保罗二世所说的“永不放弃希望”一直是这样理解的：之所以你永不放弃希望，是因为你坚定地相信，自己的希望与祈祷一定能够实现。你只需要相信，然后等待就行了。我还差点把“付诸行动”与“永不放弃希望”理解为互相排斥的行为。但后来我发现，原来保罗二世的那番话还有下文。他紧接着是这样说的：

> 幸福是通过牺牲来实现的。不要眼睛向外去寻找那些内在才有的东西。你自己能够成为也应该成为的那种人，你自己能够做到的也应该去做的那些事，都不要去指望别人。

只有当我意识到我要响应感召，为了希望而行动，带着希望去行动，并通过希望来行动，我才能变得永不放弃希望。我知道自己该去做什么了。

首先，我让护士给我打了一针昂丹司琼（枢复宁）来止住恶心。一边恶心呕吐，一边还要想着研究要命的疾病，那难度可太大了，尤其当你还只是一个乳臭未干的医学生。然后我请二姐吉娜帮我拿一份我的验血报告。她擦掉眼泪，立即行动。她急切地希望能做一点事情，只要能帮到自己的弟弟就好。我要从那些检查结果入手，来研究自己的疾病，同时也好估算一下在肝肾衰竭让我无法做事之前，我还剩下多少时间，或者说，在我死前还剩下多少时间。

接着，我便开始打起精神，拉开架势，要与这个病魔做斗争了。接下来的 3 天里，我还要继续接受连续的细胞毒性化疗，接着是 17 天的非连续化疗，我的头发很快就会大把大把地脱落，就像之前一样。但我不想等到头发再次脱落的时候了，也不想再让我的病或化疗成为头发脱落的理由。我不想再当一个逆来顺受的倒霉蛋了，这次我要先发制人。我请父亲去买了一把电动剃刀，让他把我的头发全都剃光，只在头顶中间留下一小条短发。我以前一直想剪这种莫霍克发型。也许我还应该再在脸上涂点伪装迷彩。我已整装待发，要进行一场新型的战斗。这场战斗不仅关乎我自己能否挺过卡斯尔曼病的攻击而活下来，而且这还将是一场反攻战，我要向它主动进攻。每当我在镜子里看到自己这副战士的寸头造型，我都不会忘记这一点。

第十三章

“地毯式轰炸”的联合化疗

随着开始化疗的日子越来越近，我的心情也越来越紧张。

冯·李医生担心我的身体可能还不够强壮，我的免疫系统可能也还不够强大。父亲也有同样的担心，说这个决定有点仓促，我还需要更多的时间。冯·李医生明白我会非常失望，于是那天晚上，他特意给我带来了我最喜欢吃的特立尼达菜。这的确带给我很大的安慰。

但我清楚需要做什么。我清楚自己做出了什么样的承诺。

最终，还剩下短短几天时间时，冯·李医生带回了检查结果，说我的白细胞数量已经达到了我们说定的阈值。我可以接受化疗了。

我出了院，坐上飞机离开小石城，回到罗利市接受化疗。

我可不能错过我的好朋友本的婚礼。

“地毯式轰炸”的联合化疗起了作用。我的身体又恢复健康了。别问我是怎么做到的，我也不知道。我再次地狱一游，然后又全身而退。我们也不知道下一次该试哪种疗法，但此时那些都不重要了。我作为本的伴郎站在圣坛边，举目望着参加婚礼的人群，里面有我的父亲、两个姐姐，以及我的一生所爱凯特琳。那天的照片里，我顶着不是因为化疗而是我主动选择的新剃的光头，笑得见牙不见眼。我大笑的样子看起来几乎有点精神错乱。我那样笑，是因为我站起来了，不再卧床不起，而且（大部分时候）感觉很好，也因为我和我爱的每一个人都同在现场，还因为我正在履行从高中起就对本许下的承诺，而之前我还以为自己实现不了这个承诺了。

但我的笑，其实还有另外一个原因。

说到橄榄球，我想自己从准备比赛中得到的纯粹乐趣，可能要比实际上场比赛还要多。研究比赛录像、举重、演练、训练、球队会议、制定战术。我对 AMF 的感觉同样如此，我很喜欢在 AMF 办公室的白板上列出计划，考虑如何扩大我们的影响或完善我们的服务。在学校里，我有个怪癖（至少在朋友们看来是个怪癖），我特别享受坐在图书馆的一个大长桌前，摊开书本，手拿铅笔，将各种文件整整齐齐地摆好，就此沉浸于一场马拉松式的长时间学习。

你还想知道婚礼上我那种笑容背后的另一个原因吗？那笑容是属于一个知道自己应该去做什么的人，那是他即将开始风暴行动之前的微笑。我与病魔的第 4 轮比赛已经结束。我已完成了所有的思考，是时候开始行动了。我感觉我就像电影《谍影重重》里的主角杰森·伯恩，打到最后关头，虽然已遍体鳞伤，血肉模糊，筋疲力尽，但心里早已想好了反击的对策。这世上再也没有什么比一个无所顾忌又满腔怒火的人更可怕的了。

当然，我那过度集中的注意力也是我的好助手。

在北卡罗来纳州休养了几个星期后，我又回到了医学院。我将继续接受司妥昔单抗的治疗，每个星期还要接受 3 种药物的化疗，就是刚刚缓解了我病情的 7 种化疗药物中的 3 种。我们是这样推断的，即使我之前的白细胞介素 -6 水平是正常的，即使司妥昔单抗独立使用不起作用，但是它与其他药物的联合使用也许就起了作用。这个办法能否一直有效，我并没有多大信心，但也没有其他办法。

如今回顾起来，我发现我人生中迄今所发生的一切，都是在为这件事做准备。我是没有为某种疾病寻求某种治疗方法的具体经验，但我有相关的研究工具。我有着近乎强迫症的拼命工作的作风，我有着在建立 AMF 的过程中积累下来的成熟经验，这些都让我心中有了未来的蓝图和坚定的信心，我知道自己能把这件事做成。我会依靠多年来担当橄榄球四分卫所学到的东西，来组建和发展一个团队。在牛津大学攻读硕士学位时的训练，让我具备了研究和回答高度复杂问题的思维方式。我即将完成在医学院的课程学习和医院里的临床实习，因此我也将具备了解疾病机制的语言和知识，以及所需要的相关训练。在宾夕法尼亚大学孤儿病研究中心制定战略规划时学到的经验也派上了用场，并为我今后的工作方式指明了方向。从前的我总以为来日方长，结果弄丢了凯特琳，如今我永远都不想再失去她，这一经历让我随时都有一种迫在眉睫的紧迫感，让我能把生命中最重要的事情放在首位。还有一点也很重要，我的内心终于接受了一个观念，即向他人敞开心扉、袒露自己的脆弱，这是一件好事，这样做甚至能够在赢得他人帮助时起到重要作用。最后，是凯特琳和我的家人给了我不可或缺的关爱与支持。

要挑战卡斯尔曼病，我首先要了解的就是当前的研究现状：关于这个疾病，人们已知的有哪些；正在进行的研究课题有哪些；其他的罕见病组织采取了哪些办法来推动相应疾病的研究。我就像一个到达谋杀犯罪现场的侦探，正迅速从已经在场的警察那里搜集各种信息。还没有人破案，但他们辛苦搜集到的信息，对获得破案的线索至关重要。

尽管卡斯尔曼病在1954年就被发现了，但在我的亚型（iMCD）方面，唯一的实质性进展就是确定了白细胞介素-6为该病的一个可能的影响因素。但具体到我本身的情况，还没有证据表明白细胞介素-6就是主要问题。因此，对我而言，1954年以来的这个唯一的实质性进展，其实还是个误解。而多个知名医学资源网站上的流行病学和预后方面的资料都不够准确，包括UpToDate的网站，我现在知道，实际上里面的相关信息早已严重过时，这很讽刺。而其他网站不仅信息过时，而且还有原则性错误。**没有专门的国际疾病分类**（International Classification of Diseases，ICD）**编码来标记和跟踪卡斯尔曼病的病例，所以即使有医生确诊了卡斯尔曼病患者，也没办法把这些病例很好地进行标记，以便后续研究，或让医学界的更多人对此病有更好地认识和理解。**很多研究人员和医生都在使用不同的卡斯尔曼病亚型分类方法，还有些人将所有的卡斯尔曼病病例都混为一谈，因此，读者即使读到已经发表的那些研究文献，也不知道里面究竟说的是哪一种亚型，也无法代入以往的研究背景去理解文中的研究结果。简而言之，卡斯尔曼病的研究现状就是杂乱无章。

科学研究如果杂乱无章，那可比其他任何领域的杂乱无章都要严重，因为科学在本质上是迭代的。也就是说，科学研究都是基于前人的研究结果进行的，一切都要依靠前一个实验、前一个理论、前一个结果。科学术语和计量方面的统一标准，是整个科学研究领域的前提条件。简单来说，在区分苹果和橘子的时候，必须保证每个人都遵循一个统一的标准。

我很快便发现了一个事实，就是我的卡斯尔曼病亚型 iMCD（现在我们知道这种亚型占全部 MCD 病例的 50%，每年在美国就约有 1 000 个新的确诊病例），即使只与 MCD 的其他亚型相比，所得到的关注和经费也少得可怜。事实上，iMCD 在医学研究和治疗方法探索方面得到的联邦资助经费为零。由于 iMCD 处于自身免疫病和癌症之间的“无人区”，所以没人知道该把它归入这两者中的哪一类。这就意味着，即使有私人赞助的研究经费给到了癌症研究或自身免疫病研究，也不会有 iMCD 的份。iMCD 这个病，真可谓孤儿中的孤儿。

因此可想而知，由于没人知道 iMCD 的病因，没人知道与 iMCD 相关的免疫细胞类型或这些细胞间的信号通路，因而也就阻碍了相关药物的研发进展。

不仅如此，还有更糟糕的情况。

医生、研究人员和 iMCD 患者之间，存在严重的信息壁垒。冯·李医生拥有唯一一个专门研究 iMCD 的实验室，但在法国、日本和美国的一些地方，也有若干研究人员偶尔会对 iMCD 及其相关疾病进行研究。然而，这些研究人员都在各自为战，几乎没怎么见过面，更无人分享生物样本或研究思路。这就意味着病例报告和研究结果都是基于数量很少的病例，这已经成为大家默认的工作模式（因此没有足够的说服力，也无法产生有价值的结论）。从患者身上收集到的血液样本和组织生物样本，其中大部分在用于治疗患者之后就被丢弃了。而那些为医学研究而保留下来的生物样本，也几乎都分散放置在世界各地各个实验室的冰柜之中，没人会再去研究一下，更别说大家一起研究了。没有一个集中的登记处或生物信息库，能将相关数据或生物样本进行登记和保存。没有人进行系统化描述 iMCD 临床特征和病理特征的全面工作，而这项工作几乎已经成为所有疾病研究的标配做法。此外，相关的研究工作完全不存在什么协同合作。也没有一个公认的关于发病机制的理论框架来指导研究工作的开展，或提出新的研究设想。

当时唯一正在进行的一个专项研究，就是所谓的白细胞介素 -6 全景式验血检查。近期的几项研究结果表明，很多 iMCD 患者的验血结果中，白细胞介素 -6 水平并未升高，于是就有人推论，医学界现用的白细胞介素 -6 检测方法可能不准确。这一论点让我非常担忧：如果检测结果符合你的预期你就相信，不符合你的预期就认为它是错的，这种态度可不是科学的态度。尽管如此，判断 iMCD 患者白细胞介素 -6 的这些指标是否真的正常，仍然重要。当然，这些患者的白细胞介素 -6 水平之所以没有升高，也很可能是因为其他因素的作用。

不过，也有某些治疗方法取得了这样或那样的一些零星效果，但治疗方法仍缺乏原则性的指南，也没有数据库或登记处之类的机构，来系统地跟踪与标记哪种治疗方法最有效。难怪在第一次对我的治疗没有立即见效后，杜克大学医学中心的医生们就束手无策了，也难怪即使是冯 · 李医生这样的顶级专家，治疗的“武器库”也是有限的。有赖于吉崎和幸医生（还记得那个以身试药的日本医生吧）在 1989 年开创性地发现几个卡斯尔曼病患者的白细胞介素 -6 水平升高，针对白细胞介素 -6 及其受体的两种药物（分别为司妥昔单抗和托珠单抗）已经被用于临床试验，观察其治疗 iMCD 的效果。这两种药物的作用机制相似，所以，如果患者使用了其中一种而没有效果的话，那么使用另外一种也不太可能有效果。遗憾的是，对这两种药物都没有效果的那些患者，没人在研发其他的药物，也没人去研究除白细胞介素 -6 之外的其他治疗目标。

我的病为何如此难以确诊，现在也很清楚了，因为针对卡斯尔曼病的任何一种亚型，现在都没有诊断标准。也就是说，医生们手里没有一份对照清单，列明了诊断 iMCD 都需要做哪些检查，需要有哪些结果。更糟糕的是，诸如淋巴瘤、狼疮和单核细胞增多症等很多其他疾病，都可能出现与 iMCD 相似的症状与体征。因此，患者只能寄希望于他们遇上的医生哪怕是能知道有 iMCD 这种病；希望他们的医生能往这方面去想，考虑你可能是得了 iMCD；希望他们的医生能通过几篇医学文献了解一点可以做的检查项目；希望他们的医生知道如何去评估哪些检测结果，然后做出诊断。这种希望是错误的，这就好比你在希望一个飞行员在没有任何地图或任何指引的条件下，能成功地将一架她从未驾驶过的飞机开到一个她从未去过的目的地。也许，这个飞行员也能想办法起飞、想办法找到目的地，最后也能想办法降落，但却缺少一个总的操作指南，来增加她安全抵达的可能性。

对现实情况了解得越多，我就越看得清楚，医学界对 iMCD 的了解是如此贫乏，也越发明白，如果继续沿着目前的路径前行，在短时间内他们很难取得任何实质性的进展。从智识角度来说，这令人灰心丧气；从个人角度来说，这是个毁灭性的打击。现实情况是，不但圣诞老人不存在，而且你在商场里曾崇拜过的那个圣诞老人，其实还是个大坏蛋，是一切罪恶的背后主谋。我不再指望你给我带来什么礼物了，只要是你不存在就够了，我谢谢你了。

医学研究缺乏进展，并不是因为医学领域的成员们缺乏智慧，也不是因为缺少良好的初衷。相反，我越来越清楚地意识到，我们所要解决的问题，在于缺乏使命感，在于缺乏组织性。国际卡斯尔曼病组织和卡斯尔曼病认识与研究促进会，这两个现有的基金会为少数专家提供了拯救生命的参考意见，也促成了重要相关认知的产生，以及重要研究资金的就位，但这两个基金会都没能起到“四分卫”的组织核心作用，而这正是罕见病所急需的：建立研究团队，整合各方的已知，找出认知上的不足，对最有可能取得成果的研究项目进行优先安排，促成参与者们的协同合作，取长补短，并最终推动大家赢得共识，朝着发现治疗方法的目标前进。我们需要凝聚成一支军队，肩负着同一个使命，向前冲锋。我仍然相信，治疗方法完全有可能已经存在，只是还没得到适当的整合。也许治疗方案的碎片都早已存在，只不过是存在于世界各个地区的各个实验室里。

探索治疗卡斯尔曼病的工作是一个挑战，对其领导者和研究者是同样的挑战。我要努力扮演好这两种角色。我不打算去改革已有的任何建制，而是要去创建一个全新的东西。

我首先要去找一个人，和他一起讨论迎战 iMCD 的计划，这个人就是阿瑟·鲁宾斯坦。他说他会全力支持我，并且根据需要可以随时和我碰面，不管多么频繁都可以。他信守了诺言。接下来的 6 年（如今还在继续）中，我们每两三周就会碰面一次，以解决科学研究、组织管理以及合作方面遇到的各种困难。阿瑟凭借他几十年纵横生物医药科研与创新领域的丰富经验，在困难和问题出现之前就能做出预判，并给我们提出建议，采取预防措施。当那些看上去难以解决的困难不可避免地出现，我们便系统化地想办法，努力寻找解决方案，并会经常征求他人的意见。我从未想过阿瑟能起到如此巨大的作用，他一直都是我最可信赖的人生导师、同事和朋友。

根据我在 AMF 的组织经验以及阿瑟的明智建议，我知道关键的第一步，就是要摸清整体情况，即目前 iMCD 的研究工作在协调与配合方面的糟糕现状。现在，我需要了解其他疾病领域都采取了哪些方法和步骤来解决类似的问题（在医学领域，借鉴别人的经验不算丢面子）。

了解情况之后，并没有发现什么令我感到振奋之事。乔希·萨默和他创建的脊索瘤基金会取得的那种成就并不多见，那只是个特例。相反，大部分罕见病的研究资助机构，遵循的流程也都是先筹集资金，然后再邀请研究人员提交研究方案，方案阐明打算如何运用资金来解决某个重要研究课题，最后筛选出一个最佳方案，拨款资助。整个过程都是随机的，没有合作的，被动的。人们不过是在希望，刚好能有一个合适的研究人员，他拥有合适的研究能力，手上有合适的生物样本，能前来申请资金，并且能够在合适的时间，开展一个合适的研究项目。

这种模式，对 NIH 和其他大型资助机构来说会很有效，因为他们能够从全世界最优秀的人才那里收到成千上万个申请方案，因此最受重视的那些研究方案，很有可能也正是相关领域最重要的那些研究课题。但是，大部分的罕见病基金会都没有 NIH 资助的方案审核员。相反，那些专注研究某种罕见病的基金会，可能不得不从少得可怜的几个申请人中做出选择。如果对某一领域感兴趣的合格研究人员仅限于少数几个人，那么申请方案中就不大可能出现最重要的那些研究课题，提交申请的人也不大可能是最有资格的研究人员。我不是在打击那些研究人员，我只是想说人数太少了。这种方法就好比在等待天上的星星排列整齐，如果你有无数颗星星，它们就总能时不时地自己排列整齐了。但如果你只有少数的几颗星星，那你可就要等上很长时间了。尤其如果你还是个患者，等的时间可能会很长很长，长到你都没有等来最终结果。这种模式是和平时期的模式，不紧不慢，不慌不忙。而我现在是战争时期，是十万火急。

这种只有少数研究人员参加竞争的模式，还有一个连锁反应，那就是每项研究的方案设计与执行开展，往往都是独立而不与外界交流的，因此也就妨碍了对该种疾病的通盘考虑和研究合作。这也意味着那些生物样本与研究方案，往往都是研究者用于申请资助时才会拿出来的独家资产，而并不会分享给大家以供集体研究使用。要是这次没能成功申请到资金，他们手里的生物样本就会一直被束之高阁，留待下次申请。无论别人的研究看上去多么有望成功，那些充满着无数疾病秘密有待发掘的宝贵生物样本，照样都会被闲置一旁，无人能动。这实在是暴殄天物。其原因也不是有人想故意使坏或懒惰无为，而是因为适用于常见疾病的那种大规模的资金申请模式，不适用于“少见的”疾病。常见疾病的研究，不必像罕见病的研究那样，需要跨机构的合作，因为单个机构就拥有足够多的患者数量，仅靠自己就能发现疾病的规律。而罕见病则不然，患者的样本数量本来就很少，没有任何一个研究人员单枪匹马就能成事。要得出有价值的洞见就必须样本共享，以增加到所需的样本数量。我们需要的是对现有研究的整个运作流程和整个研究领域进行重新思考，我们不需要再去建造一个新的信息壁垒。

我决定采取两条路并进的方式：一是在宾夕法尼亚大学医学院的最后一年，我将开展 iMCD 相关的实验室研究和临床研究；二是我会与冯·李医生共同创建卡斯尔曼病协作网（Castleman Disease Collaborative Network，CDCN），以加快全球对卡斯尔曼病的研究、诊断与治疗的探索进程。我们的目标是，为每个卡斯尔曼病患者都找到一个有效的治疗方法。我知道，这个目标可谓野心勃勃。但我可是手握秘密武器的人。在我每周都要输入的 3 种化疗药物中，有 2 种本可能让我形同废人，但其中有 1 种却让我成功克服了疲劳，甚至还给予了我似乎用不完的能量，让我随时都有做事的冲动。这意味着，每周化疗日之后的 24 小时，我都不用睡觉，而且注意力超高度集中，能完成大量 AMF 与 CDCN 的工作，尽管可能比较潦草。当然，能够在那么长的时间里保持清醒和注意力集中，并不能保证我的效率就真的高。我们采取了预防措施，凯特琳会帮我检查我在生产力爆棚时段写下的那些邮件草稿，以确保我的行文不会太过冗长、太过飘忽不定，或者太过坦率直白。

我思考着 CDCN 如何才能加快卡斯尔曼病的研究进程，尽快找到它的发病机制，尽快找到治疗它的最佳办法，想出了一个雄心勃勃但也相当简单（我以为很简单）的计划：与其干等着星星们自己排列整齐，不如我们主动去排列它们。

首先，我们需要识别、联系和组建一个全球性的社群，来确定和优先安排意义重大的研究项目。为此，我们想出了一个“在线众包”的流程，能让任何患者、医生或研究人员都可以提出他们自己的想法或他们认为最重要的研究方案，而不管该提议者自己是否有能力进行那项研究。这是个创新的做法——医学研究领域的传统惯例是，只有当研究者本人有能力募集到研究经费并且有能力开展研究工作时，他的研究想法才会被采纳，才会被付诸行动。如果一个研究人员未能募集到经费或没有能力开展研究工作，那么无论他的想法多么具有前景，也都会被束之高阁，无人理睬。我们不能允许这种情况发生。我们还提议建立一个科学顾问委员会，根据众包想法的潜在重要性、可行性及其在总体框架内的合理顺序（例如，在确认某一特定细胞类型确实对卡斯尔曼病有重要意义之前，不应先对该细胞类型的内部工作机制进行深度研究）来确定实施的优先次序。一旦按照轻重缓急列出了研究项目的清单，就可以招募世界上最优秀的专业研究人员来开展实施。当然，有一点很重要，我们需要去联系患者，并与患者们建立伙伴关系，以搜集样本，争取研究经费。每项研究完成后，我们还将拨出专门的时间和资源，去搜寻药物，搜寻那些已经被 FDA 批准的、用于治疗其他疾病的，而且有可能用来针对我们的某项研究成果（比如细胞类型、相关分子等）的药物。一旦这些药物被重新用于 iMCD 的治疗，我们就会系统性地跟踪其治疗效果，以指导进一步的使用，并确定最有前途的候选药物来进行临床试验。最后，我们也清楚地认识到，将相关信息反馈给社群成员，是让整个流程顺利运作起来的关键：信息反馈将进一步促进众包想法的诞生、合理安排项目的优先次序、招募研究专家、执行研究方案，如此这般，一轮接着一轮，循环往复。

我们提出的这种设想，将使研究效率最大化，并为在最短时间内取得突破，带来最大的希望。简而言之，我们将把所有关键的利益相关者聚拢在一起，然后以超级专注的态度开展研究工作。我们不是要先摆出研究经费来招揽人们申请，然后期待着能有一个合适的研究人员前来申请并开展那个合适的研究，我们是要确保每一个合适的研究项目都能有一个合适的研究人员来开展，而且是马上开展。这两种做法之间的差别，就像一所高中宣布，他们要通过举行一场选拔赛来挑选队员，以成立一支新的橄榄球队，与新英格兰爱国者这种专业球队为了考察、鉴别和招募世界上最好的球员而进行的专注而有策略的工作之间的差别，是专业球队还会确保这些新球员能够形成一个紧密协作的团队。

为了建立这个社群，通过众包来确定研究项目的优先次序，我需要找出过去 50 年里，曾经发表过卡斯尔曼病相关病例报告或科研论文的每一个人。换句话说，我需要在谷歌和 PubMed（NIH 下属的医学期刊文献数据库）上进行大量搜索。工作量很大。带有“卡斯尔曼病”标签的医学期刊文献有 2 000 篇左右。每篇我都读了，并提取了关键数据以供之后分析；但凡能找到作者的邮件地址，我也都发了邮件。每封邮件都有“戴维·费根鲍姆”和“弗里茨·冯·李”的联合签名。我们两个 CDCN 的联合创始人合作得非常愉快，而且从单纯的医患关系开始逐渐过渡到同事关系，也让人感觉很好。我明白，他能愿意跟我这样一个患者、一个雄心勃勃的医学生共事并给予我指导，是多么慷慨无私。与冯·李医生联合签名的电子邮件，也让我在全世界收到我邮件的医生们那里赢得了一些行业内的信誉：我在大家面前展示的是一个兴趣在于医学研究的医学生形象。我还不愿意跟大家明说，我自己也是个患者。几个月之后，在发出数百封电子邮件之后，我们通过一个线上的讨论区，联系到了大约 300 名分布在世界各地、对卡斯尔曼病有研究兴趣的医生和研究人员，形成了一个虚拟社区，并邀请大家亲自前来参加于2012年12月在亚特兰大举行的美国血液学会（American Society of Hematology，ASH）年会。业内将其简称为ASH，这是世界规模最大的血液学会议。

年会的前一天晚上，我无法入眠。倒不是因为我的“鸡尾酒”联合化疗药物有什么“提神醒脑”的作用（化疗药物只会使人乏力倦怠），而是因为我的激动与紧张。因为我知道，本次会议将有助于确认业内已有的共识，对未知领域提出新的设想，而且本次会议的与会人员，大多数也很可能成为CDCN将来的科学顾问委员会的成员。

共有31名医生和研究人员参加了我们在大会期间的专题会议，也就是说，这是有史以来规模最大的一次卡斯尔曼病的医生与研究人员的聚会，甚至比2005年举行的唯一一次会议人数还要多。虽然这比不上“年度体育卓越表现奖”（ESPY awards）那么隆重，但对我来说，它同样令我激动兴奋，因为我见到了很多位医生，他们都是我读过的那些期刊文献的作者，可以说我是“追星成功”了。那位在自己身上做试验，发现白细胞介素-6与iMCD有关的吉崎和幸医生，与其他的日本同事也一起来到了会场。我甚至还见到了埃里克·奥森亨德勒医生，他是1996年维基百科上一篇研究论文的主要作者，我在那篇文章中首次了解到iMCD这种疾病的极低存活率，我当时泪流满面。本次会议也让我惊讶地了解到，业内人士对这种疾病的认知是多么缺乏共识，相关的研究工作又是多么欠缺。

那次会议之后，CDCN 的科学顾问委员会很快组建了起来。怀着满腔的兴奋与激动，以及把工作向前推进的渴望，我向医学研究和临床医学领域的每一位重量级人物，都抛出了没完没了的问题。至少在一开始的时候，我显然是耗尽了其中一些人在理智上的耐心，他们都不愿意回答我的问题了。一位委员会成员轻轻地把我拉到一边，试图跟我解释，卡斯尔曼病并非每一个医生或每一个研究人员都会优先考虑的疾病，还建议我降低预期，大家也许没有什么好办法做出多么大的贡献。几个星期之后，在另一个机构举行的为期一天的研究会议上，我做了一个发言。事先我接到严格指示，只能分享我作为一个患者的经历。但我自作主张，把发言主题变成了介绍我的 CDCN 建设思路和研究方式。发言之后，我听说有些与会者认为我很幼稚，竟然觉得自己或 CDCN 真的能做出什么大的动静。那些人认为，我越界了，我进入了一个不属于我的地盘。许多人觉得我应该做的，就是去筹集资金，支持现有的那些研究实验室，专心做好患者的教育和宣传工作，提高大家对这个疾病的认识就好了，不要多管闲事。其中一个实验室的主任甚至在一次会议前“好心地”修改了我的 PPT，我的 PPT 原本展示的是 CDCN 可以把所有相关人员联系在一起，可以发挥多重作用。而这个主任修改后的版本里，根本没有提到网络建设，也没有提到研究项目的议程设定，也没有提到协同合作。在这个领域，我年纪相对较轻，也缺乏正式的血液学/肿瘤学的专科训练，这些看上去都是我追求使命时的劣势所在，而且 CDCN 在医学研究方式上的与众不同，也让大家认为它注定会失败。

如果不是这件事对我来说生死攸关，如果不是我的怪病随时都可能像定时炸弹一样爆炸，那么我也说不好自己当时就肯定不会去附和这一片质疑之声。但这件事对我来说，恰恰就是生死攸关，过去和现在都生死攸关。我几乎都能听到定时炸弹的滴嗒之声。我知道自己在做正确的事，所以但凡有人提出我应该放弃大胆创新的研究方式，只去做好病患宣传即可，我就会恼火不已。我努力去解释和说明，自己作为准医生科学家和患者的双重角色别无选择，只能大刀阔斧，快速挺进。而我们之所以采取这种激进的手段，是因为医学研究的现状并不令人满意。我完全明白，这样做可能会让我丧失职业声誉，但我管不了这么多了。我的危重病情让我无所顾忌，也让我无须顾忌很多制约着医学研究的不成文的条条框框。我对医学界的现状、有关我这种疾病的普遍思维模式，以及医学研究的现有开展方式，都提出了质疑。作为一个医生，一个研究者，同时作为一个患者，我拥有独一无二的视角，能比其中任何的单一视角看到更多的东西。我清楚地看到，我们这些研究者和医生都很容易犯错误。我还发现，患者也都有他们自己的想法，他们自己的关切，而患者的想法和关切之处，才应是我们使命的核心所在。

事实上，以患者的关切为核心也成了我们的行动准则，我们欢迎和鼓励患者参与进来的方式，与其他很多机构都有所不同。我们想要知道哪些研究课题对患者来说才是重要的。一点也不意外，患者所看重的那些问题，并不总是与医生和研究人员看重的问题相一致。患者更关注生活质量问题，比如生育能力，再比如，是否能够通过控制症状让他们重返工作岗位。而医生与研究人员的关注点，则是各种细胞、各种信号通路和各种蛋白质的功用，从而做出针对性治疗，延长患者的生命。因此，我们在 CDCN 的全球研究议程中，整合了这两个群体的想法。我们还通过社交媒体、线上讨论区，以及定期的线下聚会，将患者互相联系起来。我一刻都没有怀疑过这种联系的强大力量。正如几年前，我在冯 · 李医生的候诊室里遇到的那位康复后的患者，是他给我打了一针强心剂，给了我继续抗争下去所必需的信心与力量。

此外，和患者们在一块儿有时候也挺好玩的。在首次患者网络研讨会上，我展示了一个在网上找到的火柴人漫画，漫画主角是个装扮成城堡的男子。我给他起了个名字叫“城堡男”（Castle Man），并提出将他作为 CDCN 组织的非官方标志的备选。但之后有好几个患者来找我，说这个“城堡男”太弱不禁风了。他们解释说，想象中的“城堡男”绝不可能是个火柴人，还说，想想我们大家与之搏斗，都被它搞得那样伤痕累累，这家伙应该是头猛兽！我深以为然。之后，我们采用了一个与猛兽形象更接近的

“城堡男”，并在另一次网络研讨会上和患者们分享了这个新的卡通形象。2 个星期后，一位患者在脸书上发了张照片，他把这个猛兽一样的“城堡男”文在了自己的肩膀上。这是第一个这么做的人，后面陆续有人将其文在了身体的各个部位。我心想，要是这样都不算患者的积极参与，那我也不知道怎样才算了。卡斯尔曼病的患者们已经等了太久，就盼着大家能团结在一起，共同战斗。他们只是需要有一股力量来激发他们做出行动。我知道，我们一起努力，肯定能干成大事。

一位参加过首次网络研讨会的患者，后来在我们这个组织发展壮大的过程中发挥了极大作用。格雷格·帕切科和他的妻子沙琳在 2007 年就成立了 CARE。格雷格和他的团队在提高大众的相关认识方面一直都做得很不错，但他们并不甘心止步于此。他们希望参与到新疗法的发现过程中来，他们对 CDCN 的愿景感到非常兴奋。那之后不久，格雷格邀请我们将 CDCN 与 CARE 这两个组织合并，并以 CDCN 的名义继续向前推进。如今看来，那真是个相当了不起的提议，在生物医药领域可谓绝无仅有。各种研究群体和各种基金会，通常的结局都不是走向合并，而是会分裂成多个小群体，互相竞争。如果某些家庭被罕见病影响到了，那么即使相关的基金会已经存在，他们还是会倾向于从头开始，再去建立一个新的基金会。因此，一个罕见病往往存在几十个基金会等组织，各干各的，常常会出现研究计划重复、目标不一致、各家只能分得总资金池中一小部分的状态。格雷格和他的团队成员们迈出了相当大胆的一步。他们本可以选择保持独立自主，维持现状，留在自己熟悉的领域，而不是选择与我和我那些“神经质”的同事们联手，毕竟我是一个注意力过度集中的工作狂人。这就好像是让 T 先生和“天龙特攻队”加入联合国维和部队一样，你得随时做好两拨人马擦枪走火、爆发激烈冲突的思想准备。格雷格他们准备好了。

那么，弗里茨 · 冯 · 李、阿瑟 · 鲁宾斯坦和我三个人，对此又做出了怎样的决定呢？我们只不过稍加考虑，就做出了一个简单的选择：两个组织有着共同的使命——治愈卡斯尔曼病；而且我们的组织名称 CDCN 里就有“合作”的字眼。我们欣然接受了格雷格的提议。两个组织合并了。

现在是时候来确定我们最优先的研究课题了。从 CDCN 社区通过众包征集了 60 个想法之后，科学顾问委员会将这些想法进行整合、调整、排序，按优先级依次列出了 20 个研究想法。其中优先级最高的一个想法，就是寻找可能导致 iMCD 的病毒。我们推断，有某种病毒引起了某种形式的 MCD（即 HHV-8 相关的 MCD），而那些病毒极有可能引起了免疫系统的过度激活，正如 iMCD 患者所表现出来的那些症状。如果我们能找出致病的病毒，那么随后就能很快找出那些其他未知因素，比如携带病毒的关键细胞类型以及新疗法的潜在目标。

确定了最需要优先解决的问题之后，我们就开始寻找全世界最顶尖的“病毒猎手”研究人员。这一步是我们牢记使命、主动出击的充分体现。我们不在乎这些研究人员是否已经听说过卡斯尔曼病，我们只需要他们具有相关的技术专长和经验，能找出潜在的致病病毒就行。

我们找到了一个最佳候选人，他是这类研究方向的顶尖专家，当时任职于哥伦比亚大学，他同意加入这项研究。不过，他需要 20 个来自 iMCD 和 UCD 患者的冷冻淋巴结样本。但是，很少有淋巴结在切除之后会被送去冷冻。因此，我们需要以罕见的方式、保存一种罕见疾病的、罕见亚型的生物样本。我们动员了整个 CDCN 的成员（现在我们的成员已经超过了 300 人），联系了世界各地的医生和研究人员，看是否能找到并提供这些宝贵的样本。经过几个月的努力，日本、美国和挪威的 7 家机构同意为这个项目捐献 23 个样本。我们知道这项研究可能需要好几年才会有结果，但不管怎么说，现在我们总算可以起步啦！

现在，我也准备好开始为我自己做点新鲜事了。凯特琳和我一直都尽量保持多见面，有时在费城，有时在纽约，有时在北卡罗来纳，她会陪着我去做定期的司妥昔单抗治疗和化疗输液。与她共度余生，是我这么多年以来的心愿。生活变得更加美好了，我的生命里有她的存在，也更加幸福。我知道，她对我的感觉也是一样的。我第四次发病时，当我看见守在我床边的她时，我就明白，必须停止对未来的想象，我应该马上行动！但我仍然有点犹豫不决。我是热切地盼望着能与凯特琳结为夫妻，她也一定想和我共结连理，但这事是不是有点太难为她了？多年前和她约会的那个男人，曾是个自由自主的橄榄球四分卫，未来的一切似乎都由他自己完全掌控；而现在和她在一起的，已不再是当年的那个男人了。如今的我，是一个生命垂危，还在为多活一天而努力挣扎着的病人；如今的我，是一个还在为自己的生命而四处奔波的研究者，是否能够成功自救还两说呢。虽然我随时都在想着向她求婚，但也时常想着与她分手算了，让她远离我，这样她才能和别人一起，去过一种更加稳定、更有盼头和更为轻松的生活。她值得这一切。但我也清楚，她一定不会同意分手，而这样做只会让她受伤更深。之前我已经拒绝过她两次了，我不能再拒绝她第三次。而且，我是那样地渴望成为她的丈夫。于是，我决定开始行动，去挑选订婚戒指。

我选定在 2012 年 12 月 16 日向凯特琳求婚。那一天她会来看我，我告诉她，已经订好了费城我们最喜欢的公园附近的一家餐厅，一起吃个早午餐。我也安排了亲朋好友，提前到达旁边的另外一家餐厅，从那里他们可以看见我和凯特琳出现在公园里。我也计划好了，在凯特琳答应我的求婚之后，我们就走过去那里与亲友们汇合，一起庆祝我求婚成功。在走出公寓的大门之前，在路过邮件室的时候，我停了一下，假装无意中“看到了”一张明信片，是我 7 岁的小侄女安・玛丽寄来的。在穿过公园的时候，我把明信片递给了凯特琳。

卡片的正面，画着 3 个五彩缤纷的火柴人，分别是凯特琳、安·玛丽和我。卡片的里面写着：

亲爱的凯特琳阿姨，

我好期待你们的婚礼，也迫不及待地希望你成为我们大家庭的一员。

爱你的，

安·玛丽

对了，我可是一个特别棒的花童哦！

我觉得，让小侄女安·玛丽也参与到我的求婚计划中来，是非常重要的一环，因为她和凯特琳的关系很亲密。现在再讲起这个环节，我会狡黠地眨眼一笑：即使凯特琳不知道该不该答应我的求婚，她也不会让我的小侄女失望的。因为，尽管我觉得我和凯特琳对于结婚的想法是一致的，但我还是对那种戏剧性的关键时刻感到紧张。听到我的求婚，凯特琳双手捂住了嘴，她完全惊呆了。

凯特琳说“我愿意”。我俩都喜极而泣。

心情平静之后，我们就穿过公园走去那家餐厅，和亲友们一同庆祝。无比美妙的一天结束后，我俩单独讨论了接下来的打算。她那时还在纽约的时装行业工作，但已经做好了离职的准备。而我还在医学院的苦读阶段，就剩最后一个学期了，每天都要在医院上班实习，还不能离开费城。当晚，在登上前往纽约的火车前，凯特琳决定马上向上司提交辞职报告，3 个月后离职，然后就搬到费城来，和我一起住。她将开始在费城找个工作。我俩商定，至少再等 1 年才举行婚礼，这样凯特琳才有时间处理好搬家和找工作的事情，然后再去忙烦琐累人的婚礼计划。我们俩都兴奋极了！

但这兴奋劲儿没能持续多久。订婚一周后，我做了每 6 个月 1 次的 PET/CT 检查。这次我可是按时按点做的。除了探测 iMCD 的活跃情况，PET/CT 检查还会探测出身体是否有患癌症的表现，因为 iMCD 患者的患癌风险是比较高的。扫描结果显示，我的肝脏里有个正在生长的肿瘤，而且代谢活动越来越活跃，这意味着癌症的可能性。我的医生们认为那很可能只是个由血管形成的很大的球状物，就像我皮肤上那些小的血管瘤一样，未必就是癌症，不用担心。医生们说，6 个月后我再做一次扫描就行，再等等看。我还记得，我当时就在纳闷。

如果我们对这些异常的检查结果都可以视而不见、置之不理的话，那干什么一开始还要去做这些检查呢？

我已经被各种人为的错误、医生的误判和个人的逃避伤害到好多次了。我才不会再天真地相信医生们的判断，而期望那只是一团血管，尤其是我还在盼望着未来要举行婚礼呢。但奇怪的是，这次我并没有害怕。我在过往已经积累了足够的经验，知道没有理由浪费精力去担心未知的东西。对有些事情，要么可能是你过于担心了，要么可能是你担心得还远远不够。我认为，我还是把精力放在搞明白这种病到底是怎么回事上吧。聚精会神地去研究和诊断我自己的病因，我就没有闲心瞎担心和瞎紧张了。凯特琳和我还是每个周末都会见面。我们也会讨论这个检查结果可能意味着什么，但在我的良好心态影响下，凯特琳也总是很轻松平静。我又得到了一个新的诊断建议，让我在几周后再做一次扫描检查，这次是做磁共振成像（magnetic resonance imaging，MRI）检查。检查结果发现，就在等待检查的这短短几周时间里，我肝脏里的那个肿瘤就长大了一倍。长得太快了！这可不是什么好现象，我只能轻描淡写地这么一说。这次检查的结果，也确认我肝脏里的那团球状物绝不是一个很大的血管球，单靠希望是无法让它消失的，好在我早已放弃了单纯的希望。

随后的组织活检显示，除了 iMCD，我又患上了一种罕见的癌症，*EML4-ALK* 基因融合导致的炎性肌成纤维细胞瘤。一开始我是很害怕的，尽管和 iMCD 的抗争已经让我筋疲力尽、无暇他顾，几乎再没有多余的力气去表现出对这种癌症的恐慌了。接着，我求助于谷歌，搜索“什么叫炎性肌成纤维细胞瘤？”短短几分钟内，我的恐惧就变成了乐观！炎性肌成纤维细胞瘤（inflammatory myofibroblastic tumor，IMT）会释放类似白细胞介素 -6 的炎性分子，从而刺激免疫系统，造成与卡斯尔曼病相同的症状！

也许我的运气还没有坏到家，让我同时被 iMCD 和 IMT 找上门。也许这个 IMT 就一直存在于我的肝脏，也许 IMT 就是我全部问题的根源所在。也许我不是同时患有 iMCD 和 IMT 这两种病，也许其实从一开始就是 IMT 刺激了我的免疫系统，从而引发了 iMCD。也许我们可以切掉这个肿瘤，而我的 iMCD 噩梦也就会随之永远消失！也许这就是所有 iMCD 患者的病因拼图中所缺失的那最后一小块儿！

这个手术可能有很大风险，所以凯特琳把自己的离职日期提前了几个星期，搬来和我住在了一起。我在 28 岁生日那天接受了手术，她是我手术前见到的最后一人。我俩都很害怕，但我也期待着 IMT 切掉之后，我与 iMCD 的战斗也会随之结束。

手术进行了 5 小时，其间输了 3 单位（约 360 毫升）的血，我肝脏的 15%（包括肿瘤在内）被仔细地切除了。留下的，是腹部一个约 25 厘米长的刀口。伴随着伤口的，还有阵阵疼痛。由于自控止疼泵放置不当，在术后苏醒期我的痛感未能得到有效缓解，苏醒后我能感觉到所有的疼痛。那种疼痛已经不是可以用 1 级到 10 级的疼痛等级来形容的，也不是可以用各种不同程度的龇牙咧嘴来表示的。手术将我腹部的肌肉切开，切掉一大块肝脏，再用氩激光器（根本上来说那就是个火焰喷射器）来灼烧剩下的肝脏，以阻止内出血。我整晚都盯着时钟，等待着每 15 分钟自己能按下按钮，将更多的镇痛药注入静脉，但即便如此，我还是能感觉到几乎一切。第二天早上，我换了一个新的止疼泵，那刀割般的疼痛终于消散了。

新的止疼泵放置好不久，主刀医生来到病房通知我，他们对切下来的肿瘤边缘进行仔细检查之后，发现还有少量肿瘤不慎留在了我的肝脏内。我努力想从床上稍微坐起来一点，以确认自己没有听错，但腹部稍一用力，就会感觉像有谁用刀扎了我一下。

等等，你说什么？你们没有把那玩意儿全部、干净地弄出来？你们在确认肿瘤边缘完整并且清晰之前，就把我的伤口给缝合了？这不是肿瘤手术的最基本操作吗？

我真想大喊大叫，但我只是深深吸了一口气，接着冷静而坚定地请求他再做一次手术，把剩下的肿瘤给切干净。面对我的乞求，医生无动于衷，只是跟我说，我目前的状态经不起再做一次手术了，再说氩激光也很有可能已经杀死了任何可能的残留癌细胞。一会让我高兴上天，一会又让我失落坠地，这种大起大落，我是受够了。于是我也不再坚持二次手术，就看氩激光的烧灼效果了，唉，听天由命吧。

等身体恢复到差不多的程度，我立刻回到了实习工作的医院，与放射影像科的医生们一起复查了一遍之前给我拍的所有片子，看看是否能找到癌症的迹象，看看是否它就是那最后一块缺失的拼图。

我肝上的癌症有没有可能一直都在，并引发了我的 iMCD？更直白一点说，医生们是否能在我之前拍的片子里看到肿瘤的迹象？

但不管我们看得有多么仔细，却怎么也看不出之前的片子里有任何肿瘤的迹象。我自找理由说，可能只是因为之前的肿瘤体积实在太小了，肉眼根本看不出来，但其实它一直都在那里，它就是这病的根本原因。

现在，肿瘤被切掉了，也许我的 iMCD 就不会再复发了，我这么默默地想着。

我知道，这有些过于乐观。

以前的多次疾病复发，再加上这次突如其来的、进一步削弱了我健康状况的癌症“插曲”，使得我对未来的展望和打算都不再那么从长计议了。往大里看，发现肝脏里的肿瘤，确实感觉就是一个插曲而已。我很少再安排 3 周以后的事情，这也是我注射司妥昔单抗的间隔时间。但我还是做到按时完成了最后几轮的临床实习，并于 2013 年 5 月如愿参加了医学院的毕业典礼。那真是一段幸福的时光，我的家人们，包括凯特琳和她的父母、哥哥，欢聚一堂，共同庆祝。

经过这么多年漫长艰苦的努力，我终于赢得了开启人生下一阶段的资格：住院医师。但突然间，另一件事对我有了更大的吸引力。

此时，我已经确定了 iMCD 领域有待解决的那些关键问题，也通过众包找出了能为这些问题找到答案的关键研究项目，并开始建立能够推进这些研究项目的基础设施；但要做的事情还有很多，很多工作还需要进一步细化，研究项目才能真正得以快速推进。我还希望进一步探索，看看这些环节是不是也能用于推进其他罕见病的研究。尽管很多人可能觉得奇怪，但我还是做出了一个决定，下一步我要做的事情是去攻读商学院。我没有按照人们对医学院毕业生的通常预期那样，直接去做一名住院医师，刚开始我对自己的决定还有些愧疚。但此时，将死之人的心态再一次解放了我，再一次让我任性，无须太多顾忌，让我去做自己内心想做的事，想到什么就立刻去做。我的逻辑是：我为了拯救自己和别人的生命而面临的困难和挑战，往往大部分都不是医学上的，而是来自业务规划、战略方向、日常管理等多个方面。我正在为卡斯尔曼病建立合作网络，我希望这一过程进一步优化。我的 iMCD 研究工作也需要继续向前推进。时间在一分一秒地流逝，住院医师的工作将会拖累我以上每一项目标的进度。

如今回想起来，我发现，自己决定先不去当住院医师而先去攻读 MBA（工商管理硕士），也表明我对医学科研领域的激情与兴趣已经超过了对临床医学领域的兴趣。我觉得，如果我留在临床医学领域，当一名住院医师，我只能被动地希望自己手上现有的药物能够拯救生命，只能依赖现有的数据来指导自己的决定。而在医学科研领域，我可以去创造数据，有新的发现，而这些新数据和新发现将会引领我去发现一个能够治病的药物，去拯救生命，拯救千千万万个生命，我还能从中获得洞见，知道某种药物为什么有效，或为什么无效。我将通过在商学院的学习，掌握下一步事业所需的相关技能，来克服生物医药研究领域的重重隔阂与羁绊，并利用自己的方式进行迭代，让医学科研工作更为高效、更富于协作性和前瞻性。首先，我要把我的重点放在卡斯尔曼病上，然后，我希望能去考虑更多的其他罕见病。

当年秋天，我将在沃顿商学院开始我的 MBA 学习生活。

第十四章

求学沃顿商学院

“嗯……那是因为这种病很有意思，很值得研究。人们目前对它的了解还非常有限。这些患者应该得到更好的救治。这些患者……我是说，得了这种病的那些人。”

“哦，我明白，但你为什么专门挑了这个病来研究呢？哦，我忘了，这个病的名字叫什么来着？”

“卡斯尔曼病。”

“哦对，卡斯尔曼病。这名字真有点怪。那你研究它，是因为你本人与这个病有什么瓜葛，还是因为别的什么原因呢？”

“我在医学院上学的时候知道了这种病。”

上面这种形式的对话，是我去沃顿商学院上学的时候经常会发生的。我不能开诚布公地告诉人们背后的全部真相。我来读MBA，是为了学习和掌握那些必要的技能，以快速推进卡斯尔曼病的研究工作和药物研发。关于这一点，我非常高兴也乐意与别人分享，但至于我本人与这件事背后的渊源，我不想说出来。

这倒不是因为我有什么不可告人的秘密。

我不想说出来的理由其实很简单，一是出于我的自尊，二是出于我的担忧。

先说说自尊：我不愿被别人另眼相看，我不想被别人称为“病人”。我不想做夏令营里那个手里总拿着哮喘吸入器、被辅导员保护在场外、从不下场参加比赛的孩子。而我现在的情况就是，患有一种没人知道、也没人能搞明白的疾病，毕竟，就连医学界也对其知之甚少。医学院的朋友们都是我在生病前就认识的，生病之后他们依然都还是我的朋友。但我从来没有以患者的身份交过新的朋友。生病之前，我是那个出手相助、帮助别人的人。我很喜欢这个角色，显然这种性格遗传自我的母亲。我不想做那个需要别人帮助的人。我意识到，我自己正在经历我的很多患者都曾切身体会过的那种感觉：除了疾病本身的变化无常之外，生病还会让你变得与众不同，成为另类。你成了一个特殊的人。你很快就会感觉到，这种特殊很不公平。

再说说担忧：我生病这件事，确实会给我带来一些不公。正如我在那场医学会议上发现的，他们要求我只能以患者的身份（而不是以研究者的身份）发言，生病的事实会改变人们对我的期许。有些人尤其会怀疑我讲话的客观性。恰恰因为我自己与此事切身相关，他们就认为在这个事情上，我不应该再有野心想去当什么领军人物。但我打心眼儿里知道，探究这个疾病的原理以及找到阻止它的方法，是关乎我本人的切身利益，但这一点只会让我在探究的过程中，更加一丝不苟，更加严格苛刻。我不会止步于这样一个结果，即只是在统计学上有意义或是能够在医学期刊上发表一篇论文。我会不断探究，不断前行，因为我别无选择。我的目标不是能取得哪里的一个终身教职，或是拿到一大笔研究经费，或是获得某个奖项的奖章。我的目标是活下去，拯救与我一样的患者。我将用一个又一个的实验，来验证我的发现，直到我确信我的结论足够正确，足以拯救我自己和其他患者。尽管如此，一旦透露了自己在卡斯尔曼病方面的潜在相关利益，那么我的动机仍会受到大家的怀疑。

如今看来，我当年真的太幼稚了。我们那个 CDCN 的志愿者团队，是由几个我医学院的同学、几个患者以及他们的亲朋好友组成的。一直到那时，我还在认为我们这个小小的团队，已经具备了促进一个领域进步的必要技能和所有条件，而在之前的 60 年里，这个领域的研究进展一直很缓慢，没有什么大的建树。我们要做很多努力，才能把那些雄心勃勃的研究议程付诸行动，才能真正赢取数百名医生、研究人员和患者的有效参与。我确实承认，这些商学院新同学的相关知识与技能，能够给我们极大的帮助，尤其是在募集资金与外部交流（在 CDCN 网络之外）方面，而 CDCN 与外部的交流在当时基本上还是个空白。但还是那个老问题，因为我害怕被“排斥在外”，害怕被人另眼相看，就一个新同学也没有招募加入我们的 CDCN 队伍。在社交网站上，我对此事也保持着缄默，甚至还删除了脸书上的以往照片以及提到我这种疾病的网络文章，这样一来，这些商学院的新同学们就不会发现我是个患者了。至于我每 3 个星期都要去北卡罗来纳州注射司妥昔单抗，我解释说是去“探亲”（当然这也不算说谎）。我如履薄冰，小心翼翼地保守着自己的秘密，只希望目前这个能力与人手都明显不足的小团队，能够依靠自己的力量取得必要的进展。

你们可能会想，我当时早就应该能够做到更加明智地去应对这一切了，也就是说，放下自尊，放松心态，面对现实。毕竟，到了那个时候，我对希望的理解和把握已经相当透彻了，我觉得自己已经看透了希望的“病理机制”，我已经学会了如何驾驭希望，而且我也懂得了如何分辨那两种不同的希望，一种希望只会给你安慰，而另一种却会激励你行动。但遗憾的是，我当时并没有开这个窍。隐瞒自己是卡斯尔曼病患者这一事实，也许在某几次的社交场合具有一些战术上的意义，但这样做的同时，也让我把卡斯尔曼病的研究工作与生活的其他部分隔绝了。

虽说我这种秘而不宣的做法是失策，但它也产生了某种结果，只是不太完美。

我一直随身带着一个黑色的小笔记本，在上面详细记录着我的日常症状。疲劳：无。食欲：好。淋巴结肿大：无。血痣：无。我还会把每周的验血结果汇总到一个 Excel 表中。一切看上去都还挺好。现在我还会在上课与团队项目之余，抽时间溜到宾夕法尼亚大学的转化研究实验室，用自己与他人的样本，分析验血结果与淋巴结的活检结果，并且尽可能阅读更多的医学文献。在这个我自创的独立小天地，我有了一个惊人的发现。我开始意识到，医学界对于 iMCD 的认知是错误的。不仅错了，而且医学界当时对这个病的普遍认知，完全就是南辕北辙，大错特错了。

这个顿悟发生的那天，我正在仔细观察狼疮和类风湿关节炎等自身免疫病患者的淋巴结影像。这些淋巴结有一组特征，几乎与卡斯尔曼病患者的淋巴结特征相同。就卡斯尔曼病来说，肿大的淋巴结及其典型症状通常会被认为代表着疾病的诱发因素，同时也是白细胞介素 -6 的来源。换句话说，卡斯尔曼病一直被认为是一种“淋巴结疾病”，是肿大的淋巴结产生了过量的白细胞介素 -6，从而引发了免疫系统的过度激活，问题就是这么来的。之后自然而然，就是一连串的肝、肾、骨髓、心、肺等器官的功能障碍。

然而，对狼疮来说，淋巴结肿大被认为是该病的一种反应或者说结果，也就是说，免疫系统之所以过度激活，常常是因为它把正常的人体组织误认为外来的入侵者，于是免疫细胞大量增殖并产生过量的炎症因子（其中就包括白细胞介素 -6），随后必然导致身体多器官功能障碍，有时也会导致淋巴结的肿大。

查看完这些影像之后，我给阿瑟 · 鲁宾斯坦打了电话，跟他讲了我的观察和我的想法：有没有可能 iMCD 也和狼疮一样，淋巴结肿大的极其典型症状，是该病的结果，而非该病的原因？也就是说，iMCD 有没有可能是由于免疫系统的紊乱，而不是淋巴结的问题？

这看起来只是先后顺序上略微有所不同，但谁先谁后的发生顺序，才是关键所在，才是最重要的。搞清楚病因和症状谁先谁后，永远都是第一要务。我由此推断，iMCD 的治疗方法之所以一直是个谜，原因可能就在于把症状误认为病因了。也许我们的治疗方法从根本上就大错特错，就像在用治疗痤疮的药物来治疗水痘。

在我看来，把淋巴结的问题理解为该病的病因并成为公认的观点，其背后的那些逻辑推理都是似是而非的，站不住脚。有些人口口声声地说，淋巴结肿大一定是该病的病因，因为他们看到的所有 iMCD 患者都有淋巴结肿大，并且都具有相同的典型症状。但这种说法，就好像在说消防员一定是所有火灾的原因，因为但凡在火灾现场，你总会看到消防员的身影。这个道理应该不难理解吧？

消防员救火的这个比喻，还可以进一步展开说说。淋巴结的确也像是免疫系统的一个消防站：淋巴系统的细胞在这里互相交流，一起训练，做好出发前的准备，然后去往身体所需各处。从与免疫系统相关的其他疾病中我们也知道，淋巴结肿大是免疫系统过度激活的一种应答。我们身体免疫系统的细胞随时都在应对各种情况，等待召唤，前往淋巴结处集合，然后协同一致做出应答。

单单关注白细胞介素 -6 这一种因素，并把它视为导致 iMCD 患者相关体征与症状的唯一原因，似乎也没有数据的支撑，尽管相关数据本就已经很少。诚然，某些患者的白细胞介素 -6 的指标确实高了，阻断白细胞介素 -6 也确实缓解了部分患者的病情，但还有一些患者，阻断白细胞介素 -6 对他们的病情没有任何效果。如果 iMCD 患者的白细胞介素 -6 检查结果偏低或者正常，比如我自己，就会被简单地判定为检测结果有误。而且以研发白细胞介素 -6 的全景式检测方法为目的的那项合作研究，也没有得出比任何传统检测方法更高的白细胞介素 -6 检查结果。可能某些患者的病情，不是必须由血液中的白细胞介素 -6 水平升高才能引发；也可能并非每个患者的病因都在于白细胞介素 -6，而在于其他的细胞因子，只不过还没有人去检测它们而已。于是，我建议在我提出的这种新的病因模型中，用“细胞因子”代替“白细胞介素 -6”，并继续推动疾病研究朝着系统化地检测更多种类的细胞因子的方向推进。

一边是旧的、公认的假说，一边是新的、我提出的假说，这可不是什么好玩的智力游戏。它直接关乎这个疾病的所有治疗方法，而且也很可能是到目前为止，在我身上尝试过的那些治疗手段都没有真正见效的原因。在旧的假说模式下，iMCD 的治疗要么通过化疗来消灭在淋巴结组织里聚集的免疫细胞，要么通过注射司妥昔单抗来阻断白细胞介素 -6。针对上述的两个治疗目标而采取的这两种治疗方法，并不是对所有 iMCD 患者都有效的治疗途径，在这方面，我自己就是一个活的（至少目前还活着）证据，我的 iMCD 在不断地复发。

反之，如果把一切都归结为免疫系统的过度激活，就像我猜测的那样（即使我们不知道它因何而过度激活），那么我们现在尝试的，就应该是所谓的免疫抑制药。免疫抑制药就是人们在接受肝、肾或其他器官移植后所服用的那些药，其作用是阻止免疫系统攻击新移植的外来器官，这些外来器官可能是能够挽救他们生命的。免疫抑制药能减弱免疫系统的细胞活性，使它们的攻击力不至于过猛，无论其本意是好是坏；而化疗则是不分敌我，见谁杀谁。而且服用免疫抑制药可要比服用化疗药物轻松一万倍。我也敏锐地意识到，我目前的治疗方案是以旧的假说模式为原则的，但若将来真能摆脱“地毯式轰炸”这种治疗思维，我不会有任何留恋。当时我还在每 3 周接受 1 次司妥昔单抗治疗，每周接受 1 次化疗，这真是糟糕透顶。我不想再细说个中感受，恶心的感觉已经让你失去了表达的欲望。但暂时我还是没有别的选择。

我提出了 4 种可能引起免疫过度激活的原因，以供未来研究参考：某种病毒（比如 HHV-8 相关的 MCD）、某种癌细胞群（比如 POEMS 相关的 MCD）、某种遗传性的基因突变（见于自身炎症性疾病）、某种自身反应性 B 细胞和 / 或 T 细胞（见于自身免疫病）。我跟当时我正在组建的 CDCN 社区的一些同事分享了这一新理论，而同事们的反应并不怎么热烈。对此，我也没必要感到意外。虽然建立 CDCN 网络是一个新的举措，但我的那些同事们在加入这一组织的时候，在思想上却还没有脱离原来的窠臼，其中大多数人都已形成了多年的积习和经验。他们研究疾病的方法，也都是老一辈“传帮带”教出来的传统模式。而坦率地讲，我与他们不一样。我是在正要加入现有的医学体制之前，人生发生了一个意外转折。

虽然我是一名卡斯尔曼病患者，但这并不代表我的话就天然占领了道德制高点，人人都应该赞同、应该附和，也不会让我事事处处都显得比别人有多么正确、多么高明。**患者的身份没有把我变成众星捧月的大英雄，反而把我从人生的一路坦途，推下了路边的沟渠。人在沟底，看世界的角度自然会完全不同。**

卡斯尔曼病的反复发作令人痛苦不堪，而我却能几次度过劫难，化险为夷，部分原因在于我的精力都集中在从中获得的心得体会之上，而没有分心去想其他的事情。我这种疾病极端特殊——没错，这也是它难以治疗的部分原因。但是特殊也有特殊的好处。如果换一种情况，特殊性就可能被误认为是原创性，而原创性有助于创造力的发挥。美国 IT 界一直在恳求大家要“跳出固有的思维框架”，这个口号已经喊了几十年了。要是你能通过温和手段或仅凭冥想，就跳出固有的思维框架，那你是真的牛。不过，要是像我这样，经历了多次身体器官功能衰竭的折磨和考验，才跳出固有的思维框架，嘿，那也不能说不牛。

我从磨难中获得了一种能力，一种几乎无人拥有的能力，那就是看问题视角独特，紧迫感无人可比。我感觉到，这种新视角已经开始发挥出它的实际效果了，尽管我的观点和看法，别人还没有完全认同。

我明白，现在我需要把自己的理论假说以及支撑我假说的相关证据公之于众。讽刺的是，要实现这个目标，我首先只得规规矩矩地遵循传统套路：要在某个血液学期刊上发表我的理论假说，因为几个世纪以来，医学研究走的都是这同一条路径。首先，因为一个最好的解决方案，必须经过严格的评审之后才能成立；我明白，我要和同事们分享我的数据资料，让同事们评判我的逻辑论证并指出其中的问题。我找来了我的朋友克里斯·纳贝尔，我们一起复核了数据资料。克里斯当时正值从医学院休学期间，以攻读另一个博士学位，他利用周末和晚上的时间，来协助 CDCN 的工作和 iMCD 的研究。克里斯发现了什么问题，我们就一起解决。在克里斯的帮助下，我完成了论文的第一稿。现在，终极考验来了，我要把论文拿给弗里茨·冯·李医生过目。

那时，我已经对弗里茨·冯·李医生直呼其名，叫他弗里茨了。到下次又去小石城找弗里茨做检查的时候，我带上了几份论文的打印稿，也带上了笔记本电脑，里面有支撑我的 iMCD 新假说的相关资料和数据。弗里茨走进检查室，看到我在翻阅着文件，还在笔记本电脑上打着字，他毫不惊讶，因为他早就习惯看见我这样了。我们先回顾了这段时间的病情，做了查体，然后我便开始跟他讲解我的新假说。我听得出来，弗里茨在谨慎地选择用语，以免打击我的信心。听我讲完，他是这样说的：他对我的想法很感兴趣，但持谨慎怀疑态度。

接下来的 6 个月里，在商学院的课余时间，我与克里斯、弗里茨进行了多次的电话会议，我经常一连几个小时地修改论文，整合提炼前人文献中的观点，删掉一部分稿子，再重写一部分。我们有过很多意见上的分歧，但我们 3 人都能坦诚相见，毫无保留。弗里茨多次救过我的命，而克里斯是我的好朋友，所以那些分歧原本会让大家觉得尴尬。但所有的分歧和争论，都是为了把论文写好，这一点我们都很清楚。1 年多的时间里，我们稳步推进论文的写作，我的健康状况也算稳定，论文差不多已经准备好，可以提交发表了。我们的论文既总结了前人的观点，也提出了我们的新看法，还设想了未来的研究方向，可以说是考虑得非常周全，恰到好处。我们论文的观点很大胆：我们提出了一整套涵盖卡斯尔曼病所有亚型的统一的术语体系、一个研究和治疗 iMCD 的新框架，以及一个关于 iMCD 病因的新假说。这些都将成为我们未来所有研究课题的基础，也是对我们的病因新假说进行验证的基础。而一个统一的术语体系，将成为所有业界人士的通用语言。我们论文的涉及面很广，而且直白点说，野心也很大。阿瑟 · 鲁宾斯坦（我仍然每隔一两周就会向他请教一次）建议我们向血液学的专业期刊《血液》（*Blood*）投稿。我们只需要再做几处小的改动。

尽管我曾担心因为患者身份而不被作为研究人员受到认真对待，但也要承认，要不是我自己成了病人，不知道自己在“第四场加时赛”中究竟还剩下多少时间，我也不知道自己是否还会有这种勇气，在职业生涯如此早期的阶段，就敢于提出如此激进的新观点。医学界的传统一向是论资排辈，等级森严，而且常常专横武断。这些传统规矩决定，只能由那些资深研究人员提出新的理论模型，整合基础数据，总结现有观点，形成综述文章。像《血液》这种权威期刊上的综述类论文，尤其如此。但我得了这种病，而且我知道，如果现在没有一个有效的解决方案，我就无法活下去了。这让我无所顾忌，没把这些传统的条条框框放在眼里。

我热爱医学，我想所有医生也都是热爱医学的，即使那些已感到职业枯竭、束手无策的医生们，也都是这样。

我喜欢通过研判已有的证据，来引领自己得出结论，做出诊断。但卡斯尔曼病让我意识到，我最喜欢做的事情还是自己去生成数据，然后想出解决方案。我已经没有耐心继续等下去，等待别人给我解决方案所必需的那些数据。我需要采取新的策略，生成更多的数据，从而能以更快的速度找到更多的解决方案。

换句话说，我已经开始从我的 MBA 学习中获得收益，能学以致用了。

回到教室，回到图书馆，回到书本之中，这感觉真好。我学习并吸收着非医疗行业高效合作的案例、战略规划的原则、效率优化的工具、药物研发的经济学知识、谈判与沟通的策略，我感觉我全新的“学习肌肉”得到了很好的锻炼。而最吸引我的，莫过于组织行为心理学家、沃顿商学院教授亚当·格兰特关于给予者和索取者的哲学模型，也就是我们每个人在彼此交往时会表现出来的行为模式（这让我联想到医学研究领域的索取者是如此之多）。通过所谓创新锦标赛的形式来进行众包的做法，也让我大受启发。一旦你了解了这些能够鼓励创新、释放潜能的新鲜方法之后，你就再也无法对临床医学上的墨守成规视而不见了。同样，对医学科研领域的墨守成规，也无法熟视无睹了。

我也更加清楚地看到，目前生物医药研发领域的那套做法——“我们大家都乖乖期待着、盼望着就好了，总会有那么一个合适的研究者，他具有合适的研究能力，在合适的时机，就会去申请开展一个合适的研究项目”，已经过时了。我之所以这样说，不仅因为这种做法的效率十分低下，成功的希望非常渺茫，而且因为我知道做成同一件事情的途径不止一个，可选方案是如此之多！说实话，对于一个罕见病患者来说，再也没有什么比这一发现更令人高兴的了。

最重要的是，我发现创新不是一门什么艺术。**创新，就像希**

望本身，是一种力量。最有效的创新方式，就是下面这种系统性的做法：从广泛的利益相关者那里，收集所有可能的想法，然后进行系统化评估，分清轻重缓急，招募世界上最优秀的研究人员，然后全力以赴，加以执行。这一套操作听起来很耳熟，是吧？在商学院的金融课程以及其他课程的学习中，教授们经常会反复强调，"不能把希望当成战略"。于是我就在想：

既然希望不是战略，那为什么在人命攸关的生物医药研发领域，人们把希望当作战略却没人去质疑呢？

距我上次病情复发，已经过去了1年多的时间，我还对商学院的新同学们隐瞒着自己的病史。但突然之间，我就别无选择了。定期的司妥昔单抗注射加上每周1次的3种药物联合化疗（就是7种联合化疗药物中的3种，那7种药物组成的"鸡尾酒"让我的身体产生了多种不良反应），也未能阻止iMCD再一次卷土重来。C反应蛋白指标升高、血痣越来越多、血小板数量低得吓人、颈部淋巴结肿大、夜里盗汗。卡斯尔曼病又回来了，这是第五次。第五次的让人难以名状、第五次的让人心力交瘁、第五次的让人惶恐不安！

这第五次发病也彻底打消了我残存的一点怀疑（或者说是一点希望），确定了我的iMCD真正的根源不是我肝脏的癌症。这绝不可能，因为8个月前，那里的肿瘤就已经被切掉了，而且MRI检查也证实了那里的癌症没有复发。它不过是当时令人感到安慰的一个替罪羊。

我很有可能会死去，除此之外的第二种可能，就是即使我能活下来，我的生活也会不断地被这种可怕的病情复发所中断。病情不断复发，把我从生活、工作、朋友、凯特琳身边拉扯开，让我远离他们。每一次复发，都让我更接近死亡。要是静下来一想，真会觉得太痛苦了。

所以我没有让自己静下来，也就无暇去想它。

如果我对自己诚实一点的话，我必须承认，其实我早就知道会有这么一天。我的病因不太可能是肝癌，而去年我做的那些研究也表明，目前的治疗方法不能阻止 iMCD 的复发。幸运的是，这一年来，我每个月都进行验血，积累了数据；我对 iMCD 也有了新的思维方式，这两者都会用得上。而且我现在还有一个可以善加利用的国际网络，我还有我的众多同事和多个科学家。“肝癌风波”这番意外的折腾终于让我忍无可忍，同时也让我看清了自己有能力主导对自己的治疗。我不会再仅仅依靠我的医生，被动地希望他们能治好我的病。我这样说并无任何恶意。大家对这个领域都知之甚少，这不是医生们的错。就像我在“第四次加时赛”时开始去改变医学科研领域一样，这一次对自己的治疗方法，我也要自己做主。我无法想象，自己再次躺在病床上，成为一个物件、一具躯体，而且还是一具日益垮掉的躯体。

我正遭受着（又一次）汹涌而来的疲乏无力和器官衰竭，但在力所能及的范围内，我开始行动了。我从商学院请了假，带着学习的收获，带着学会的技能，我进入了“自主创业型治疗模式”，我自己是这样认为的。我的两个好朋友格兰特和邓肯，也在沃顿商学院攻读 MBA，他们俩都刚刚取得医生资格，他们经常与我在电话上一谈就是好几个小时，我们一起讨论项目开展的计划、可能出现的各种场景、数据资料以及潜在的治疗方法。这段时间，格兰特对我的帮助最大，因为他有个近乎强迫症的习惯：每当听到有人说“不行”这个词，格兰特都会回应“为什么不行？”我说的是真的，每次他都会这样问，而且几乎是在任何场合。这并不是什么孩子气的无礼回应。恰恰相反，这是格兰特的天生特质，他永远都在质疑那些传统思想和旧有观念，永不满足，直至找到真正的解决方案。

心态全然一新的我、藐视权威的格兰特、为朋友两肋插刀的邓肯，我们组成了一个活力三人组。我们发誓，治疗方案方面的任何事情、所有事情，都应该摆到明面上来。一切传统的观念和旧有的想法，都要接受质疑。我们不在乎治疗方案是需要走传统路径还是非传统路径。事后回顾起来，这让我想起了亚历山大大帝在应对戈尔迪之结时的做法。传说是这样的：神谕中说，任何能够解开那个复杂绳结的人，注定要成为亚细亚的统治者。无数人尝试去解开绳结，但都以失败告终。一开始，亚历山大大帝也想尽办法试图去解开那个绳结，但最后他拔剑一挥，将绳结一劈两半。绳结解开了，预言实现了。

有了这个活力三人组的集体战斗精神，我们考虑了 FDA 批准过的每一种药物，包括用于治疗所有疾病的药物，从癌症到便秘。一种用来缓解胃灼热的药物，可能是针对某种寄生虫的或是某个受体的，但我们会提出这样的问题：这种药物是否也会有其他方面的用处呢？这些已经被批准用于其他疾病的药物，其中是否会有一种，也是治疗我的灵丹妙药呢？

如果觉得现有的某种药物可能有效，我们就会去做一番研究。我们的优势在于，我们都有医学学位。而且，我们的联系人名单里还有很多的医生与科学家，这也是我们的优势。

从某种意义上来说，现在的时机对我们来说也是最有利的：如果我的病情稳定，处于休眠期，虽然我们也可以去测试我们想试的所有新药，但只有等到我再复发或者不复发，才能真正知道这些药物是否有效。而只有当我的病情处于复发期，就像现在这样，我们才有充分的条件进行测试。当我的所有器官都正逐渐衰竭的时候，我们去尝试一种新药，很快就能知道我的器官功能是否有所改善。换句话说，很快就能知道这个新药是否有效。

当然，我们也明白，我的时间有限："机会的时间窗口"很窄。如果新药的测试没有效果，我就会死掉。因此，要是一种新药不能迅速起效，我们还需要尽量预留出足够的时间，以便给联合化疗药物一个最后机会，好救我一命。

不过，我们也都知道，要想开始新药的测试工作，我们需要首先确定下来几种我们想针对的细胞类型、细胞的信号通路或者有关的蛋白质，这些蛋白质在我发病期间的异常增多或减少可能对疾病至关重要，搞明白这些之后我们才能有针对性地测试一种药物。乳腺癌治疗领域的创新做法就是很好的例子，它展示了这种测试用药的方式可能取得的良好效果。乳腺癌治疗的 2 个最大突破，就是在其肿瘤细胞表面发现了人表皮生长因子受体 -2 和雌激素受体。一旦明确了这 2 种蛋白质对某些乳腺癌细胞的存活至关重要，就会有相应的药物被研发出来，并且如果某个患者的乳腺癌显示出这种蛋白质的过度表达，那么用上这些新研发的药物就会非常有效。我们也需要在我的 iMCD 中找到类似的“靶子”，但遗憾的是，我们的路上还面临着许多障碍：细胞类型多达几百种，我们还不知道该跟踪哪一种；每个细胞的表面看起来都像一片森林，上面布满成千上万种可供我们选择的蛋白质；而每个细胞的内部，也都充满成千上万种的蛋白质，这些蛋白质互相之间有密切联系，而且它们之间的信号通路还有无数种可能，我们也不知道该选取哪一种来作为“靶子”。而且，研究每一种细胞类型都可能需要花几年时间，更不要说再去研究每一种蛋白质了。

尽管如此，我们还是开始行动了，先从手头上已有的成果开始。在我准备提交给《血液》杂志的论文中，已经收集了一些数据，我从中寻找可以用来作为靶标的备选细胞类型、细胞信号通路或蛋白质。以此为起点，我们搜索了多个药物数据库，看是否有某些 FDA 已经批准的现有药物是已知针对这些潜在靶标的，不管它们目前用于治疗什么疾病。

我们也考虑了其他方面的试验标准。在这些备选药物之中，我们需要筛选掉那些见效时间较慢的药物。理想情况下，我们还应该对大量患者进行大规模研究，每个患者都会随机分配到这些参试药物中的一种，然后才能确定效果最佳的药物。但我们无法做到如此奢侈，我们只有一个患者、多种药物、少得可怜的数据。因此，我们需要考虑好用药的时间顺序，以避免前一种药物在我体内的效果干扰我们对后一种药物效果的判读。我们需要根据每一种参试药物的成功机会，合理安排用药的先后顺序和时间长短，以便我们能掌握真实结果，做出明智判断。但由于这些参试药物对 iMCD 的效果还根本不存在任何实际数据，因此我们对它们成功机会的判断，也不过是基于我们的最佳猜测而已。

最后，我们还需要考虑每种参试药物的副作用。如果你知道了一种药物是有效的，那么尽管它有很大的副作用，你也照样会去用它，这种情况下承担一定的副作用比较容易让你接受。但是，如果你没看到任何一点迹象表明一种药物会有效果，那么你当然就会小心翼翼，严格挑选参试药物，以减少那些可能的副作用，因为有些严重副作用会导致死亡。

我迫切需要有一个明确的治疗方案。假如你是一个患者，如果医生对你的所有问题都能对答如流，而且不会问你任何问题，那么你就会感到非常放心，非常舒服。而要是换了任何一种别的场合，这种单方主导的关系都会让你感到不受尊重，不舒服。在医生的诊所就不会这样。如果一个医生动作迅速麻利，信心满满，那对患者来说，将是一个莫大的安慰。动作迅速麻利，说明她明确知道自己该做什么，说明她已经看过无数个同样的病例，一切都会顺顺利利，你可以尽管放心。你可以看看挂在她诊室墙上的各种证书，这些都能说明她做的诊断和治疗都是有根有据的。你也可以多听护士们讲讲，那些患者从鬼门关被这个医生救回来的故事。你要相信，是冥冥之中有股力量把你送到了这个医生这里，而且是有原因的，那就是让你能康复。你可以祈祷，你的医生一定能给你做正确的治疗。

但如果让你来做自己的医生，所有事情你都不得不自己想办法，那可真是太要命了。万一我选的那种方案没有见效，而正确的选择本该是第二种方案，那该如何是好？万一我忽略了某些线索，而这些线索本该把我引向正确的选项，那该如何是好？万一我的数据是错误的，那该如何是好？万一我的思维方式是错误的，那该如何是好？做了那么多的医学研究课题，阅读了那么多的医学文献，跟那么多的专家辩论分析，绘制了那么多的各种图表，推演了那么多种决策树模型……结果还是没能找到问题的答案。到头来，能指望解决问题的，没有别人，只有我自己。而我的生命，也完全有赖于我做出的选择是对的。如果我在继续接受住院医师的培训或者已经是一名执业医师，那会有很大帮助，而我只是在医学院的实习期间有过一点治疗病患的经历，实践经验非常有限，因此让我自己拿主意，选择自己的治疗方案，可以说真是心有余而力不足。

总之，我怕得要命。但我也明白，同时面对多个恐惧的时候，我可以有选择地来面对。以前，我还相信关于圣诞老人的那套理论，那时的我，还只是一个被动等待奇迹发生的小孩子。小孩子真的很善于等待好事的发生，也很善于等待坏事的发生。也许深夜，你躺在床上，听着外面杜鹃花枝触碰窗户的声音，越来越像某种动物的爪子在抓挠。那你会怎么办呢？把被子裹紧一点，然后就一直等着，等到天亮就没事了。要是你觉得自己特别勇敢，也许你会起来，去把父母叫醒。不过，别忘了，在前往父母卧室的过道里，或许还有其他可怕的东西在等着你呢。

还有一种恐惧，就是在你参加一场橄榄球比赛，比赛开始之前突然袭来的那种恐惧。是的，所有球员在比赛之前都会害怕。我知道，他们谁都不会承认（除非等到他们退役10年之后，经营着自己的汽车经销店，不再需要装硬汉的时候），但他们真的都害怕过。我们也都曾害怕过。恐惧感往往会伴随着很多其他感觉，常常也会激发出很多其他感觉。这种混合的恐惧感，会迫使你采取行动：让你在脑中再过一遍比赛的策略，再重温一下之前的比赛录像，让你记住对手那个比较薄弱的角卫，记住每次比赛时他的站位都会暴露他想要掩护的目标。小孩子害怕了，基本上只有两个选择，原地不动或去寻求帮助；而橄榄球运动员则不同，他在害怕的时候还能制定计划。他对事情的发展，有他自己的发言权。他能将恐惧化为行动。

恐惧能使人麻痹不前，恐惧也能令人全神贯注。

这次的病情复发，给了我第一次机会，用来检验自己的新假说：iMCD 是一种因为免疫过度激活而导致的疾病，而不是淋巴结导致的。先不说别的，光是这个假说，就已经让我兴奋不已。一想到能从我的复发和治疗过程中，尽可能多地搜集和总结数据资料，能为我们未来的医学研究工作打下一个坚实的临床证据基础，我就非常高兴，非常欣慰。我做了一次淋巴结活检，还采集了血样以备将来检测。我正把自己的身体，一点一点地贡献到实验之中。我还整理了一份清单，按重要等级列出了大约 20 种潜在的参试药物。我不想毕其功于一役，而是在小步前行，逐步摸索治疗方案。

以前我每次复发时的验血结果都表明，T 细胞被高度激活了。T 细胞是一种特异性免疫细胞，是人体免疫系统军火库中的关键武器，以其破坏力巨大而闻名（我之前提到过，被研究人员重新编程的 CAR-T 细胞，在治疗癌症时破坏力极强，但它对健康组织的破坏力也同样可怕）。我们做出决定，我要尝试的下一个药物，就应该针对这些 T 细胞。我们知道，免疫抑制药环孢素能够削弱 T 细胞，而且这个药物已经被 FDA 批准用于防止器官移植后的排斥反应。我甚至听说过有一位日本医生，他也是 CDCN 的成员，在几个 iMCD 患者身上试用过环孢素并取得了一些效果。我给那位医生发了电子邮件，了解详细信息。与我清单上列出的其他药物相比，环孢素似乎很有前途：它专门针对活化的 T 细胞，具有较快的潜在起效期，而且它的大部分副作用都在可接受范围内。

我跟家人和凯特琳讲明了这个计划。对我的这个打算，他们几乎没怎么提问，对那些细节也都不感兴趣。他们只是全心全意地相信我，相信我选择的是正确的方向。我要是也能和他们一样充满信心该多好。最后，我给北卡罗来纳州一直主管我司妥昔单抗治疗的医生打了电话，想听听他的看法。听完我的打算，他沉默了很久。

他说："考虑到目前的治疗办法确实不多，而且我们试过的那些药物也都没有什么效果，我觉得你的想法是有道理的。"环孢素已经在日本使用而且取得了一些效果，副作用也不算严重，这两个事实让他更放心了一些。当天下午，药物的处方就开好了。对这个药物能否有效，我并没有十足的信心，但似乎也没有比它更好的选择。

我所期待的那种戏剧性的病情改善，并未出现。我的病情既没有任何好转，也没有任何恶化。在使用环孢素之前，我的 CRP 水平在短短几天之内就从 4 毫克 / 升上升到 10 毫克 / 升，再到 40 毫克 / 升（我再也不会被不统一的计量单位愚弄了：事实上，CRP 的正常值上限就是 10 毫克 / 升）。从我开始使用环孢素以来，每天验血结果的 CRP 都在 35 ~ 45 毫克 / 升徘徊，不再像之前的每次那样，会高到 100 毫克 / 升以上。我的疲劳感、盗汗和发热还在持续，但严重程度比较稳定，似乎没有升级。考虑到我每次发病都是那种爆发性的，我们假设这种平稳状态就意味着环孢素在起作用了。于是我们静观以待。但过了几天，又和之前每次发病一样，我的疲劳程度和验血结果，都开始变差了。

第一个选择没有大错特错，这让我增加了一些胆量，于是我建议再增加一种药物，静脉注射免疫球蛋白（intravenous immunoglobulin，IVIg）。如果是单独使用，它并不算一个很好的药物，但我觉得它可以作为一个不错的补充。IVIg 具有抑制免疫系统过度激活和保护身体免受感染的双重功能，也不会杀死淋巴结里的细胞或其他任何部位的细胞，它只是具有抑制免疫系统过度激活的能力。因此，如果这个药物起作用了，那就说明免疫系统的过度激活是致病的罪魁祸首，而与肿大的淋巴结无关。

注射完 IVIg 短短几小时，我就感觉好多了。疲劳感减弱了，恶心感也消退了。

我并没有急着去庆祝。因为还要考虑到有可能是我的心理作用，也就是所谓的安慰剂效应。另外，我也清醒地知道，如果就这样轻轻松松地让我解开了一种疾病的谜团，而且还是一种困扰了医学研究人员几十年的疾病谜团，这种可能性不会太大。

但是我验血结果的好转非常明显，毋庸置疑。我的 CRP 水平从 42 毫克 / 升一下子降到了 10 毫克 / 升以下，恢复了正常。CRP 可是我这种病最主要的标志，也是炎症的标志。我还从来没见过 CRP 在这么短的时间内能有这么大的改善。我见证过它在短时间内的大幅恶化，却从来没见过同样程度的改善，因为要完全中和那些导致了如此强烈炎症的因素，是非常困难的。但出乎意料，这些结果表明，我们做到了。我们中和了那些导致炎症的因素，不管那些因素究竟是些什么东西。其他异常的检测结果，比如血小板计数、白蛋白、血红蛋白和肾功能，也全都恢复到了正常范围。除了轻微的疲劳和盗汗之外，我的身体又恢复了正常。这是我们第一次在没有接受化疗的情况下，成功逆转了病情的复发。

我和凯特琳一起坐在公寓的客厅里，翻看着各项检查结果，我喜极而泣——为自己，为凯特琳，为每一个还在阿肯色州小石城接受治疗的患者，为每一个与我们保持联系分享自己的患病经历与有关信息的患者朋友。

事情发展到这一步，还远远谈不上什么大结局，但它开始变得越来越有意思了。卡斯尔曼病，你看到了吗？对你来说，这可是个坏消息呀。

我身体恢复得很好，甚至还在一周后参加了在新奥尔良举办的 2013 年美国血液学会年会。在 1 年前的这个大会上，我们召开了 CDCN 的第一次会议。而这一次，共有来自世界各地的 45 名医生和研究人员参加了会议（与会人数再创新高）。在会议上，我向大家介绍了认识与研究 iMCD 的新的理论框架。我的心情可以用欣喜若狂来形容，因为我不仅恢复了健康，而且还能重新融入研究人员的队伍中。虽然内容略显枯燥，但我享受着站在 PPT 讲稿前面，侃侃而谈的机会。我的身体不再大起大落，我的器官也不再衰竭。演讲的最后，我提到了“一位患者”，说他的 iMCD 曾经反复无情地发作，近期在使用了环孢素和 IVIg 之后，病情有了极大改善。但我依然没有透露自己就是那个患者，因为我怕此事一旦别人知道，我就会被另眼相看。与会的冯·李医生和那些明白我所说的那个患者是谁的人，都在会议室的那头对我咧嘴而笑。

我在新奥尔良期间，还参加了另外一个研究报告会，会上公布了一项 79 名 iMCD 患者参加的司妥昔单抗国际临床试验的最终结果。这对该领域来说是件大事，但它究竟意味着什么，却很难说得清。冯·李医生是这项试验的首席研究人员，还有许多 CDCN 的成员也参加了这项试验。这是有史以来唯一一次针对 iMCD 的随机对照试验，而随机对照试验是医药领域检验某种药物疗效的金标准，所以具有历史意义。在接受司妥昔单抗治疗的患者中，只有将将超过 1/3 的受试者，部分或完全取得了疗效，而使用安慰剂的对照组，有效的患者人数是 0。司妥昔单抗的耐受性很好，副作用极小。试验结果也很清楚：使用司妥昔单抗的患者比使用安慰剂的患者，有非常明显的改善。这项试验结果几乎肯定能让 FDA 批准司妥昔单抗的上市使用，这将是美国有史以来首个获得 FDA 正式批准的 iMCD 药物，对我们患者群体来说也意义重大。

但一想到还有将近 2/3 的患者没有明显改善，我就无法高兴起来。我自己对司妥昔单抗也没有反应，这很令人失望，我曾希望自己只是个例。但遗憾的是，竟然还有这么多患者跟我一样。我还得知了一个令人惊讶的消息，所有患者在使用司妥昔单抗后，白细胞介素 -6 水平都会升高，无论这个药对他们的病有没有效果。之前有“初步迹象”表明，这个药物可能会对我起点作用，但其实根本什么作用也没有。而另一方面，看起来我正站在一个突破性治疗手段的边上，而这种治疗手段很可能会成为那 2/3 不太幸运患者的救命良方。这自然就让我觉得自己又成为了橄榄球赛场上的那个四分卫，肩负着团队的使命，要为团队负责。现在，我的身体感觉不错，在开完大会的 1 个星期之后，我还能与克里斯、弗里茨一起，把要提交给《血液》杂志的论文做了最后一遍修改。我在该杂志的网站上点击完提交按钮，注意力刚刚开始有点放松，一种疲劳乏力的感觉瞬间涌遍全身，一种不祥的预感再次在脑中浮现：

我只希望我们现在的所有工作和所有努力能够最后取得成功，并能帮到其他患者，即使到了那个时候，我可能已经不在其列。

距我和凯特琳计划好的结婚日期几乎正好还有 5 个月，我所有的如意算盘全都落空了。我的病再一次发作了。

即使使用了两种新药（环孢素和 IVIg），而且一开始也确实有所改善，但在几个星期之后，一切症状又都卷土重来。之前的所有症状，一个不落，全都回来了。我的 CRP 升高到 100 毫克/升以上，器官功能又开始恶化。疲劳乏力的感觉让我浑身瘫软。我的腿部、腹部和肺部又有了积液。我本来已经一厢情愿地相信，我也许已经打败了那个疾病怪兽，但事实表明，那头怪兽还在兴风作浪。再一次，我赶往机场，再一次，目的地小石城。但这一次，有凯特琳与我同行。再一次，我的父亲和两个姐姐也都来到了小石城，与我会合。再一次，我的血细胞计数大幅下降。就和之前的每次一样。不过这一次，我经历了一个新情况，而且是一个不太好的新情况：病情恶化的速度非常之快，以至于我在医院的电梯里就晕倒了。就在我要倒下去的时候，父亲和凯特琳搀扶住了我。我用了“搀扶”二字，不仅有字面上的意思，而且也有隐喻的意义，还都十分贴切。就在 2013 年的圣诞节，就像之前的四次一样，我再一次来到了死亡的边缘。我偶尔有些意识清醒的时刻，但也会被恶心和呕吐完全占据。已经没有时间再尝试什么新的药物了。我现在已经进入了第五次加时赛。我们只好再次求助于那 7 种药物的联合化疗。就让我在圣诞的乐曲声中，去迎接化疗药物对我的狂轰滥炸吧。

父亲再一次给我剃了个莫霍克人的发型。但和上次相比，这次的新发型并没有让我能像上次那样，精神上有所提振，或者说没有达到凯特琳和我父亲所期望的那种效果。于是他们就去了塔吉特超市（Target），想买一棵迷你仿真圣诞树，看能不能让我的心情好起来一点。结果整个超市只剩下一棵破烂的艳粉色圣诞树，那也只能买来，凑合着用吧。

我的血小板计数低于 $7\ 000\times10^9/mm^3$。这个数字甚至比我首次发病的时候，也就是在弗朗西斯科的听诊器砸到我额头的那一次，还要低。血小板在身体各部循环以防止出血，它的正常工作范围有个下限值，而我现在的检测结果还不到下限值的1/20。所以，致命的、随时可能出现的脑出血的风险，如影随形。脑出血的唯一提前警示，就是剧烈的头痛，一旦脑出血，我就没命了。最后的赢家，就是卡斯尔曼病。父亲给我讲了很多笑话，想以此来提振我的情绪。我要求他还是先别讲了，要是我笑得太厉害，很可能就会笑死。

我两个姐姐、父亲、凯特琳，还有我的岳母帕蒂，都站在病房门口，等待着，盼望着每天都能有匹配的血小板送来，输入我的身体。幸运的是，的确每天都能有适用的血小板送来给我。此外，我们还有另一个麻烦事，那就是在输入血小板之前，需要先把我的发热降下来。大家开始使用原始的方法。护士和我的家人每晚都要花上好几个小时，用冰袋给我降温。

奇怪的是，这次发病，我的肾功能并未像前几次那样衰退得那么厉害。这就意味着，当我的其他器官开始逐渐衰竭、全身高热不退时，我的血液仍然得到了一定程度的过滤，我的思维也能保持相对的清晰。这一点让我亦喜亦忧。坦白地说，有的时候，我真宁愿自己的头脑不那么清醒。思维清晰除了能加剧你的疼痛感之外，没多大用处。而且在这种时候，如果你还能进行一些比较复杂的思考，那也不会是什么令人感到安慰的好事，比如，我会想到这个问题：

我还能不能活到和凯特琳结婚的那一天呢？

我们的婚礼明信片请帖上写着“敬请预留时间，按时出席”，现在那些请帖只能暂时放在一边了。

即使天天输血，我的血小板计数依然低得可怕。血液科的医生建议我立一份临时遗嘱。这个建议让所有人都很惊讶。医生走后，我看着凯特琳，脑海中立刻闪现出在医学院实习时遇到的第一位患者的妻子，那是我参加精神科会诊的第一天。我想起了那个场景，眼泪顺着她的脸颊滑落，她也不去擦，最终流到双手之间，她手中抓着毛毯的一角。现在，凯特琳的泪水也以相似的路线流了下来。因为药物的副作用，我双颊肿胀，和那位女士患病的丈夫一模一样。而且很快，我将也会像那位患者一样，丧失自主做出医疗决策的能力。凯特琳和我还没结婚，作为遗嘱见证人的护士，不会允许凯特琳参与这个过程，因此我的二姐吉娜主动提出，由她在一张空白打印纸上，写下我最后的愿望。目睹着我不断恶化的身体状况，同时也听出了医生建议的言外之意，凯特琳和她的母亲含泪离开了病房。

其实，凯特琳从病房离开，我还挺高兴的，因为我有个秘密需要吉娜记下来：就在第二轮联合化疗之前，我在精子库储存了一份精子样本，因为我知道，每化疗一次，我的精子数量就会大幅减少一次。我曾希望能用这份精子来与凯特琳生育一个孩子，然后再和她一起养大。现在，我真切地意识到，自己对未来的种种梦想已然破灭。我对吉娜讲了精子样本的事，还有精子存放的地点，并授权她全权处理。我对吉娜说明，这件事我还没告诉凯特琳，因为我不想让她产生任何压力，在我离世后用这份精子通过体外受精去怀上一个我的孩子。

我明白，我的这种想法有些疯狂。但凯特琳是知道的，我曾经多么期望能和她有我们自己的孩子，但我不希望她的任何决定是出于对我病情的考虑。相反，我希望吉娜能对精子样本的事情知情，万一我死后凯特琳问起这事，如果她真的问起了，我希望吉娜能把样本提供给她。不过，这当然完全不是我真正的心之所愿。绝对不是。我真正希望的，是能和凯特琳有一个孩子，我们一起抚养孩子。至于我在生命的最后时刻，是否还希望做心肺复苏进行抢救、是否还希望给我上生命支持、我希望谁来继承我那有限的一点遗产，等等，不知什么原因，诸如此类的问题，我感觉根本没那么重要。二姐吉娜帮我写下了我想说的一切。接着，护士和我在这份文件上签名。一签完字，我那迟钝的头脑又开始胡思乱想，也许剧烈的头痛马上就要来了，也许致命的脑出血很快就要开始了。我在心里默念，希望这种情况不要发生。

到了第二天早上，这种情况还是来了。我跟护士和医生说我头痛，他们立刻就明白这意味着什么。很快，他们就急忙推着我穿过走廊，把我送到了 CT 室。CT 室天花板的荧光，在我的眼前闪烁着。我明白，我已到了最后的时刻。此时，我心里想的只有凯特琳和我的家人。泪水滴在病号服上。之前，我躺着的病床靠背已被完全摇直，这样如果发生了脑出血，重力的作用还可以帮助血液回流快一点。我在医学院实习期间经手的第一个卒中患者，采取的也是同样的办法，而那个患者也以类似的方式在我眼前去世了。我继续想着凯特琳和家人，继续流着眼泪，这时我意识到，自己还能胡思乱想，而且想的时间比我预计的还要长，看来一时半会我还死不了。CT 做完，我回到病房。病情没有像我预想的那样继续恶化。CT 结果也没有发现脑出血的迹象，只显示了严重的鼻窦炎，它应该就是导致我头痛的罪魁祸首。原来是虚惊一场！

细胞毒性化疗再次达到了“以毒攻毒”的效果，而且非常及时。被劫到地狱走了一遭回来之后，我的身体又逐渐恢复了健康。我心中充满感激，但我也明白，这不是长久之计。至于有没有一个长久之计，我也不知道。现在，我离这些化疗药物的终生最大剂量更接近了。一个人的一生中，能够承受的化疗“轰炸”次数是有限的。我的肝癌很有可能就是这些摧残健康的化疗所造成的。我们也都明白，化疗只是暂时缓解了卡斯尔曼病的病情。我现在的状况就是在不断地循环，病情缓解—免疫增强发动攻击—病情复发，这种循环不能再继续下去了。每次病情复发，我都是在玩俄罗斯轮盘赌，早晚会没命。我需要想出新的办法，来彻底阻断这个循环。

元旦的前夜，我的检查结果显示出情况有所改善的初始迹象。这一天距我首次发病，挺着充满积液的大肚子，被误认为父亲怀孕的老婆正好满 3 年，大家都喝了气泡苹果酒，甚至还一起绕着客厅走了一圈，以表纪念。晚上不到 9 点，我们就都入睡了。我要找回我从前的正常生活。

第十五章

阿基米德顿悟

医学小说中最常见的一个老掉牙套路，就是某个人物的顿悟。

几十年来，电视剧的编剧们似乎尤其迷恋那种神奇的“阿基米德顿悟”时刻：一个医生正在全神贯注地思考着问题，眯缝着眼睛（或者揉着眼睛也行），身体后仰靠着椅背。接下来的画面：他扭头看向某处，看到了某样东西，可能是墙上的一幅画，让他的某个记忆变得清晰起来。忽然，他有了一个联想！一个领会！接下来就是一阵手忙脚乱。他推开桌上的一切物品，抓起笔来，开始一顿狂写乱画。啊，尤里卡！（我明白了！）

但顿悟的真相也是残酷的：顿悟不会凭空出现。顿悟不是你的智商突然提高了 10 分，发生了奇迹。顿悟都来自你之前做过的事情，来自你之前的不懈努力。而且，顿悟往往要在你坚持努力了很久以后才会出现。正如橄榄球运动提高了我对疼痛的耐受力，增加了我的肌肉储量，这些素质在我发病的早期都起到了关键作用（不过是以我完全没有想过的那种方式），帮助我挺了过来。顿悟总是会以我们意想不到的方式出现，顿悟是我们之前的辛苦汗水结出的果实。

我现在极度需要一个顿悟。

从最近一轮的化疗中刚一清醒过来，我的空白大脑就立刻被汹涌而至的失望情绪填满了。

我的病不是淋巴瘤，比淋巴瘤要更糟糕。

司妥昔单抗没有效果。

我的病也不是因为肝癌。

每周 1 次的化疗，没能阻止复发。

环孢素没有效果。

祈祷没能阻止它。

希望也没能阻止它。

另外，尽管我自以为有了新的突破性发现，有了顿悟，得出了关于此病的一个新假说，但还是没能就此找到一个有效的治疗方法。

我已经尽了最大努力，而卡斯尔曼病再次成为了胜利的一方。唯一能使我续命的那个办法——化疗，同时也在慢慢地吞噬着我的生命，我不可能就这样没完没了地接受一轮又一轮的化疗。我的身体状态已经完全被打乱了节奏。我再也不想这样半死不活地面对我的健康状态，面对我的生活。

不过，我的这种失望情绪并没有维持太久。我可没有那么多的时间去浪费。当我还在医院慢慢恢复的时候，我就和二姐吉娜整理好了一份相关机构的名单，这些机构保存着我过往的病历和过去 3 年半的生物样本。接着，二姐逐个联系这些机构，请他们将那些宝贵的资料和标本都寄到费城来。长期以来，我一直依靠分散在各地的多家医疗机构给我做血液检查，在分散的数据中试图筛选出一些可能的线索，这种状况持续得太久了。现在，是时候把所有这些资料都集中到一起，发挥我那超级的专注力了。从读商学院的第二学期开始，我就一直在住院，于是我干脆决定整个第二学期都休学。我不想再假装一切都已恢复正常。在我找到可靠的反击办法之前，一切都不会再正常。

出院以后，我回到费城家中，把家里作为我的研究总部。我现在面临两个问题，两个相互关联的问题：一是凯特琳和我计划好在 2014 年 5 月 24 日举行的婚礼，还能按时举行吗？二是我应该开始采用什么样的治疗手段，才能防止病情的复发？第一个问题在很大程度上取决于第二个问题。

连着好几个星期，我从早上 6 点一直工作到半夜，查阅了数千页的病历和 CDCN 的研究资料，学习研究有关卡斯尔曼病和免疫系统的医学文献。凯特琳为我提供了无限的力量与鼓励。搬到费城后，她找了一份时装行业的销售工作，而且可以在家办公，我们真幸运。只要我不去实验室，我们两人就都在那个一居室的公寓里工作。我俩不怎么交谈，但我很喜欢有她在我身边的感觉。每隔几个小时，我就让自己从纷繁的工作中抽身出来，与她共度一会儿。她会提醒我按时吃东西，也提醒着我所做的这一切的目的：我需要找到一种新的药物，这样我俩就可以结婚，就可以建立我们的家庭。

我仍然坚持认为，免疫系统是我所寻找的终极病因所在。我们已经知道，我的免疫系统在每次复发期间，可以说都处于完全失控的状态，似乎整个免疫系统，这个由数十亿个细胞组成的超级复杂网络，每次都会被激活，并且过度活跃。但在所有的免疫细胞当中，我们仍然不知道究竟是哪一种类型引发或者说加剧了 iMCD。再或者，如果不是因为某一种特定的细胞类型，那么是否存在一种信号通路被以某种方式打开了，而且又被多种细胞类型所共用？又或者，只是某种单一的分子引发或者加剧了 iMCD，比如说白细胞介素 -6？如果不能确定治疗的目标，就谈不上治疗的办法。

于是，摆在我面前的任务，再一次变成要找到治疗目标。我先从最近一次复发之初使用过的数据入手。我把这次复发所产生的数据与另一组非常重要的数据综合在了一起。这后一组数据，来自直到我这次复发之前 1 年时间里每月一次的免疫检测结果。这每月一次的免疫检测是应我的要求做的。我们已经知道，在复发高峰期，我免疫系统中各个部分的激活水平都非常之高，高到离谱。但是否能通过对其激活水平在一段时间内的观察，找到最初点燃它的那个火花呢？我希望能发现某种固定模式的蛛丝马迹，寻找任何可能的切入点，得到一个能防止复发的新疗法。我需要找出这头疾病猛兽的防御弱点，找出它的“阿喀琉斯之踵”。这意味着，要在我们收集的成千上万页检查报告、医学期刊文献和各种研究报告中，找出那种固定模式，找出那个淹没在背景噪声之中而被忽略了的东西。

在我那一大堆的检查报告之中，我发现了一件不同寻常的事情（至少对我过于高度集中的神经来说，它是不同寻常的）。我发现，每次在我出现那些熟悉的症状之前，我的血液中都发生了两种情况。准确地说，应该是在每次出现症状的几个月之前，就发生了那些情况。从检测数据中可以看出，在出现疲劳感和器官问题很早之前，即使还没有任何明显的威胁，我的 T 细胞就已经被大面积激活，准备开始战斗了。我们之前曾在发病期间观察到了 T 细胞的活跃度有所增加，甚至在上一回合的治疗中把它们作为了打击的对象，但只取得了暂时的改善。在我的症状出现之前 T 细胞就已经活跃起来，这件事非常不同寻常。与此同时，我血液中的一种蛋白质水平也升高了，这种蛋白质叫血管内皮生长因子（vascular endothelial growth factor，VEGF），它可以促进血管的生成，但似乎和我的病并不直接相关。也许这只不过又是一种生理干扰的噪声，并不是真正的信号。在一个不断恶化的身体中，什么事都会发生。不过，这些指标数字确实都很吓人。我被激活的 T 细胞和 VEGF，都是公认正常范围上限的 10 倍之多。

然而，当时我们只研究了 13 种免疫因素指标。别忘了这一点：在医学上，你只能看到你在寻找的东西。那些检测结果并不会直接告诉你“问题出在哪里”。检测结果只会告诉你“X 指标的数值是多少”或者“里面存在 Y 吗”。有了这些检测结果之后，还需要医生或研究人员把各个单项结果联系起来，进行综合分析和判断，最后才能得出结论，告诉你“问题出在哪里”。

假如还有某些其他的关键因素，由于我们没有去检测因而被忽略了，那该怎么办？

我那些事先储存起来的血样，这时候就派上用场了。我检测了这些血样中的 315 种分子的水平，其中大部分分子都涉及免疫系统。同样，VEGF 和 T 细胞激活标志物的水平都明显偏高，这两者也都出现在了激活水平排在前 5% 的蛋白质当中。

虽然在最近这次复发中，我已经把 T 细胞作为了一个潜在目标，但是，在复发之前和复发期间的两组独立数据中，都发现了 T 细胞被激活的信号，这件事进一步加强了我的信念。T 细胞的激活也进一步证实了我之前的怀疑，即免疫系统的过度激活是我的 iMCD 的根本原因。也许从该病一开始发作，到在我体内全面扩散和加剧，在这整个发病机制的过程中，T 细胞都有全程参与。T 细胞当然能去到全身的各个部位。但用环孢素去抑制 T 细胞的过度激活，并没有对我的第五次发病产生实质性的作用。也许我的 T 细胞需要用其他的方式才能抑制，或者还有其他的东西需要加以打击。

那么 VEGF 呢？我对这种蛋白质有相当的了解，因为在癌症中，它对促进血管的生成与对癌细胞的供血都有着至关重要的作用。长达数十年的相关研究已经明确指出：由 VEGF 精心策划并协调完成的血管增生，对满足癌细胞的供血需求是必不可少的。那么，在 iMCD 这个疾病中，是否也存在类似的情况呢？

我开始把我的所有症状、iMCD 本身以及我从收集到的数据资料中获得的所有发现，整合在一起，并尝试在它们之间建立起一种联系，这种联系是前人没有做过的，但看起来却是有道理的。我之所以要这么做，全是因为那种令我闹心不已、讨厌至极的东西，也是这么多年来所有医生们一直恳求我不要再去理会的一种东西，就是那些血痣。那些讨厌的血痣，在我生病的时候会长出来，在我身体好了的时候又不见了。VEGF 很有可能就是导致血痣出现的信号。我皮肤上的血痣，可能就是我全身正在发生的事情的一种外在表现，即不受控制的血管增生。

事后再看，VEGF 与 iMCD 之间的联系，其实很早就已经在自我暴露了，但没有一个人能看出来。这么多年来，这种联系一直都在悄悄地展示着它自己。之前被忽略了的种种迹象，开始在我的记忆中一样一样地复现，我想起来了：国际知名血液病理学家，伊莱恩·杰斐曾对我说，我的淋巴结是她见过血管最丰富的；十几岁时，我去看眼科，眼科医生也曾跟我说，从没见过谁的视网膜上的血管比我的还多；我开始读医学院的那会，我的结肠发现了一个良性息肉，里面也挤满了血管。以上这些迹象，都发生在很早之前，比我的血痣要早，比我肝上的肿瘤也要早，比一切的一切都要早。我也很快明白，VEGF 很有可能也是导致我每次发病时全身出现大量积液的原因，因为它会打开血管中的通道，让其中的液体大量涌出。终于，我的很多症状都指向了一个共同的源头。

发现我的病可能与 VEGF 有关，这件事最好的一点就是，已经有一个药物可以用来专门阻断它。这回我可不再是拿着一把破猎枪在黑夜里乱开乱放了，这回我终于有了一把狙击步枪，我要一枪命中目标。VEGF 阻断剂的研发，最初是为了治疗癌症，通过阻断血管的增生来抑制肿瘤的生长。VEGF 阻断剂能够为一些最严重的癌症患者增加好几个月的生存期，就比如我母亲得的那种癌症（遗憾的是，VEGF 阻断剂的试验研究在我母亲去世后不久才开始招募受试者）。没错，VEGF 阻断剂的潜在不良反应也很严重，比如不受控制的出血和卒中，但那又怎样？化疗药物的不良反应不也同样很严重吗？

这个在 2003 年还没被研发出来、没能帮到我母亲的药物，会不会最后帮到我了呢？

这里，让我回去再继续说说免疫系统。我们人体的免疫系统极其复杂，其复杂程度令人震撼，免疫系统里的各种细胞内部和各种细胞之间，密布着由多种信号通路所组成的巨大通信网络。各种细胞之间可以互相对话、互相交流，以维持彼此之间一个微妙的平衡状态，也就是说，这些细胞之间能够彼此通气，以知道自己何时应该被激活，上线工作；何时应当被关闭，下线休息。其中的机制十分复杂、十分精妙，一旦某个地方出了差错，就会产生连锁反应，导致整个系统的崩溃。而且一旦崩溃，速度极快。

人体由细胞组成，而细胞里面的多种构件也都已经被人们研究过、命名过、分类过、检测过了。这并不等于说，我们已经知道了应该知道的全部东西，还差得远呢，但我们对其中某些部分的正常状态与其在疾病状态下的异常表现，其实还是有相当程度的了解的。像很多别的事情一样，说到这里，我们还是要说到蛋白质。

从本质上来说，人体的每一个细胞都是一台机器。你可以把它想象为一台计算机，通过一系列代码进行编程，来执行各种功能。每当计算机要去执行某个功能，比如计算一个数学问题或发出一种声音，都要依赖事先编好的、用以执行该指令的一系列代码。类似的，人体细胞内的遗传密码是一个长长的序列，由大约30亿个核苷酸[9]组成，用来为大约2万个不同的基因进行编码。遗传密码就相当于一个指令集，每一种蛋白质的合成都是在这些指令的指挥下进行的，而这些蛋白质是细胞完成其各项功能所必需的物质。这么长的遗传密码竟然能塞进如此微小的一个细胞之内，简直就是个奇迹。每个细胞中的全部 DNA 序列如果完全展开，其长度可达 6 英尺（约 1.8 米）。不过，这个长长的序列在染色体中是紧密缠绕在一起的，占据的空间宽度仅为 0.000 2 英寸

9 译注：原文有误，误为核酸。

（约 5 微米）。要是把你身体里所有细胞中的 DNA 序列都串在一起，排成一列，其长度约为整个太阳系直径的 2 倍。

还有另外一个奇迹，那就是所有这些结构都完全一样的单台机器，在功能上既有分工，又有合作，还能互相交流，做到了密切配合，协同工作。根据特定的细胞类型和特定的任务，在任何特定的时刻，这些细胞都能利用其遗传密码制造出特定的蛋白质，再由这些蛋白质来完成那个特定时刻所需的特定功能。这些功能，可以是催化另一种蛋白质做什么事，也可以是与另一种蛋白质相结合，也可以是再去激活另外一种蛋白质。所以说，生物学就是如此真真切切，条理分明，绝无玄虚神奇之处。想想你的计算机，如果没有安装相应的软件或者事先没有编好程序，那它就什么事也干不了。

不过，要谈到具体场景下的生物学原理，事情可就不这么简单了，而是变得超级、超级复杂。因为我们上述所说的这个理论上的细胞，在某个具体器官之中，还要与另外几十亿个具有五花八门功能的其他细胞一起协同工作，而且这个细胞只是我们全身 37 万亿个细胞当中的一个。事实上，一个细胞（可以称之为 A 细胞）使用基因指令集来制造某种特定蛋白质的信号，往往来自另一个细胞（可以称之为 B 细胞），是 B 细胞分泌的一种蛋白质与 A 细胞的特定受体相结合的结果。这种蛋白质与 A 细胞的特定受体相结合，从而启动了 A 细胞内的一连串特定事件，最终到达细胞核，并发出制造新的特定蛋白质的信号。A 细胞内的这种一连串事件，有点像一条信号通路或者说像多米诺骨牌游戏。总之，细胞会制造和分泌蛋白质，然后这些蛋白质又能与另外一些细胞的受体相结合，从而启动复杂的信号通路，指示接收信号的细胞开始制造某种特定的蛋白质。如此接力，不断传递下去。而且，这种过程是同一时间、在全身各部进行的。

以上这些都是已成定论的科学知识，但我们在分子层面对这些对特定蛋白质和各种信号通路的大部分认知，也只不过是最近这二三十年里才刚刚有的。也就是说，这一大堆知识问世的时间，要比大多数医学院毕业生的年龄还要短，前面仍然有大量的人体奥秘等待我们去研究，去发现。我们人类在研究自己身体内部的这些功能机制和信号通路方面，能力还非常有限，正如我们想给这些机制以及它们内部的各个组成部分，都起个明白易懂、好听好记的名字，常常也是非常费劲的。这方面的术语词汇都太过专业化了，需要死记硬背才能记住这些新发现的来龙去脉，哪种药物会抑制哪种信号通路，诸如此类。然而，在我追寻治疗卡斯尔曼病的探险之旅中，我即将发现一个极好的例子，这个例子的名称可以说是名副其实，恰如其分地反映了它的功用。

好了，言归正传，我们接着说我体内被激活的T细胞与VEGF。我们是否应该尝试一下VEGF阻断剂？但被激活的T细胞又该怎么处理呢？它们是如何结合到一起的？还是它们的联系只是偶然发生的？众所周知，活化的T细胞通常并不会产生VEGF。那么，这些活化T细胞与VEGF的出现，是可以归结为一个共同的原因，还是它们两者因为共用了某条信号通路而发生了联系？如果要尝试 VEGF 阻断剂，这对我来说不仅是要去尝试一种新药，而且针对的可能只是 iMCD 的两个问题中的一个，这个风险冒得有点不太合算，想到这点我就不爽。

我也在考虑是不是可以这样，在使用 VEGF 阻断剂的同时，配合“地毯式轰炸”的化疗，这样就兼顾了我的活化 T 细胞。但我也明白这样做的后果，肯定会有多种极为可怕的副作用出现。在我没生病之前，我也许还能扛得住这样的猛烈攻击，但现在我已经多次发病、饱受摧残，身体早已今非昔比。因此，化疗与 VEGF 阻断剂的双重攻击，只能留待我日后走投无路时作为最后一招。

T 细胞被激活、VEGF 指标升高，这两件事的发生，会不会还有其他的细胞因子、信号通路或细胞类型在起作用？这些方面还有没有我们没有看到的东西，因为我们还没有往这些方面去想？

我打消了脑中的兴奋与恐惧，集中起仅剩的最后一丝注意力。现在我在费城，凯特琳也和我在一起，还有家人在做我的坚强后盾，朋友们也都在支持着我，但一切都仍取决于我自己。对我来说，这又是一场加时赛，第五场加时赛。球，就在我的手中。

这时，瀑布般的一连串记忆开始奔涌而来。血管增生、医学文献、医学院的课堂。在经过这么多年的学习和研究、努力和坚

持、玩命地探索追寻、多次令人失望的“顿悟”时刻之后:

我明白了!

尽管活化的T细胞并不产生VEGF，但这两者是互相关联的。这是一个事实，一个并不需要我再次研究和再次发现的事实。人们已经知道，VEGF的生成和T细胞的激活，需要开启一条共同的细胞信号通路。这条信号通路称为“哺乳动物雷帕霉素靶蛋白（mammalian target of rapamycin，mTOR）”。

对那些正在不断集结、准备战斗的免疫细胞来说，mTOR对它们的激活启动、激活保持和增殖扩散都至关重要，而在另一个单独的方面，mTOR对于细胞分泌VEGF也至关重要。对T细胞的激活和VEGF的产生来说，mTOR是那些细胞受体接收启动信号所需的媒介，通过这个媒介，T细胞才能进入激活模式，其他细胞才能产生VEGF。你的细胞内部，就像在进行着一场微型的多米诺骨牌游戏，而你可以把mTOR看作这个游戏中很长、很关键的一段。如果mTOR这个信号通路被激活接通，T细胞很快就会进入战斗模式，而许多种其他类型的细胞也能够开始制造VEGF。mTOR的激活接通，基本等于为免疫系统的调兵遣将开了绿灯。战争打响了。但这可能是好事，也可能是坏事，吉凶未卜。

上述所说的这种联系，看上去似乎很简单直接，我应该老早就想明白了才对。但mTOR这条信号通路，还有几百种其他的激活因子与下游效应。另外，还有几百条其他的信号通路与mTOR

通路同时重叠存在着。因此，你可以这样想象，实际上有几百个多米诺骨牌游戏在同时进行，而且是在多个不同维度上交错进行，其中很多块骨牌还被这些游戏所共用。因此，T细胞、VEGF、mTOR，这三者之间的相互关系，绝不是你想象得那样简单，一目了然，谁也不敢保证它就是我的病因所在。

但这事毕竟值得考虑。我在想：我体内的mTOR会不会过度活跃了？这条信号通路会不会卡在了持续激活接通的状态，从而导致即使没有外来敌人，也在我的全身各处引起了一场内战？更重要的一点是，如果针对这条通路并将其关闭，那么是否能使T细胞不再激活，同时也使VEGF不再产生？这样做是否能阻止我这致命而且反复发作的疾病？研究人员已经研制出了一种mTOR的抑制药，叫西罗莫司[10]，FDA也已批准将其用于肾移植患者。西罗莫司通过阻断mTOR这条信号通路，削弱免疫系统的细胞活力，从而不去攻击和排斥新移植的器官。当然，这也意味着，服用了西罗莫司的患者，其免疫系统的能力也被削弱了，因此容易发生感染。但比起我正在考虑的另外两种药，西罗莫司的副作用要轻多了。西罗莫司还从未用于治疗任何iMCD患者。

西罗莫司也称为雷帕霉素（rapamycin），这是为了纪念其发现地——拉帕努伊岛（Rapa Nui）。你可能知道这个岛的别名，对

---

10 原注：西罗莫司也被用于另一种罕见病，淋巴管平滑肌瘤病。在其中做出关键发现并促成西罗莫司的临床试验以及FDA批准的，就是我的人生导师、同事和朋友，薇拉·克里姆斯卡亚博士。

了，它也叫“复活节岛”，或者“那个有很多巨型石像的太平洋岛屿”。该岛的土壤中发现了一种细菌，这种细菌自然产生的一种代谢物就是雷帕霉素。惠氏（Ayerst）制药公司一直在搜集太平洋多个岛屿上的土壤样本，以期从中能发现抗真菌剂。他们在拉帕努伊岛上发现了这种化合物，而离它最近的其他岛屿也远在 1 600 千米之外。该岛与其他岛屿相距甚远，而且被探访过和未被探访过的岛屿数量又不计其数，这些都意味着拉帕努伊岛原本很容易就被错过了。然而，这个岛最后还是被研究人员幸运地探访到了。接下来，就是人类的科学认知发生令人不可思议的交汇与贯通的时刻。当时科研人员一直在研究细胞内新近发现的一种复合蛋白质的功能，这种复合蛋白质后来被命名为“哺乳动物雷帕霉素靶蛋白”，简称为 mTOR。那是在人们断定雷帕霉素能针对并且抑制这种复合蛋白质之后，才将其如此命名的。我们终于有了一个好听又好记的生物学名称！这个名称既指明了能对其产生抑制作用的药物，也说明了它本身被发现的历史渊源。

但当时人们对 mTOR 都有哪些功用，还不是十分清楚。后来的实验室试验表明，雷帕霉素对 mTOR 具有抑制作用，这才让人们了解了 mTOR 的功用，同时也让人们了解了对它具有抑制作用的雷帕霉素的作用机制。mTOR 是整合多种细胞信号和启动各种细胞活动，比如细胞增殖的核心枢纽，而雷帕霉素能抑制 mTOR，从而阻止这些活动。它们之间这种紧密的共生关系真的令人赞叹。这方面科学认知的快速推进，揭示了西罗莫司是一种有效的免疫抑制药，于是也就有了随后的一系列针对性的临床研究。最近，人们还确认，西罗莫司能延长健康的小白鼠、犬类，以及其他动物的生命。在生命周期里越早使用这种药物，这些动物存活的时间就越长。这个药物听起来还真是不错。西罗莫司的故事，既是人类聪明才智的胜利，也是人类不懈努力的胜利。科研人员穿越狂风暴雨，远涉重洋，前赴后继，多次前往太平洋中的那个偏僻小岛，提取土壤样本。岛上的那些巨大石像，凝视着那群人，见证了那一切。那种矢志不渝的毅力，那种无与伦比的想象力，如果没有一个宏伟的目标，如果没有一个长远的规划，是不可能做到的。这个故事真的激动人心，而它让我看到的希望，更让我无比振奋。

现在，我有了一个候选的免疫抑制药，它能同时抑制 3 个新靶标（mTOR、VEGF 和活化的 T 细胞）。我开始考虑尝试用它来进行治疗，看看它是否能阻止我免疫系统的过度激活，从而防止病情复发。不过，如果还是按照传统思路来看待 iMCD，那么这种治疗方法还是说不通。墨守成规的人们肯定会想不通，为什么我要去抑制免疫系统的活动呢。他们会跟你说，你这是淋巴结疾病啊。你的病是因为白细胞介素 -6 过高了。我只需要阻断白细胞介素 -6，让淋巴结里面继续充满化疗药物就行了。

但那些墨守成规的人，都对我的那些血痣视而不见。

首先，我知道我需要检测一下我体内组织中 mTOR 的活跃程度。我拿出几周前切下并储存起来的淋巴结组织，来检测磷酸化

S6 这种蛋白质的水平。如果 mTOR 被激活了，那磷酸化 S6 的水平就会升高。检测结果表明，这种蛋白质的水平果然明显升高了，这说明我的 mTOR 的确是被激活了。但这仍然不意味着阻断它就是一种有效的治疗手段。没有血液检测或已知的其他检测手段能为我们提供验证信息。很可能也有很多其他信号通路被接通了，而且我们也不知道为什么我的 mTOR 的激活程度增强了。但我现在对 T 细胞、VEGF、mTOR 这三者之间相互关系的那种感觉，开始变得越来越清晰，不再只是一种直觉和预感了。这比其他什么都重要。这就足够了。该行动起来了。

没有时间去做规范的临床试验了，反正当时我们也没有足够的数据来支持这种试验。鉴于我们手头的数据有限，我也不放心在其他患者身上去做这种试验，未知因素太多了。试验能有效果吗？此外，对像我体内这样已经脆弱不堪的免疫系统来说，如果再关闭其中的一部分，谁知道又会出什么乱子呢？弄不好还可能会引起我的病情复发呢？

于是，我去了美国国立卫生研究院，找到了汤姆·乌尔德里克医生，跟他一起商量我的打算。他是 CDCN 科学顾问委员会的成员，我一直很欣赏他基于数据的研究方式和他对患者的关注。他不仅关注患者，还倡导并践行一切以患者需求为导向。他正是我最合适的咨询对象。我俩都是光头（但他留光头比我帅多了），我们坐在研究院的马格努森临床医学中心的天井里，天井处的采光很好，我们一起复核着数据资料，两颗光头熠熠闪亮。该中心的宣传册上写着，“患者，是我们研究工作的伙伴。”这句话，放在当天的场合真是再应景不过了。我们交谈所在的位置，意义同样不同凡响。那个天井很有名，因为大家时常会在那里闲谈，交流科学思想，正是那些思想火花的碰撞，点燃了该研究院一次又一次的医学新发现。天井所处的位置，也恰好位于基础医学研究、临床医学研究和患者病房建筑物的正中间。而此时的汤姆与我，也处于这样一个类似的交汇点，一个医学研究与医学临床的交汇点。我们俩达成了一致意见，即用 mTOR 抑制药来治疗我的病是有道理的，尤其在我别无选择的情况下。我们也考虑了使用与西罗莫司类似但更新一代的其他药物；但汤姆说，西罗莫司已有将近 25 年的安全性数据做支撑，更加稳妥；并且他还知道这个药能诱导某种特定肿瘤的退行，而那种肿瘤内部的血管增生与我淋巴结里的情况很类似[11]。西罗莫司只不过暂时还没被用到 iMCD 的治疗上而已。

凡事都得有个第一次。

或者，换句话说，没有被用过，并不意味着它没有效果。

再或者说，不管你是生头胎还是生第二胎，都跟孩子的平安出生没有必然关系。

我对 T 细胞、VEGF、mTOR 这三者之间关系的预感，是无

11 原注：接受肾移植后，得了卡波西肉瘤的患者，如果把环孢素改为西罗莫司，就可以让免疫调节得以持续，并让血管增生的卡波西肉瘤产生退行。

数种其他可能性中最强烈的一种。也许其他的可能性中还有更好的选择，但我们需要更多的数据才能确认。可我们的时间不多，我们只好靠经验来检验我的预感了。我强烈地感觉到，不能因为缺乏数据，我就不去做使用该药的第一人。我必须要做那只以身试药的小白鼠。

对于我的这个决定，冯·李医生也给予了他的祝福。于是，2014 年 2 月，我开始试验西罗莫司的疗效，试验对象就是我本人。我还决定继续每月注射一次 IVIg，毕竟上次复发时它的确起到了一定作用，我还没做好准备把它停掉。

我又开始害怕了。使用西罗莫司之后，我几乎立刻就注意到了我的某些症状开始有所改善，但由于之前验血结果的大部分指标都已经正常，我暂时还无法得出任何客观的试验结论，除非等到我两次复发的间隔时间真的延长，我才能确切知道这个药物真正有效。当时，我复发的平均间隔时间大约是 9 个月。我所能做的，就是在等待期间，去跟踪记录自己的各种症状和检查结果。这时，一件喜事极大地鼓舞了我的信心。《血液》杂志的编辑们给克里斯、弗里茨和我发来了邮件，通知我们说将会发表我们的论文，论文只须再稍作几处小的改动。得知我们的研究成果能在这个刊物得以发表，并将得到广泛传播，我真是欣喜若狂。这对我个人来说，也是很重要的一课：永远不要停止质疑，永远从数据出发。我们对这种疾病的猜测，认为它与免疫系统功能失调关系最大，而不是什么其他原因，我们的研究方向或许走对了，因此西罗莫司或许也就有效了。这些都只能交给时间去证明了。现在我一心只想我的身体要能坚持到 5 月，因为凯特琳和我终于鼓起了信心，寄出了请大家预留时间的明信片，之后又寄出了正式的婚礼请柬。开弓没有回头箭了。

第十六章
期待已久的婚礼

5月24日在一天天临近，我也面临着两大问题。

问题1：西罗莫司的效果能一直维持吗？我对此仍心存疑虑。我的怀疑是有充分依据的（别的不说，单是过去这几年的经历，就已经给了我关于怀疑论的充分教育）。正如我之前所说，我是个经验主义者，不会因为仅仅一次试验就抱有天真的幻想，尤其这项试验才刚刚进行了几个星期，而且研究对象还只有一个患者（就是我本人）。医学的突破进展可能需要数年时间，而且会出现各种曲折和困难，任何人都无法预料，对这一点我是再明白不过了。过去几个星期实在是我生命中最快乐的时光，我甚至和最要好的几个朋友一起开车去了趟大峡谷，这是在我第一次发病住院时，就和本设想过的计划。本的妻子怀上了第一个孩子，我们俩一起庆祝了这个好消息，他们夫妻俩都希望我做这个孩子的教父。但所有这一切，都不意味着欢乐的时光会永远持续下去。

问题2：婚礼之时，我的头发还能长出来吗？我当然清醒得很，头发的长度是我最不该关心的问题。但我考虑问题2所花的心思，绝不比考虑问题 1 的少。我很肯定，凯特琳也想过这个问题，尽管她非常礼貌地对此保持了沉默。

这并不是我爱好虚荣。我只是希望在婚礼当天，能让凯特琳看到过去的那个戴维。她一直在陪伴着戴维·费根鲍姆，一个病人，无怨无悔，陪伴了这么久。我的秃头明白无误地提醒着人们，我是一个患病多年的人，身体里仍然危机四伏，随时可能发病。我想还给她一个原来的戴维，一个最初让她坠入爱河的戴维（虽然他的肌肉已经大不如前），一个我希望在未来很长一段时间内她都能拥有的戴维。

现在这个戴维，只不过刚好剪短了头发而已，而且剪得特别特别短。要是这样就好了。

当然，头发的生长不是我自己能够掌控的，不是我在医学研究方面那样一直所做的和一直所宣扬的，什么事情都可以由自己掌控。在能不能长出头发这件事上，我只能依靠圣诞老人来给我送礼物了。我将静静地坐着，等着，希望着。这样的奇迹偶尔也是会发生的。

距婚礼只剩几天时间的时候，我的头发开始慢慢长出来了。婚礼当天，伴郎们聚集在我的酒店房间里，做着准备工作。格兰特在我旁边刮着他自己的胡子，他提出帮我修剪一下我脖子后面的头发。我可没让他动手，现在我的每一根头发都极其宝贵！我和凯特琳携手走上婚礼通道时，我看起来真的差不多就像刚剪了个寸头（不过剪得比较狠而已）。

5月24日真是个幸福的日子。这一天终于成为了现实，我们是如此喜悦，一回想起过去我们都曾以为这一天永远也不可能来到，我们就更加感到幸福加倍。那感觉就像我们俩共同走过了一条漫长的门廊，走过了那唯一的一扇通往幸福的门。婚礼的一整天，我都笑容满面。我正在与自己的梦中情人结婚，不久前她还在往我身上敷冰块，给我物理降温，好像我就是全食超市（Whole Foods）里的大马哈鱼。而现在，她就站在我的面前，说着“无论疾病还是健康，直至死亡将我们分开”这些新婚誓词，我也根本不用去猜她是否出于真心，因为我清楚地知道，她会永远陪伴着我。“无论疾病”这个部分她已经做到了，所以我想，“无论健康”这一部分对她来说也应该不成问题。

回想当时，在我半昏迷、半清醒地躺在重症监护室里，听着身边各种仪器滴嗒作响的时候，我就在梦想着能与凯特琳结婚，即使那是我临死之前能做的最后一件事。但等到这一天终于到来之时，我却感到非常平静，没有了当初那种迫不及待的感觉。我觉得很自然，好像这不过是开始了我们俩早就打算好了的生活，今后我们还有很多很多要一起做的事情。

婚礼当天，几乎一切都进行得圆满顺利。不过，在仪式的过程中，也有一些小的失误，其中的一个怪我。我也不清楚当时是怎么想的，反正我就觉得是时候该亲吻新娘了，于是我就去亲了，就在我们刚刚交换完戒指之后，流程还未结束呢，我就把嘴凑过去了……结果凯特琳不得不在我凑近之前，伸出手使劲儿挡住我的嘴。宾客们都哄堂大笑。神父也笑了，说："还没到时候呢，有专门时间留给你们接吻的。"我想，我已经不习惯"你还有时间，还有大把时间干你想干的事"这种说法了。这种不紧不慢、按部就班的感觉，我得尽快重新适应起来。

而另一个小失误，则怪我父亲，他制造了另一个"意外"的场面。婚礼仪式结束，开始跳舞环节，突然间，音乐戛然而止。我望向舞台，我看到了我心中一直暗暗担心的一幕：我的父亲把台上乐队的吉他给拿走了。作为总是爱热闹、爱表现的父亲，他怎么会错过这种场合，他肯定要上台出出风头，表演一番。我们甚至提前跟乐队打好了招呼，说他可能会干出这种事。乐队保证说，不会让父亲接近吉他，他们在婚礼上表演已经有25年了，还从没有过外人客串表演的事情发生。我也不知道父亲究竟是怎么说服乐队的（或者偷偷塞给了他们多少小费），反正父亲就是拿到了吉他，跟乐队站在了一起，脸上一副心满意足的笑容。

我明白接下来这意味着什么。父亲不是个多愁善感的人，他才不会去演奏什么情歌恋曲。委婉一点说，就是他的幽默感色彩比较丰富（比较少儿不宜）。幸好，他浓重的加勒比口音，掩饰了歌词内容的不雅。在座的所有来宾，除了24位特立尼达人，没有一个人能听得出他歌词里的那些不雅字眼。我本来都准备上去拔掉音响的电源插头了，但最后还是忍住了。距离我们所在的舞厅大约1英里（约1.6千米）的地方，就是我第一次发病时在费城住院的ICU，当时，就是父亲在那里陪着我一起住院。我还记得他一直在陪着我，缠着医生问东问西、做着各种笔记、恳求各种人的帮忙……我一而再再而三，没完没了地不断复发，父亲都从未离开过我的身边。我马上意识到，父亲完全有资格做现在这种事情，完全有资格放松一下，发泄一下。历尽艰辛、走过苦痛的人，并非仅我一个，还有我的家人们。而现在我的婚礼已成，我的父亲值得拥有属于他自己的高光时刻。他可逮住了这个机会，十分应景地唱起了歌，什么“身有大竹棒的男人”、什么“蜜月夫妻”为了“谁在上面”而争抢不停（其实是在争抢谁坐在行李箱的上面）。至少，父亲唱的歌让我那些来自特立尼达的亲戚们笑了个够。

在准备婚礼的过程中，我也没有放慢研究卡斯尔曼病的脚步。我不会因为找到了一种可能有希望的治疗方法，就放松警惕，懈怠下来。不过，在婚礼之后，我们的 CDCN 组织才算真正开始形成规模了。我开始大量招募同事，并首次把自己的故事真正融入 CDCN 的故事当中。在这之前，每当谈起这个疾病时，我一直表现出是完全出于专业研究的兴趣，而现在，我不再遮遮掩掩，我会大大方方地告诉人们，我就是卡斯尔曼病的一个患者。

这件事听上去也许没什么大不了的，但对我个人来说，却是个重大转变。我开始公开谈论自己的疾病以及一路走来的各种经历。到了秋天，我又回到了商学院，再也不试图向同学和同事们隐瞒自己的健康状况了，再没有什么需要藏着掖着的了。我再也不用刻意地分饰两种角色了，一个是患者身份的我，另一个是“正儿八经”的 MBA 在读学生、医生科学家，一边上着学，一边在研究医学，一边领导着 CDCN 组织，一边还在组织着医学科研项目。现在，我同时集这两种身份于一身。而且从那一刻起，我就知道，今后我将永远会同时扮演好这两种角色。

这种新的开放心态为我赢来了很多援助之手，我当然也都欣然领受。我开始组建一支卡斯尔曼病的突击队，就是你在电影里看过的那种，队员来自五湖四海，各个身怀绝技，配合完美。

不过，我们与那些真正的突击队还不一样，主要的不同之处就是我们没钱。卡斯尔曼病不仅难以治疗，而且严重缺乏研究资金。在商学院这段时间的学习让我意识到，我一直忽略了这方面的问题，而且资金短缺严重限制了我们工作的开展。我们的组织不能再只靠少数几个医学院的朋友、患者与家人，靠抽出晚上和周末的有限时间，靠着每年仅 1.5 万美元的可怜预算来运作了。比起卡斯尔曼病，像渐冻症和囊性纤维化等这些发病率与之很接近的疾病，其研究资金也要高出好几个数量级：每年有 5 000 多万美元的公共和私人资金会投入渐冻症的研究；囊性纤维化则有 8 000 万美元左右。卡斯尔曼病也值得、也需要拥有更多的研究资金！如果说我之前还没看清楚，那我现在很清楚了：光靠我们自己的力量是做不成这件事的，我们的资金只有那些类似罕见病的百分之一的五十分之一。如果我们真的想要扭转卡斯尔曼病的治疗现状，我们就需要扩大影响力，让参与者不再仅限于那些受到其直接影响的人。我们需要让更多的人了解这个疾病，让它不再是大多数人从未听过，然而却也是最致命与最常见的一种疾病。我们需要发起一场宣传活动，从广大公众那里筹集更多的研究资金，我们也需要更多的人力来执行那些雄心勃勃的研究计划。

第一批突击队员之中，有一位我商学院的同学，叫史蒂文·亨德里克斯。他身高 2 米多，之前是美国航空航天局的工程师，他就像一个魔法师，能把晦涩艰深的医学术语变成通俗易懂的文字，来讲述我们的故事，扩大我们的影响力。他负责重整了我们的网站，并建立了一个新的线上患者社区。他还非常善于指出我的错误之处，而这恰恰是我十分需要的。由于我的医学背景，我最为看重的仍然是医学研究工作，我总是想去复查各种研究结果，试图找到新的线索，把追寻这些线索当成工作的重中之重。但史蒂文向我指出："这样不行，戴维，你不能只顾着那些医学研究。"他说得没错。21 世纪的医学，已不再是一门特立独行、高高在上的学问，在实验室和图书馆里搞搞就行了。现代医学不仅取决于科学研究本身，也取决于宣传和倡导方面的努力。疾病治愈可能性的大小，往往取决人们为达成那个治愈目标而调动各方努力的能力大小。而这个能力，既取决于你的金钱，也取决于你的话术。这个领悟是史蒂文帮我意识到的。他还总是强调一个观点：目前的生物医药研究，急需革命性的技术与颠覆性的方法，来进行一番彻底的变革和加速前进，正如过去几年中许多别的行业所经历过的那样。他还继续指出，为了治疗卡斯尔曼病，我们对原有的生物医药研究模式做出了改变，我们所取得的这些经验和成果“不是像火箭制造那样的高精尖技术”，这些经验的所有环节和步骤都是可以复制的，因此也需要把它们推广到其他疾病的研究上面。在我认识的所有人中，只有史蒂文能把这些事情的道理与火箭制造相提并论，而且说得还很有道理。

我商学院的另一位同学，肖恩·克雷格，以前是陆军军官，毕业于西点军校，也在埃克森美孚公司做过项目经理。他加入CDCN的使命，就是完善这个组织的管理结构。他建立了一系列新的工作安排流程，用来有效跟踪各项工作的进展情况，并健全了我们的组织架构。他还将我们的志愿者团队分成了多个不同的部门，以提高工作效率。我们这群散兵游勇，正需要他这么一个人来管理。其实在我看来，他最大的优点应该是他竟然也喜欢波拉特，就是我的那个偶像波拉特，尽管他的外表与气质都如野兽一样威猛。我们俩真可谓臭味相投。

巴克莱·尼希尔，也是我商学院的同学，他曾做过私募股权投资人，他将从“投资”的角度来评估我们的研究项目，即时间、人力与资金等各方面的投入，并敦促我们把工作都进行量化。他是个对数字极其敏感的人，我们在说明自己所做事情的价值和重要性的时候，也都要用数字来说明，才能让他信服。他是那种典型的斗志旺盛之人，在我们这群人里，他虽然是个头最小的人之一，但他随时都愿为团队做事，没有任何怨言。

希拉·皮尔森，身高约1.47米，医学情报学专业的研究生。

她和巴克莱一样，个头很小，斗志很高。身材娇小的她，在做大数据分析的时候，就如同魔术师一样。去帮助有需要的人，对她而言有着天然的吸引力，她会长时间投入数据分析工作之中，把那些简单枯燥的数字化为意义深刻的洞见，从而可能拯救患者的生命。

达斯汀·希林，刚刚读完神经科学博士。他对各种所谓的“突破进展”保持了合理的怀疑态度。作为阿尔茨海默病的研究者，他非常了解科研方法的重要性，也非常了解在对研究结果没有充分审核之前别急着下结论的重要性。他推动了多项大规模临床试验研究工作的开展，并投入了大量时间，一丝不苟，精心设计试验方案。阿尔茨海默病或卡斯尔曼病这类疾病的试验研究，需要的正是这种精心设计、科学合理的试验方案。

杰森·鲁斯，癌症生物学的在读博士。我们在共事之前，就已经是朋友了。加入我们团队之后，他很快就表现出了一种超常能力，他能把那些初看起来毫不相干的想法在脑中形成联系。

卡斯尔曼病的研究有了什么新发现吗？那我建议你去看一下2005年发表的一项癌症研究的结果，也许有助于你理解这项新发现的意义。那些分子指标的升高意味着什么？你见过在哪些其他的疾病中，也有这些分子指标的升高呢？

在不同物种之间，在不同疾病之间，生物学的理论知识，可谓彼此交织，错综复杂。杰森充分利用了这一特点，因此他在思考和解决问题的时候，就可以左右逢源，脑洞大开。就像一个优秀的登山攀岩者，在两面峭壁之间，脚一蹬手一抓，就可以从一面峭壁攀上另一面。杰森的这种思维方式令我羡慕不已，而我自己因为天生专注力过于集中，常常会一条道跑到黑，不懂得变通。

我们这个突击队的成员，也不全是宾夕法尼亚大学的研究生。其中有一些重要成员早就跟我一起并肩战斗了，比如我的岳母帕蒂、岳父伯尼，还有凯特琳，他们早就加入了队伍。帕蒂是CDCN的社群联络员，在患者、亲友和我们不断壮大的领导团队之间，担当着主要的联络角色。她真是这个位置的最佳人选，她既能安慰患者，也能鼓励志愿者。为了促进CDCN的更好发展，我们还成立了一个咨询委员会，其成员由商界、法律界和医学界的领军人物组成，而伯尼则是这个委员会的第一位成员，也是关键人物。凯特琳是我们对外联络工作的负责人，参与协调和组织各类活动，每天都会督促我的工作并直陈各种建议。凯特琳有个至交好友，也加入了我们的行列。她叫玛丽·苏卡托，MBA在读学生，同时也在先锋领航集团（Vanguard）的管理层队伍中，不断向上努力攀登着。她成功帮助我们启动并拓展了多种筹款渠道。截至我写下本书此页文字的时候，我们的筹款数额终于达到了其他类似罕见病年度研究经费的1%左右。玛丽成了我们的首席运营官，这是她在全职金融工作之外的志愿者工作。这个位置非她莫属，她是我见过的直觉最敏锐的人，能轻松优雅地把想法变成行动。她可以说是一台行动的“机器”。光是待在她的身边，就能让你充满动力。

很快，就有除宾夕法尼亚大学的校友和我家人以外的人们，也来帮助我们了。CDCN 的领导队伍扩大了，加入了其他的患者、患者的亲友、医生和学生。我们所有人都是志愿工作者，每人每周都会投入 3 ~ 30 小时，为了一个共同的使命，也就是治愈卡斯尔曼病。这些志愿者付出的时间固然是达到成功的必要条件，但真正催生了所有这些创新解决方案与加快了各项工作进展的，是我们这些志愿者多元化的资源和技能背景，以及我们 CDCN 网络所特有的做事方式。想当年我们这个“团队”的成员只有我的父亲、两个姐姐和凯特琳，我们围在病床前，收集着各种数据和资料，硬着头皮给各种专家打咨询电话，所做的一切只有一个目的，那就是让我能活下去。而现在，情况已经翻天覆地，我们的组织和队伍已具有相当规模，而且发展势头不减。

把我们的发展势头变成实实在在影响力的重要一人，就是拉吉·贾扬塔。拉吉也是学医的，在读医学院的第三年，他也得了 iMCD，也和我一样经历了差点要命的器官衰竭。跟我以及其他很多 iMCD 患者一样，那家一流医疗机构的医生们也都束手无策，无法控制他的病情。直到拉吉咨询了 NIH 的汤姆·乌尔德里克医生，汤姆向他推荐了一种新型的治疗方法，其中也包括联合化疗，他的病情才有所好转。汤姆觉得介绍我和拉吉通过电子邮件相识应该是件好事，因为我俩有着共同的遭遇。

我和拉吉的第一次通话就打了 3 小时。当时，拉吉刚经历了一次可怕的住院治疗，出院才刚 11 天；而我则正处于第四次发病和第五次发病的中间期。共同的噩梦般的经历，让我俩立即产生了亲近感。我们回忆了我们的经历中那些熟悉而又相似得可怕的细节——我们都注意到了那些奇怪的血痣会在发病前迅速增多；而且我们都曾作为医学生在医院的走廊多次走过，然后又在短短几周后就变成了那家医院的患者，对此我们俩都有一种超现实的感觉。虽然我俩的症状和临床表现几乎一模一样，但我俩对各种治疗方法的反应却大相径庭。这对我来说是一个很重要的提醒，那就是卡斯尔曼病中没有任何一点是简单直接的、一目了然的。我不能被个例蒙蔽双眼，误以为对自己有效的治疗方法就一定会对所有其他患者（或者说任何患者）也有效。

我是与拉吉谈话的第一个卡斯尔曼病病友，我知道这对他意味着什么。因为我还记得多年前，我在冯·李医生的候诊室里遇到的那第一个患者。不过，我也知道，我们俩的通话对我来说意味着什么，因为很显然，拉吉也希望尽己所能，对 CDCN 的事业有所贡献。通话的最后，他请我把关于卡斯尔曼病的最有价值的那些研究文献都发给他，以便他尽快熟悉情况。

在这之后不久，2013 年，我的病情复发，这促使拉吉下决心尽快加入战斗。他听说了我第五次发病的严重病情，又想起了自己曾经的严重情况，于是他从医学院请了假，休学 6 个月，以便将全部精力投入 CDCN 当时最主要的一个战场：系统地收集临床医学、医学研究和相关药物的数据资料，并将其存入一个中心数据库进行分析。

看到当时我正在服用的西罗莫司很有潜力，这个药物或许能给我的生活带来巨大改变，说不定对其他患者也能有效，所以我们就想搞清楚，还有哪些已经被批准用于其他疾病的药物也能立刻帮到 iMCD 患者。这种“超说明书用药”的实践已经非常普遍，但现行的医疗体制下，几乎从来没有人去跟踪记录过这些药物到底都被试用在了哪些疾病上面，试用的结果是否有效。没有以往的记录，就等于未来的试用没有参照。事实上，现行的医学记录系统中，几乎从来没有过一个专门的数据字段去记录某种药物是否有效。即使有这种数据字段，医生和研究人员也只能看到他们自己所在机构的那些患者数据。疾病登记与统计方面的一些研究项目以及博物学方面的一些研究项目都尝试过为某些疾病收集相关数据，但这类研究往往存在严重缺陷，因而他们所收集到的那些数据用处不大。我们要做得比他们更好才行[12]。

我们要开展一项研究，来系统地跟踪用于治疗卡斯尔曼病的

12 原注：在开展病例注册登记研究（registry study）这项工作之前，我们曾经以为，要想尽快获得有价值的数据资料，最好的办法就是进行一项研究，去分析那些已经公开发表过的病例报告中 iMCD 患者药物治疗的相关数据。但我们发现，虽然被尝试过的药物多种多样，这些药物有效性的数据却存在偏差，极不靠谱。另外，通常来说，只有当一种新药有效时，人们才会去发表病例报告（遗憾的是，如果某种新药没有效果，那么医生和研究人员通常也就不会去发表什么了）。因此，我们这项病例注册登记研究与通常的病例报告相比，自然会更加关注那些没有治疗效果的所谓例外情况。

各种药物，以及它们在更多患者人群中的使用效果；同时还要尽可能多地收集各种临床研究和实验室研究的数据，去解决关于卡斯尔曼病其他方面的谜题（其实这种研究应该用于所有的疾病）。拉吉欣然同意参与这项工作，协助我们为卡斯尔曼病的注册登记研究打下一个基础，并最终实现上述目标。但如何开展好这项研究工作，几乎没有什么先例。这跟医学研究的很多其他方面一样，不同的研究机构之间总是壁垒森严，沟壑重重，而这些机构本应秉承治疗疾病的共同目标，互相合作。

为了确定我们自己的注册登记研究方式，我们评估了其他二十几种疾病注册登记的现有做法，并列出了每一种做法的优缺点。有些注册登记是由患者发起的，也就是让患者自己在网上注册并录入数据。这种办法的优点是，注册登记的患者人数最多，因为患者可以在线响应参与招募；但是这样得来的数据，其质量往往难以保证，代表性也不够全面，因为一切数据的录入全靠患者的记忆，甚至连他们的各种检查结果也全都依赖记忆，要知道有时候那些检查是他们好多年前在住院时做的。

而另一些注册登记是由医生发起的。在某几个指定地点，由医生负责招募患者，并录入患者的相关数据。这种登记做法花费很大，而且往往参与的患者人数也不会太多，因为只有在那些指定地点接受治疗的患者才有机会参与。但是，采用这种做法所收集到的数据，其质量要可靠得多，代表性也要强得多。不过，采用这种做法，数据录入的及时与否，往往取决于那些医生忙碌与否，因为医生们往往事务缠身。

我们要想出一种新的做法，把以上两种做法的优点结合起来，也就是建立一种混合模式。经过几个月的反复斟酌与数易其稿，我们的方案最终在NIH临床中心的天井里定稿成型了，可谓十分应景。汤姆、格兰特、拉吉和我，围坐在天井里的一张桌子旁。就在不远处的另一张桌子旁，正是不久前汤姆和我讨论使用西罗莫司来治病时坐过的。我们的注册登记研究也将采取患者发起的模式，患者可以在世界的任何地方，直接进行自我在线注册登记。但是，我们不会依赖患者录入他们的全部数据，而是会在取得患者的同意之后，从相应的医生那里获取他们的完整病历。然后，专业的数据分析人员将从这些病历中提取全面而且符合医疗要求的数据，最后进行登记入库。这样，我们就能在两个方面都获得最大收益：足够大的患者数量和高质量的病历数据。而且病历数据的录入工作更加快速及时，因为既不需要患者也不需要医生来做这项工作，而是由专人完成录入。

接下来的几个月里，我们与多位患者及多家医院合作，摸索这个具有首创性的注册登记研究的开展方式。在这一过程中，我们十分清楚地看到，在收集和整理病历数据方面的重重障碍是现行医疗机制运转不畅表现最突出的一环。这种现状简直让我们大吃一惊。大多数情况下，那些病历数据就摆在人们的面前，随时可供收集和整理，但却被患者们随意放弃了，有时候甚至是被医院系统随意放弃了。要想突破这些障碍，就需要有一种蔑视现状、突破现状，将事情不断向前推进的强大意志力。拉吉就有这样的强大意志力。我也一样。我们是病友，因而我们都希望我们的努力能有助于治疗我们的疾病。

但我们还是需要更多的资金赞助。首先，雇佣那些专业的数据分析人员，就需要大笔开支。是时候与制药企业携起手来，寻求他们的资金支持了。在与一家大型制药公司的几位高管人员进行了几次试探性的电话交流之后，我们赢得了他们的兴趣。大家同意安排一次会议，与该公司北美区的高管们当面交流，同时该公司欧洲区的高管们也将以电话会议形式参加。这可是个难得的大好机会，我们心里想着一定要证明给他们看，我们这些人中，不仅有身患疾病的年轻人，有未来的医生科学家，我们还拥有一个有价值的想法，一个值得他们支持的想法。于是我们就开始认真准备会议的交流方案，无数次地修改完善，以便做到内容表达准确到位，内容展示也流畅精彩。经过无数次的预演排练，我们这几个二十多岁不到三十岁的毕业研究生与（勉强算是）在读研究生，及时赶到了会场，结果却发现会议室里的电话线没有一根是通的。大家都不敢相信眼前的事实，虽然我们都是高学历，但即使把我们这些年所学的知识都加在一起，也没有一个人能整明白电话会议这点事。转眼间，时间就已经比预定开始的时间晚了 4 分钟。又一转眼，5 分钟过去了。在场的所有人，要么手忙脚乱地在想办法，要么惊慌失措，愣在一旁。

最终，我们只好采用土办法：用我的苹果手机拨通电话会议的号码，再把我的手机在会议室传来传去，这样轮到谁发言时，谁就可以拿着手机，对着手机的话筒直接说话。慌乱之中的我，一时间竟忘了介绍自己是 CDCN 的常务理事，也忘了说自己最近刚被宾夕法尼亚大学医学院聘为兼职教师，而只是介绍了自己是个 MBA 学生。虽然电话会议的问题让我们有些措手不及，但拉吉和我心中都有着明确的使命，我认为正是这种强烈的使命感，才让与会者并没有太过在意我们那天出现的各种失误。如果我们只是一帮前去兜售小商品的贩子，那我们肯定早就已经丢盔卸甲，溃不成军了。但我们这群人，心中都有一团火，在为一项事业而燃烧，而这事业的成功与否，直接关系到我们自己的生死存亡，当天与会的每个人都能感受到这一点。接下来，在与他们高层人员的再一次至关重要的深入交流之后，这家药企终于同意与 CDCN 以及宾夕法尼亚大学合作，共同开展国际性病例注册登记的研究工作。等到最后这次拍板会议举行之时，拉吉已经回到医学院继续他的学业了，而杰森·鲁斯和阿瑟·鲁宾斯坦则加入了我们的队伍。会议一结束，我们三人快步离开会议室，走出办公楼，一路上都在努力压制着心中的狂喜。但一走到外面，我们就再也按捺不住心中的激动，大家欢呼雀跃，击掌相庆（而刚跟我们开完会的药企高管们，此时很有可能就在他们办公室的窗前看着我们呢）！

在开车 2 小时回费城的途中，我问杰森是否可以与我和凯特琳一起吃个晚饭，以表庆祝。他婉拒了，他说自己晚上必须回家，要去准备博士论文答辩，而答辩日期就在第二天。听到这里，我心里一惊，方向盘都差点跑偏。要知道，第二天可能就是杰森学术生涯最关键的一天，因为他要向大家展示过去 5 年来他的全部研究成果！但杰森并没有让我提前知道这一点，因为他想帮我的忙，即使这意味着他要暂时放下答辩的最后准备工作。结果当然不出所料，杰森以优异成绩通过了博士论文答辩，并被麻省理工学院和哈佛大学的布洛德研究所（Broad Institute）录用，继续做博士后的研究工作，那是一家世界顶级的癌症研究实验室。我写下这段文字时，他正在生物技术风险投资领域工作，并作为志愿者首席科学官，继续参与领导 CDCN 的工作。

2015 年 1 月 5 日，这一天距我上次复发期结束，刚好 1 年，我进入了第五场加时赛。但我仍然不敢粗心大意，自己毕竟是过来之人。是的，之前我已经两次试着庆祝病情缓解一周年，但之后不久就都复发了。不断复发这种事，我记得再清楚不过了。

随着病情缓解期接近 16 个月大关，这是我两次复发间隔时间最长的一次，我又逐渐感到了一些类似轻微流感的症状。凯特琳担心得要命，于是她请了假，这样她就能有更多时间陪着我，可以随时出去旅行度假，或者万一病情严重，在短时间内就可以赶往小石城治疗。但我的验血结果一直都很好。在第五次发病时发现的那些炎症标志物显示 VEGF 升高和 T 细胞活跃，这次这些指标都很正常。我只不过是得了流感而已。没有人会像我这样，得了流感还会感到如此高兴，如此舒心。于是，请假几天之后，凯特琳觉得可以放心，就又回去工作了。

接下来的某一天，我的缓解期迈过了 16 个月的关口。我进入了一个未知地界。我感觉自己就好像刚刚经历了一部灾难电影，躲在地堡中很久之后，现在终于走上地面，外面的强烈阳光刺得我睁不开眼睛。陨石最后并未撞上地球，是威尔·史密斯拯救了地球。而拯救了我的那个英雄，则是西罗莫司。但我知道，这并不意味着我的病永远不会复发。你看那些灾难电影几乎都有续集。

第十七章

成为助理医学教授

“你会死在这个岗位上的。”

这个看法来自我宾夕法尼亚大学的一位新同事。他觉得，我从沃顿商学院毕业，接受聘任作为助理医学教授加入宾夕法尼亚大学的全职教师队伍，是有点糊涂。我认为，要么他所说的“死”是个习惯的说法，要么他还不知道我是个身患绝症之人。但我还是在私下里为他这句无心之过感到可笑。我还有重要的工作需要继续完成，而且我也在想方设法争取不死在这个新的岗位上。我很乐意去证明他的话说错了。

在这个新的岗位上，我可以几乎把全部精力都放在指导和协调卡斯尔曼病的治疗和揭秘免疫系统的研究上。而这一切工作的开展之地，也正是我这既令人害怕又令人敬畏的患病之旅的起点。我将创建并负责一个研究计划，其中包括一个“湿式工作台实验室”，即使用患者的各种组织、细胞系、模型系统以及其他生物材料来做实验的实验室，还有一个计算实验室，主要侧重于大数据分析。用科学术语来说，这就是所谓的转化研究，即我们依据从临床数据的深度分析中了解到的东西，来指导实验室的实验工作，以决定在患者生物样本上应该进行哪类实验；然后再将实验结果转化回临床研究领域，做进一步的测试；然后，我们会努力将所有这些成果继续转化，使之能用于患者的新药或者诊断工具的研发。

我还在这个新的教职岗位上，与别人合上了一门为期一周的课程，即向四年级的医学生们讲授精准医疗的理念，也间接地向他们传授了如何才能跳出常规思维的条条框框（而不必像我这样先要濒死 5 回才能明白）。精准医疗也叫个性化医疗，是疾病管理一种新方法，它根据每个患者具体的基因结构和具体的疾病特点来进行治疗，而不是用同一种方式来治疗得了同一种疾病的所有患者。根据对我的生物样本所做的研究结果，把通常用于肾移植患者的药物西罗莫司，用来治疗我这个 iMCD 患者，就是精准医疗的一个真实案例。我就是个会说话、能走路的活广告，向人们彰显着精准医疗的价值所在。

我在宾夕法尼亚大学孤儿病研究中心也有了一个正式职务。我把从组建 CDCN 突击队的过程中学到的所有本领，都用到了该中心的实际工作当中，以促进罕见病研究的加快进行。我也以志愿者执行理事的身份，继续领导着 CDCN 的各项工作。这是我从 18 岁开始，即母亲刚刚患病之时，就梦想着要从事的工作。这个工作常常给人以惊喜，但有时也会给人以惊吓。

我的新办公室所在的医院大楼，就是我第一次发病并且差点没命的那一幢大楼。一开始，这个环境让我感到有点别扭。因为说实在的，每次我进进出出这幢大楼里的每一扇门，都会在想象中的“创伤后应激障碍量表”里的选项后面打上几个对钩，开始对号入座。不过，我也下定决心，一定要用与卡斯尔曼病斗争已经取得进展的正面记忆，来覆盖当年患病之初那几个星期的痛苦记忆。

第一个正面记忆，说来就来。2016 年 3 月的一天，短短几分钟，我就收到了很多邮件和电话通知。重症监护室里有一位刚被确诊为 iMCD 的患者，40 多岁，退伍军人，名字叫加里。巧合的是，我作为一个患者，已经想方设法地避开重症监护室好几年了；而作为一名医生科学家，我没有踏进那个地方的时间还要更长。这种行为一开始可能是无意识的，但后来实际上却变成了有意识的。我想，我只是需要和那个地方保持一定的距离。我和那里曾经有过长时间的亲密接触，我们两者之间的关系，可以说是摇摆不定，分分合合，时断时续。

但我现在不会再这样做了。我要想想办法怎样才能帮到这个患者，然后再问问他是否愿意加入我们的某项研究。我拿到他的 ICU 病房号码，从办公室出发，乘电梯上了几层楼。我走进那间 ICU 病房，看到加里的妻子正靠窗而站，她身后窗外的景色看起来有点眼熟，虽然我一时还拿不准究竟是什么地方让我眼熟。

刚一进房间，我立刻就被加里的严重病情吓了一跳。他浑身充满积液，身上插满了各种管子和各种探针，一台不停运转的透析机代替了他衰竭的肾脏；2 单位（约 240 毫升）的血液正在输入他的血管；刚刚撤下来的呼吸机还放在房间里。同时令我吃惊的是，他的状况和我病情最严重的时候是多么相似。他妻子的眼中流露着痛苦，那种眼神我也很熟悉。

我把自己所做的研究工作以及 CDCN 的情况，向加里夫妇做了一番解释和说明。他们之前就已经对此有所耳闻，并且非常高兴现在能与之发生直接联系。“我们会战胜这个病的。”我对他们说。

他们的眼神逐渐起了变化，我看得出，他们两人都有点感到惊讶。他们告诉我说，本来以为我会年纪很大，用他们的原话来说就是，“冷冰冰的，病恹恹的，总喜欢躲在显微镜后面。”当看到我这样一个完全健康的人走进来，这让他们立刻有了希望，觉得加里也能像我一样，最后康复出院。

我向加里介绍了自己正在从事的一项研究，说他的血样能帮助我们更好地了解这种疾病。在进行大规模的用药治疗之前就能拿到患者的生物样本，这非常少见，所以这种样本非常宝贵。加里同意为这项研究提供血样，从他的表情可以看出，他对自己能够帮上一个大忙感到非常高兴和激动。由于身体极度虚弱，他连手臂都抬不起来，我们只好把必要的文件放到他的手下面，让他潦草地签了个名，以示正式同意。

“我们会战胜这个病的。”我把这句话又跟他们说了一遍。后来，加里告诉我，我那句话里的用词是“我们”，这一点非常重要。和曾经的我一样，当时的加里也觉得 iMCD 让他成为异类，孤独无助。而我的话让加里觉得他自己成为了伟大事业的一员，这个事业的意义要比他自己的更伟大。对此，我感同身受。

我走出加里所在的 ICU 病房，遇到了护士艾什莉，我当年首次发病，就住在这一间 ICU 病房，大部分时间都是她在照顾我。自从那以后，我们还一直没见过。“你是戴维吧？哇哦，你状态很好啊。那就是你住过的病房，你还记得吧？”现在我知道，为什么刚才我一进来的时候，就会看到窗外的景色有些眼熟了。那是我第一次发病住院，很多事情都不大记得了。但我还记得，我两眼盯着窗外，梦想着我要是还能活下来，会是个什么样子。现在，我就站在这里，几年来一切事情开始的地方。

与当初那时相比，很多事情都已发生了巨大变化。当年确诊我的病因用了好几个月的时间，而现在加里入院后两天就能被确诊了。这种变化可不是偶然的，也不是仅凭希望就能实现的。

6 个月前，就在加里的重症监护室所在那条街对面的一栋楼里，我主持了一场 CDCN 的会议，有来自五大洲 8 个国家的共 34 位顶级 iMCD 专家参加，会议的主题是确立 iMCD 的诊断标准。让人意想不到的是，直到本次会议为止，还没有一个公认的对照检查表，可供医生们来确认一个患者是否得了 iMCD。要知道，几乎每一种疾病都有一份这样的对照检查表，而 iMCD 以及卡斯尔曼病的所有其他亚型却都没有。我们用了大约 2 年时间，汇总了 244 名患者的相关数据和生物样本，用来制定诊断标准。总共有 34 名的国际顶级专家参加的这次会议，其进展过程如何缓慢，可想而知。对诊断标准应该包括的内容，每个与会专家都有自己的意见。大家众说纷纭，莫衷一是，有的争论涉及的是一些实质问题，而有的争论则纯属语言障碍产生的误解。但大家都能够时时不忘回到数据本身，最终达成了一致意见，制定了有史以来第一个 iMCD 的诊断标准。后来，我们的工作成果发表在了《血液》杂志上。

这个诊断标准的制定，距本杰明·卡斯尔曼先生关于该病论文的首次发表，已经过去了六十多年。现在，医生们在诊断 iMCD 时，终于有了一份对照检查表。这个对照检查表就相当于一张地图和一套指南，指引着医生们前往正确诊断的目的地。

这个诊断标准的出现，是一个巨大的进步。如果不能对一种疾病做出正确的诊断，那就谈不上去治疗任何一个患者，去拯救任何一个生命。没有诊断标准，还会产生一个问题，那就是没有得卡斯尔曼病的一些人可能会被误诊为得了该病，从而影响该病的医学研究和药物研究的进展，因为这些被误诊的患者会给相关的研究工作带来偏差。正如我们所料，这个新诊断标准的公布，大大缩短了患者的确诊时间，也让诊断过程变得系统化了，从而有助于相关的研究工作。

我面前的患者加里就是一个现成的例子，充分体现了新诊断标准带来的诸多好处。加里的医生建议根据新的诊断标准，做一次淋巴结活检。查看加里活检结果的那个病理学家，恰好也是这个新诊断标准的主要起草者之一。实际上，起草这份新诊断标准的工作内容之一，就是查看 iMCD 患者的淋巴结组织状态。在起草标准期间，这位病理学家和我一起查看了 100 多位 iMCD 患者的淋巴结组织。因此，那天一看到加里的淋巴结，她马上就知道那是 iMCD，而且她还可以用对照检查表来证明自己的判断。

最重要的是，加里能被快速确诊，就意味着他能立刻用上司妥昔单抗（2014 年，FDA 批准将此药用于治疗 iMCD），从而让病情得以逐步好转。比起 2010 年我初次得病之时，现在的治疗可以说发生了根本性的变化。

随着加里病情的持续好转，他给我们也继续提供了多份后续的血样，这样我们就能够实时地进行实验研究。我们在实验中观察到的那些变化令人吃惊：他 T 细胞的激活水平和失控状况，甚至比曾经我的要更高、更严重。这种结果很明显，也很可怕：他是重症 iMCD 患者。我还记得当时自己的各种症状有多么糟糕，看样子他比我还要痛苦。但经过 2 个月的住院治疗之后，他就可以出院了，然后住进了一家康复机构，在那里他要重新学习走路。我们还需要继续分析加里的血样，我也喜欢去探望他，所以会定期开车去找他采集血样。我跟加里说，我会把装着血样的小瓶放在胸前的口袋里，这样在开车回费城的路上就能保持血样的温度。加里说，我这样的做法就像是一只保护小鸡的老母鸡。加里的这番话，让我灵机一动：也许我就是应该坐在血样瓶上开车回去。因为这些塑料做的小瓶子非常结实，是坐不碎的。于是，思考，行动！我真的就那样做了。（后来，我们并没有继续采取这种“老母鸡”式的血样运输方式，因为要确保相同的实验条件，我就需要在我们收集回来的所有血样上面都坐一坐，而这是不现实的。）

加里这一病例让我们觉得是个伟大的胜利。他还能活着，正是因为有了 CDCN、冯·李医生以及我本人发挥了主要推动作用的两大成果：一是如今全世界通用的 iMCD 诊断标准，二是 FDA 批准了司妥昔单抗用于 iMCD 的治疗。这件事情就发生在离我办公室仅几层楼之外的地方，因此我能在现场亲眼看见我们的努力工作带来的这些重大影响。尽管我也会从医生与患者那里收到很多电子邮件，但我还是禁不住会想，全世界究竟还有多少成千上万的、不为我所知的患者，也在从我们的工作中获益。那感觉真是棒极了。另外，从加里血样中获取的那些数据，将会引领我们获得新的洞见和新的发现，从而也能拯救患有其他疾病的患者的生命。

然而，1 个月后，卡斯尔曼病又把我拉回到现实。加里在服用司妥昔单抗期间病情复发。所有治疗都没有效果。于是他开始了“地毯式轰炸”的细胞毒性化疗，这是我再熟悉不过的一种治疗方法。但加里对化疗也没什么反应。加里的重症监护室护士无意中听到我对加里的妻子说，加里还有希望，加里还能挺过去，她就把我拉到一边，说加里都不可能撑过当天晚上了，让我不要那么乐观。

那天晚上，我比平时多拥抱了凯特琳一会儿，并花了更多时间与家人通电话。我终于理解了，这种病让我们的亲人们多么地害怕和无助。然而，令人惊喜的是，化疗终于开始见效了，刚好及时，加里的病情开始好转。到最后，加里康复并能自行走出医院，而且 2 年内都没有复发。我知道，最好不要把一种疾病拟人化，尤其是作为一个医生，更不应该这样做，但我越来越痛恨，无比痛恨 iMCD 这种疾病的混沌本质。这种病的残酷可怕，我们至少是知道的，而且我们也已经能够从它的攻击表现中收集证据，从而了解其背后的发病机制。然而，就像在与我的多次交锋中所表现的那样，这个疾病似乎是在随心所欲地“挑三拣四”，在某些药物面前，表现得温柔怜悯、大发慈悲；而在另一些药物面前，则无动于衷、冷酷无情。而且它还会出其不意，随时卷土重来。这一点也正突显了我们对这个疾病的了解少得可怜。

有时我还会绝望地想，我们对这种疾病了解的速度，永远也不够快。伊莉丝是个小女孩，12 岁，波士顿人，在很多方面都有着同龄孩子的典型特征：在人多的时候，会表现得既沉默寡言，又紧张不安，但在家人和朋友面前，却会表现得完全轻松自在。她喜欢烤蛋糕和饼干，甚至还梦想着将来能开一家自己的烘焙店。但突然间，她开始出现莫名其妙的腹痛和皮疹。多次去看急诊，也未能找出原因。接着，在过完 13 岁生日的 3 天后，她跟妈妈说，自己感觉“不对劲”，这种感觉明显是病情已经很严重了，她先是住院，然后又进了重症监护室。最后，医生诊断她得了卡斯尔曼病。伊莉丝和她妈妈接下来经历了很多事情，就像3年前我和我父亲的经历一样。她的妈妈金去网上搜索“卡斯尔曼病”，但搜索结果也没什么帮助。伊莉丝问医生，自己会不会没事。“嗯，我们对这种疾病的了解还不多，但它不是淋巴瘤，也不是别的癌症，所以我们希望你会没事的。”金付出了自己的一切，紧紧地抓住这个希望。她一直守在女儿身边。接下来的8个月，伊莉丝一直在与卡斯尔曼病抗争，大部分时间都是在重症监护室里度过的，但什么办法也未能阻止这个疾病。这个疾病太残酷无情了。

医生们在这好几个月的时间里，尽了最大的努力，想尽了一切办法，但伊莉丝还是去世了。这不是因为她选错了医院，也不是因为医生们的时间不够多，或者说换个医生就能有其他的什么好办法。即使到了今时今日，基于我们对这个疾病所掌握的情况，同样也没有什么其他的办法。像伊莉丝这样的情况非常普遍，这令人痛心。通过她留给亲朋好友的记忆，就能看出，伊莉丝的确是个很特别的女孩，但她的遭遇却并非特例。我每天都会看看自己办公室墙上她的那张照片，如果活到今年，她就18岁了，可能会烤她最拿手的彩虹糖霜杯子蛋糕。在她的照片旁边，还有其他已故患者的照片，也有仍在与疾病抗争的其他患者的照片。这些照片在提醒着我，我们目前对卡斯尔曼病的了解程度，仍然只是皮毛。

在与卡斯尔曼病的抗争中死去的每一个患者，在这个过程中取得的每一份生物样本，都蕴藏着一些微观线索，这些线索有助于我们去探索这个猛兽般疾病的谜团，有助于我们去了解免疫系统的运作机制，从而通过调节免疫系统来治疗卡斯尔曼病，或者也可能用来治疗其他疾病。通俗点讲，治疗这种疾病的方法，实际上就存在于我们每个人的身体之中，这些线索只不过是在等待被人们整合在一起。因此，我们搜集已故患者的医学数据和生物样本，这是他们留给人间的最后遗产。我们努力地利用他们留下的这些线索，以便更好地帮助后来的患者。

在对抗卡斯尔曼病的这场战斗中，持续为我们提供福泽的，不止伊莉丝遗留下的那些样本和数据。伊莉丝的妈妈金，现在也是 CDCN 理事会的成员，每年都会牵头举办一次摩托车骑行募捐活动。这个活动旨在纪念伊莉丝并募集资金，用来为其他的年轻卡斯尔曼病患者寻找药物与治愈方法。每一天，金都在为生命制造着丝丝缕缕的希望，对此，我们所有人都应该感谢她。

第十八章

未解之谜

传说中的“浮士德交易”是这样的：浮士德是个博士，是个大学者，但他对自己的学问（其实已经非常多了）仍不满足，于是他和魔鬼做了一个交易：他将获得全天下的所有知识，以及随之而来的所有权力和所有快乐，但交换条件是他必须放弃自己的灵魂。这笔交易看起来挺划算的，直到他被一群前来索要他灵魂的恶魔拖进了地狱。

在患卡斯尔曼病之前，我的学业和职业前途一片光明，正朝着近乎无上权威的目标前行。没错，我们现在的时代，虽然总的来说是一个世俗的、个人主义至上的时代，但是，你能告诉我医学上的各种标志和象征，有哪一样不是带有神圣意味的吗？比如，医生的白大褂和医药之神阿斯克勒庇俄斯手中的蛇杖、医院的候诊室和各专业科室、医生的诊断报告、医生的医嘱（虽然字迹潦草却如同戒律一般神圣）。我本来也做好了准备，加入这种近乎“神职人员”的行列，去学习和利用历代前辈们遗留下来的医学知识宝库。我将成为一个关乎生与死的媒介和工具。

后来，我自己的生命变得脆弱不堪，生死未卜，遭受了地狱般的痛苦折磨。所以我就做了常人该做的事，那就是去求助于医学的最高权威，寄希望于医学的至高无上。但我等来的却是错误的答案。我再次求助，等来的还是错误的答案。后来，我虽然也没有死掉，但那不过是因为我命大。

于是，我不再相信医学无所不知，也不再相信医生无所不能。

我这等于是把“浮士德交易”的过程倒过来了。

我不再相信任何一个机构能够知道所有问题的答案，也不再相信它能代表全世界现有的全部知识。我不再被动地希望和等待别人给我解决问题的办法。我没有再去求助更高一级的权威，指望借助它那神奇且神秘的力量来获取知识，而是自己去阅读相关的书籍，复查已有的研究成果，研究多种蛋白质的功能。我要做的功课还有很多。

我后来又经历了几次更加可怕的复发，但都挺了过来，然后就好像进入了一个缓刑期。对此，我的态度已经非常现实。没错，我现在所处的这个时期，就是一段缓刑期。

不过，这种倒放版的“浮士德交易”，还有它的另一面。一开始，我只是想着拯救自己的生命。而现在，我正在努力拯救更多的人。这种感觉就好像我的灵魂边界扩大了，并且与他人的灵魂发生了接触，而且这种接触方式是我从来都没有预想到的。这可不是像浮士德那样，为了短期的利益而不顾长期的后果。我放弃了相信全知全能存在的可能性，忍受了现实生活的万般苦难，我因而得到了一个回报，这个回报就是我拥有了一个更加宏大的生命，一个与他人更加紧密相连的生命，我也因而拥有了一种与他人命运与共的责任感。我得到的回报如此之大，简直让我无法想象。不过很多时候，我所得到的回报仍然少于我想要的。

紧随我之后试用西罗莫司的患者，是个 5 岁的小女孩，名叫凯蒂。她被确诊的时候才 2 岁，这正是喜欢童话公主、初次体验世界的年龄，经历各种各样的人生第一次，比如玩泥土、和哥哥一起玩耍等。但对凯蒂来说，这些经历都被迫取消了，以保护她那脆弱而反复无常的免疫系统。医生跟凯蒂的家人说，他对卡斯尔曼病没有什么经验，只是在网上下载并打印了一些模棱两可的所谓"资料"（那时卡斯尔曼病的诊断标准还未公开发表）。不过，那个医生倒是十分清楚，比起成人患者，大家对卡斯尔曼病的儿童患者，了解和研究得甚至还要更少。可想而知，凯蒂的父母都万分惶恐。最终，他们找到了 CDCN，向我们求援。我们成功地帮助凯蒂联系到了她们当地的一位专家，不过尽管那个专家尽了全力，但似乎没有什么效果。4 年来，凯蒂错过了很多正常生活。她经历了多次治疗失败，14 次住院。她忍受了多次手术治疗、免疫抑制治疗、各种化疗，也都无济于事，病情始终没有得到缓解。后来，她又开始接受细胞毒性化疗，这在一定程度上缓解了她的症状，但却限制了她身体的能量水平，妨碍了她的正常发育，并且还导致了一个严重副作用——出血性膀胱炎。这使得她被送进医院，需要通过经外周静脉穿刺的中心静脉导管连续输液9个星期来进行治疗。

在用尽了一切办法之后，凯蒂的医生参考了我的病历和资料，决定给她也尝试一下西罗莫司。如今，凯蒂虽然还没有百分之百地康复，还会继续经历一段痛苦的日子，但西罗莫司已经显著提高了她的生活质量，在过去的一年里，她没有再住过一次医院。她有了更多的精力，可以奔跑、可以大笑、可以玩耍，这要比她之前4年的全部活动还要多。健康状况的大幅改善，意味着凯蒂有能力，也有精力从幼儿园毕业了。凯蒂甚至在今年学会了骑自行车。骑自行车这一点，并非我们的临床试验需要跟踪的一项指标，但对父母来说，孩子会骑自行车了，这与其他任何一项指标同样重要。简而言之，凯蒂终于可以重新做回一个儿童了。凯蒂的康复也激励了她的母亲米列娃，米列娃加入了CDCN的战斗行列，作为志愿者负责我们的患者参与工作。安慰已故患者的家属、鼓励患者加入我们的队伍等各种事情，她都会积极去做。

在我患病的初期，对我来说，卡斯尔曼病还只属于个人恩怨，因为我在跟它搏斗。而现在，卡斯尔曼病对我来说更加是个人恩怨了，因为我已经与像凯蒂这样深受其影响的众多患者们，结下了一种密不可分的关系。看到凯蒂现在的状态如此之好，这让我和我的同事们都感到极大欣慰。

因此，等到下一次有人再试用西罗莫司，又把它当作救命的最后一棵稻草的时候，我的信心就更大了，期望也更强烈了。丽莎是个 14 岁的女孩，住在科罗拉多州。她曾十分健康，爱好骑马、体操和田径，因为得了 iMCD，短短几天内就告别了健康与活力，身陷重症监护室，境况悲惨。她的所有器官都在衰竭，全身充满积液，失去知觉。阻断白细胞介素 -6 没起作用，“地毯式轰炸”的联合化疗也没起作用。唯一能维持她生命的，就是呼吸机和透析机。医生决定试用一下西罗莫司，同时其他药物也照用。她先是出现了一点极其微小的好转迹象，但随后状况就急转直下。多轮的化疗和全剂量的西罗莫司仍然没能让丽莎挺过免疫系统对她自身的攻击。入院 3 个月后，她就去世了。特发性多中心型卡斯尔曼病又赢了一局。大家都已经尽力了，也没有什么别的办法了，但这并不能让大家感到好受一点。目前来说，西罗莫司也许是我的灵丹妙药，但显然它并不是所有人的灵丹妙药。我知道，首批试用西罗莫司的几个患者当中，有的好转了，有的没有。这种结果显然还不够好。换句话说，西罗莫司对我有效（至少在我写下这页文字的时候，它还是有效的），但这还不足够。

为什么西罗莫司对有一些人有效，对另一些人却无效？

还有哪些其他的问题，是可以用新的治疗方法来解决的？

为了回答这些问题，我开始不停地工作。最近，我把关于 T 细胞、VEGF 和 mTOR 的有关数据全都整合到了研究经费的申请文件当中，并且获得了 NIH 的资助，这可是有史以来第一个用于研究 iMCD 的 R01 资助，也是 iMCD 研究首次获得联邦资助。我们将把这项研究经费用于推进对 iMCD 相关的 T 细胞、VEGF

和 mTOR 的了解，其中也包括对使用司妥昔单抗没有好转的患者进行西罗莫司的临床试验。我们希望了解西罗莫司治疗 iMCD 的有效性，同时也探索其他潜在的新治疗方法。

不久前，我在阅读自己的一份病历时，注意到页面的最上方有一串编码，不知什么含义：D47.Z2。这是 ICD 编码，来自美国医疗保险和医疗补助服务中心，这种编码也是一个庞大分类系统的组成部分，医疗系统都有赖于它。我认为我不知道这个 D47.Z2 编码的含义情有可原，因为有些编码真的细分到了过于极致的程度，非常令人费解，给你看几个例子：V91.07XD，代表被着火的划水橇板烧伤；V97.33XD，代表第二次被吸进了喷气式发动机里（注意哦，是第二次！）；W61.62XD，代表你被一只鸭子打了……诸如此类。

为了搞明白，我上网搜索了一下，D47.Z2。结果表明，它代表卡斯尔曼病，这正是我们这种病的 ICD 编码。

在我最初被确诊的时候，卡斯尔曼病还没有它自己的专属编码，总是被冠以一个杂项编码，而在这个杂项编码之下，包括很多种难以归类的其他疾病。但现在不是了。这倒不是说，在我生病之前，给不断发生的着火滑水橇板烧伤以专属编码的主张（或者说患者人数）比较多，只不过是因为与主张专属编码的着火滑水橇板烧伤患者人数相比，主张分配专属编码的卡斯尔曼病患者的人数，还要更少。而且，如果没有弗里茨·冯·李、CDCN 的同事们和我在 2014 年的积极游说，最后说服了美国医疗保险和医疗补助服务中心，那么这个专属编码到今天依然不会存在。必须得有人去把希望化为行动，专属编码这件事才能成为现实。很多时候，如果你自己不去做，那往往就没人会去做。

一路艰辛，一路坚持，我们能有今天的这些成果，真是不容易。

在 CDCN 诞生之前，人们与卡斯尔曼病之间的战斗，有点类似于当年美洲殖民地居民在对抗英国人的同时，还在相互厮杀，内斗不断。（在此我要向我的牛津同事以及我在英国的合作伙伴们道个歉，在这个比喻中，我把“英国人”比作了卡斯尔曼病。）要不是那些殖民地居民团结在了一起，他们可能就永远也不会击退英国人了。CDCN 将各自为战的研究人员团结在了一起，而且还招募了新的研究人员，大家追求一个共同的愿景，采取一致的方案计划，这样取得的成果自然要比各自单打独斗强得多。

过去的研究往往只能对少数几个卡斯尔曼病患者血液中的某一种分子（比如白细胞介素-6）进行测量，而现在，通过我们这个 CDCN 网络，大家可以分工协作，做到了能对来自全世界的生物样本都进行研究，测量的数据点也比过去要多得多。举一个最新的例子：弗里茨和我目前正在分析一项蛋白质组学研究的结果，该项研究测量了来自 100 名 iMCD 患者、60 名相关免疫性疾病患者和 40 人的健康对照组的 362 份血液样本中的 1 300 种蛋白质水平。对该研究结果数据的初步审核表明，我们提出的模型至少在一个方面是正确的：iMCD 涉及的细胞因子有很多种，绝非仅仅一个白细胞介素 -6。别忘记这个道理：如果不是你想找的东西，你就会视而不见；如果你不去测量一个东西，你就不会知道它是什么。数据还表明，iMCD 似乎确实处于自身免疫病和淋巴瘤的交叉地带。弗里茨和我是 CDCN 科学顾问委员会的现任联合主席。他负责领导所有卡斯尔曼病患者的治疗工作，提供专家指导意见，而我则负责转化医学的研究工作。我们仍然经常会在数据的理解上有不同看法，但不同看法对科学来说是至关重要的。我们之间的争论和讨论，能让我们更加趋近问题的正确答案。有时我们也会在事后一起喝杯啤酒。我们俩首先是工作和事业上的同事，其次才是朋友。当然，碰巧他也是负责给我看病的医生。

为了确保 CDCN 能做好准备，有条件开展蛋白质组学研究这种大规模研究项目，我们制定了一个多管齐下的战略。首先是创建一个生物样本库，来不断地收集样本和患者数据。这些样本可以预先储存起来，等到我们网络众包到一个好的点子，就可以开始一个新的研究项目；或者等收集到的样本数量足够了，就可以重启某个暂停中的研究项目。我们仍然会继续向医生和研究人员征求样本，但我们也已经发现，直接向患者征求样本效率要高很多，就像我们在疾病注册登记的研究中那样直接获取患者数据，可以提高效率。要想协调好各个研究机构，做到样本共享，需要付出巨大努力，还要用上我在商学院学到的那些本事，包括谈判技巧、战略决策和管理经济学。好在患者们都希望自己能成为解决方案的一部分，因而都会主动奉献自己（字面意义上的奉献），贡献出他们的血液样本与组织样本。常有患者在社交媒体上留言，说 CDCN 是他们治愈疾病、回归正常生活的唯一希望。实际上，这些捐赠生物样本、患者数据以及赞助资金的患者们，才是 CDCN 研发治愈方法的唯一希望。

一有机会，我们就与科技公司和制药企业进行合作，开展大规模研究项目。Medidata 是一家提供机器学习和数据分析工具的科技公司，借助他们的技术和工具，我们得以从蛋白质组学研究的 50 万个数据点中，找到具有临床意义的发现和洞见。制药行业中确有少数的害群之马，常常导致整个行业群体被妖魔化，其实这些制药企业在积德行善方面也拥有着巨大的能量，比如为医学研究提供资金帮助、数据资料和生物样本，而这些都是促成医学研究突破的基本要素。获得这些要素资源需要付出极大的努力，因而往往也就限制了医学研究的进展速度。此外，在生物医学研究领域的所有参与者当中，只有制药企业才是研发药物的，而有了药物才能谈得上治病救人。挽救患者生命是医学的终极目标，我们永远也不该忘记这一点。

在治疗 iMCD 方面，我们已经取得了几个重大突破，目前仍在与世界各地的合作者一起开展几项重要课题的研究，目的就是要确定该病的病因、关键细胞类型、信号通路和潜在的新型治疗方法。CDCN 第一个跨机构合作研究的成果表明，病毒感染很可能并不是 iMCD 的病因。这项研究成果，是在哥伦比亚大学号称“病毒猎手”的研究人员带领下取得的。现在，我们又把研究方向转到了遗传学，并已经确定了几种突变作为研究对象，看看它们是否是 iMCD 的可能病因或诱因。这些研究线索都来自 CDCN 国际性研究计划的另一个优先项目：基因组测序研究。是我沃顿商学院同学们的 4 万多美元捐款，使得这项研究成为可能。目前，多个独立研究人员正在研究这些基因组改变在 iMCD 中的潜在角色与作用。

我是 iMCD 基因组改变的研究成员之一，同时也是确诊了免疫调节基因发生突变的患者之一。我们研究的这个免疫调节基因，作用相当于 T 细胞的一个开关。这个基因的突变，可以解释我的 T 细胞失控以及 iMCD 的发作。但是，要弄清楚这个突变究竟是真正的病因还是一个幌子，并不简单，它不会让你一眼看穿，想套取它的真相绝非易事。实际上，我们人类基因组中存在着成千上万的罕见变异，而这些罕见变异通常并不会带来任何影响。实际上，要想把那些真正能引发疾病的基因变异与没有任何影响的基因变异区分开来，简直要比从一堆干草里找出一根针还要困难。如果想更准确一点来形容，应该这么说：这个寻找过程，更像是要从一个干草堆里找出某一株干草，而这株干草与干草堆中的其他 30 亿株干草几乎一模一样。它要真是一根针那就好了！

我们知道，我从父母那里分别遗传了突变基因的一个副本。在我母亲去世 10 年后，我们仍然能够确定她的 DNA 序列，因为她曾经参加过一项临床试验，被采集了几管血液，但却从未被研究过。我对那个临床试验和抽的那几管血很清楚，因为在给母亲抽血时是我抓着她的手（和大姐丽莎一样，母亲也害怕打针）。当时，母亲已经同意将她的血液用于未来的研究，也同意分享给其他的研究人员。我知道，母亲那时根本不会想到，这个未来的研究竟然会是由她自己的儿子来做的，也想不到从她血样信息中获益的会是她自己的宝贝儿子。不过，我认为我们俩谁也不会想到过去的 15 年来，我们家所发生的这些不幸的事情。

罕见变异在什么情况下才会诱发或直接导致某种疾病，要搞清这个问题，可以尝试采用一种办法，那就是将患者身上发现的那种基因突变引入到小鼠的胚胎。小鼠出生后，我们就可以将它们的显性性状或具体特征，与那些除突变之外在遗传上完全相同的小鼠进行比较。如果带有那种突变的小鼠表现出与患者相似的特征，而不带有那种突变的那些小鼠却没有类似表现，那就说明我们猜对了。我实验室的博士生露丝 - 安 · 兰根，目前就正在研究和我具有完全一样突变的小鼠，目的就是研究这种基因在 iMCD 中的潜在角色。我们都亲昵地称呼这些小鼠为“小戴维”。我们充满希望，因为我们觉得目前的研究已经有了一些眉目，但我们也非常现实，因为我们都知道成功之路依然漫长，尤其考虑到迄今为止，在其他 iMCD 患者身上还都没有发现我身上的这种基因突变。

现在，每天都会有医生或患者联系我，询问卡斯尔曼病的治疗方法及其发病机制。我说“我们不知道”的次数，比之前少了很多，但有时候还是不得不这样说。或许我工作中最令人欣慰的一点，就是我们正在与其他罕见病群体分享我们的网络研究运作模式，这样他们就可以跟随我们的足迹，一步步建立以患者为中心的协作网络，以众包的方式找到并开展最有前景的研究。再也没有各自为战、互不通气的研究壁垒。我们希望在有人问起其他罕见病时，“我们不知道”的这种回答也能越来越少。

我们也会借鉴其他种类疾病的已有研究成果。最直接的一个做法就是，根据我们的借鉴和研究结果，在已经被批准用于治疗其他疾病的药物中，确定并推荐出候选药物，作为潜在的“超说明书用药”来治疗卡斯尔曼病。想想看，从发现 iMCD 患者的白细胞介素 -6 水平会升高，到 FDA 首次批准针对白细胞介素 -6 的治疗药物，这中间用去了 25 年之久。再想想看，FDA 已经批准的药物总共约有 1 500 种之多，这些药物被用于治疗各种疾病，而可能就在明天，甚至就在今天，这些药物也将可以被首次用于治疗没有任何 FDA 批准的治疗药物的那些罕见病。大约有 3 000 万美国人患有某种罕见病，而罕见病的种类总共约有 7 000 种。

究竟还有多少种已经存在的、可以用来救命的药物，还在等着被我们用于那些致命疾病呢？

下面我就来给你讲讲其中的一种。

我的叔叔迈克尔，确诊了转移性血管肉瘤，这是一种预后很差的罕见癌症。我陪他去看了一位顶级的肉瘤肿瘤专家。这个肿瘤专家告诉我叔叔，他现有两种治疗方案可选，而且很可能他只能再活一年了。我问医生，会不会把我叔叔的肿瘤送去做癌症基因检测，看看是不是能找到某种基因突变，以便采用已被 FDA 批准的用于其他形式癌症的药物，来进行针对性的治疗。

我叔叔的医生告诉我，他不打算安排癌症基因检测，因为这种检测很少能得出什么有价值的信息。尽管基因检测的结果在多数情况下对于诊断和预后都有一些参考价值，但真正能影响到治疗方案选择的检测结果，占比不到 10%。

*那万一我叔叔就正好属于那不到 10% 的情形呢？*我心里想。

接着我又问医生，会不会给叔叔的癌症做程序性死亡受体配体 1（programmed death-ligand 1，PD-L1）的检测，如果检测结果为阳性，就可以使用 FDA 已批准的 PD-L1 抑制剂，或者使用它的受体 PD-1 的抑制剂来进行治疗。PD-L1 多见于癌细胞表面，它是致癌基因突变和 DNA 受损所造成的结果。它是一种细胞蛋白质，不仅可以把癌细胞隐藏起来，从而躲过免疫系统的侦测，而且实际上，它还能导致前去攻击癌细胞的免疫细胞的死亡。因此，对那些 PD-L1 升高的癌症患者来说，通过抑制 PD-L1 或它的受体，可以使免疫系统识别出癌细胞并将其杀死，而免疫细胞本身不会被杀死。至于我叔叔的 PD-L1 是否偏高，或者阻断它是否会对我叔叔有所帮助，还都不好说，只能孤注一掷，奋力一搏。而医生不想安排基因检测，理由是 PD-L1 还从未被人在血管肉瘤或任何其他形式的肉瘤中研究过，阻断 PD-L1 或其受体的药物也从未有人在这些癌症上使用过，所以他不打算安排检测，也不打算考虑使用那个药物。

“即使检测结果是阳性，但很可能那个药物也没有效果。”医生在继续找理由，“另外，那个药物也贵得要死。”

但如果你不去试一试，你就不知道它会不会有效果，我心想。总得有人去做第一次尝试吧。而且你刚才也跟我叔叔讲了，他的时间不多了，可以做的选择也不多了。另外，你凭什么说这个药对别人来说就是贵得要死呢？

看完了这个医生，我鼓励叔叔再去找一个肯给他安排基因检测的肿瘤专家，叔叔照做了。之前的那个肉瘤肿瘤专家有一件事倒是说对了：我叔叔的基因检测结果，并没有什么大的发现。癌细胞的遗传密码中没有发生任何突变，因此也就无法利用现有药物加以针对性治疗。不过，我叔叔的癌细胞对 PD-L1 表现出非常明显的阳性，那些癌细胞就被包裹在其中。那么，阻断 PD-L1 是否能治好他的癌症呢？现有两种针对 PD-L1 受体的药物，已经被 FDA 批准用于治疗肺癌和黑色素瘤。此后不久，叔叔就开始使用其中的一种来进行治疗。据我们所知，叔叔是第一个接受这类药物治疗血管肉瘤的患者。用药后，叔叔的各种症状、检测结果和肿瘤尺寸，都得到了极大的改善。我希望本书出版之日，也是叔叔整整 3 年都没有发病之时。当然，没人可以保证他的未来就万事大吉了，但用迈克尔叔叔自己的话来说，“每过一天，都是生活赐予我的礼物”。现在，我叔叔的这一成功案例，已经促成了这种药物和其他类似药物的“超说明书用药”，以及相关的几项临床试验，这必将帮到更多的血管肉瘤患者。

到底还有多少种这样的药物，正躺在药店的货架上等待人们的发现呢？遗憾的是，很少有什么可行的激励手段，能给制药企业以足够动力，以使他们肯投入巨额资金开展临床试验，来研究并确定某种已经获得 FDA 批准的药物，是否也对一种罕见病有效。即使已经进行了一些临床试验，相关的结果数据也很少会被提交给 FDA 去批准它的新用途。因为临床试验研究的整个过程实在太过昂贵、太耗时间了，而且那样做对制药企业来说，还有潜在的不利一面：如果这种药物在罕见病的临床试验中引起了新的副作用，那么它所拥有的适用于原先疾病的批准文件就会有被取消的风险。这简直就是费力不讨好的赔本买卖。我们应该鼓励那些临床试验研究，去尝试使用已获得批准的药物来治疗那些别无选择的患者。我和我叔叔都是活的例证，可以证明对很多患者来说，其实还是存在着很多选择的，只是暂时还没被我们发现而已……

此时此刻，在我写下本书这些文字的时候，我的健康状况是自从 2010 年我生病以来的最佳状态（尽管我已经不锻炼身体了——并非因为我不能锻炼，而是因为我想要把全部精力都投入解开这个疾病的谜团之中，投入陪伴凯特琳以及我所爱的其他人之中）。在得病的前三年半里，我五次发病，五次接近鬼门关。但自从我掌握了主动权，自己主导自己的治疗方案，五年了，我一次都没有复发过，这是自确诊以来我健康状态维持得最长的一段时间。这段缓解期的持续时间差不多是我之前缓解期平均值的 7 倍。我能够自信地说，西罗莫司正在延长我的生命。这个药其实就在我的身边，就在离我不到 1 英里（约 1.6 千米）的药店即可买到，但之前却从来没有人想过去用它，细品一下这种事，真让人不胜唏嘘。有时候，问题的答案往往就在我们的眼皮底下。

不过，我们与这个病魔的战争还远未结束。这不是最后的胜利，因为我们还没能彻底治愈卡斯尔曼病，众多患者仍在遭受着它的折磨。近来，随着媒体对我们工作的报道，我收到了很多电子邮件，大家纷纷祝贺我“治好了自己的病”。遗憾的是，大家的祝贺还有些过早。如果用橄榄球来打比方的话，没错，在 2012 年的时候，我们被对手逼得步步后退，已经退守到了己方的得分线附近，可以说，差不多可以宣告比赛结束了。然而，我们迎难而上，重新发动了进攻，一路猛打猛冲。如今，我们正在夺回中场。我们已经锁定了好几个研究课题和研究方向，这些目标都非常具有前景。但时间不等人，我们还需要大家的帮助，去追寻治疗的办法。我们还有很长的路要走，我和其他千万个患者，还要继续与这种疾病斗争下去。而且我知道，如果我们自己不继续努力，那么就也没有别人会去努力。

我也清楚，自己还没有完全脱离危险，我的病随时都可能复发。离上一次复发越来越远，就意味着可能离下一次复发越来越近。不过，尽管如此，如果我真的再次发病，那也和以前不一样了，因为现在医学界对 iMCD 的认知程度和治疗方法已经不可同日而语，而且我本人也跟以前大不一样了。我已经充分明白了以下这两者的不同：“怀有希望”与“永不放弃希望”，后者是母亲钱包里的那个剪报上所写的。这两者之间的意思差别巨大，大到就像单纯许愿与付诸行动之间的鸿沟一样。我现在努力进行的所有工作，就是力争在下一次复发之前能揭开这个疾病的谜团。作为一个普通人类，我已经竭尽了全力。明白了这一点，我就少了很多忧虑，心里也不再老想着这个疾病什么时候会卷土重来，或者再大胆一点说，也许它再也不会卷土重来了。真到那一刻来临之时，我不会有任何遗憾，因为我已经全力以赴抗争过了。而且到了那个时候，我肯定也已经享受过了这段人生赛道上的每一刻，那追寻希望、向往生命的每一刻。

后记

我认为我是非常幸运的。

从字面意义上来说，我并非总是幸运的，因为显然我在健康方面的运气就不太好。但一路走来的痛苦与挣扎的经历，让我摆脱了心灵上的羁绊，让我能听从激情的召唤，并赋予我内心平静与安宁，因为我知道我已经充分利用了自己有限生命中的每一天。现在的我，心中有了一种难以言说的强烈使命感，我感觉自己似乎拥有了一种生病之前根本无法想象的力量。现在的我，领导着一支能征善战的对抗疾病的队伍，我密切关注着这些在我激励之下的人们正在对那个疾病发起反击，那个疾病差点要了我的命，而且在全世界范围内仍然继续威胁着生命、缩短着生命。

2018 年 8 月 19 日，我再一次迎来了好运。我急匆匆地穿过宾夕法尼亚大学医学院的走廊，就像以前我也曾多次走过一样。之前，我曾去给一个患者做心肺复苏（没有成功），曾去给乔治做第无数次的精神状态检查，并让他和他女儿重新建立了联系（成功了），曾去那间本杰明·富兰克林曾经待过的书房里打个盹儿，充充电。我甚至还与一个保安擦肩而过，这个保安我早先在这家医院实习时曾无数次遇见过他。但这次不一样了。凯特琳和我一起在医院走廊里快步走过，我们来这里是为了生我们的第一个孩子，一个新的 AMF，Amelia Marie Fajgenbaum（阿梅莉亚·玛丽·费根鲍姆），这是我女儿的名字。这一天，距我躺在 ICU 里希望并盼着自己能够活下来，有一天能和凯特琳共育子女，刚好 8 年整。而且巧合的是，31 年前凯特琳也是在这家医院出生的。在这家医院，我看过了太多人生悲剧；在这家医院，我接受了医学的训练，锻炼了才干；而今天，同样在这家医院，我看到了一个新生命，我女儿的生命。

我这辈子只有过五次喜极而泣的时刻：当我母亲在做完脑部手术后开玩笑地说，她自己看起来就像那个香蕉广告中的“金吉达香蕉夫人”；当我在乔治敦大学的新生研讨会期间，得知母亲的磁共振成像检查结果很好；当凯特琳答应了我的求婚；当增加了静脉注射免疫球蛋白治疗之后，我终于扭转了局面，卡斯尔曼病得到缓解；当我第一眼看到我的女儿阿梅莉亚。但我的喜悦之情一直停不下来，女儿阿梅莉亚在小小年纪，就已经给我们带来了太多欢乐，太多超出我们想象的欢乐。

这一切的发生，需要有很多条件，有很多原因。总的来说，是因为我把想与凯特琳一起生活，一起生儿育女的这个希望转化成了行动，转化成了能让我得以存活下来的一系列行动；是因为我不再相信和指望圣诞老人，因为我明白了我想要的东西不可能自己出现在圣诞树的下面，除非是我把它放在那儿的。具体一点说，是因为凯特琳又接受了我，让我重新回到了她的生活，而且还是在我对她大大咧咧、不够上心之后；还有，是因为凯特琳原谅了我，原谅了我在生病时让两个姐姐拦着她不让她来看望我。

我希望在本书出版之时，距我上次发病的时间能超过 5 年。我不知道我这个希望能否实现，但我一直在竭尽所能，全力以赴，确保自己的希望能够成为现实。我不禁觉得，对我和我的家人来说，这又是新一轮的加时赛。

致谢

我与病魔展开角逐的这段历程，看起来完全发端于我在 2014 年初做出的那个决定。但这绝不只取决于那一个决定，也不只关乎我一个人。在最艰难的时候，如果没有支持和帮助我的家人；如果没有那样一个总是鼓励我的各种梦想与疯狂念头、让我有勇气去质疑和挑战我所患疾病治疗现状的母亲；如果没有 CDCN 组织里面的医生、研究人员、志愿者和支持者们组成的队伍与我并肩作战；如果没有那么多卡斯尔曼病患者将他们的希望寄托到我们的身上，慷慨提供血样、病历数据和捐献资金；如果没有那么多人互相鼓励和彼此祝福，同时付诸行动，在我生病的时候来探望我、参加 CDCN 的各项活动、为我们的研究项目贡献资金和付出时间，就不会有我的今天。是这些了不起的人们，在推动着他们自己的希望与我的希望一步一步走向了现实，让生命的每分每秒都有收获，每时每刻都充满希望。我要衷心感谢这个了不起的伟大团队，你们所有人对我的支持，是任何事情都无法比拟的。如果我不小心在下面的感谢名单中遗漏了谁，我在此先表歉意，我对在这场战斗中做出了贡献的每一个人都满怀敬意。

首先，我要感谢我的好妻子凯特琳、我的父亲大卫·费根鲍姆医生、二姐吉娜·费根鲍姆·库姆斯、大姐丽莎·费根鲍姆、二姐夫克里斯·库姆斯（Chris Combs）和内兄迈克尔·普拉泽尼卡（Michael Prazenica），以及岳父伯尼·普拉泽尼卡（Bernie Prazenica）和岳母帕蒂·普拉泽尼卡（Patty Prazenica），感谢你们在我最艰难的日子、在我最幸福的时刻、在我与病魔角逐的路上，都给予了我无条件的爱。我要感谢你，我美丽的女儿阿梅莉亚，在你出生之前，我就梦想着有一天能有你，这个梦想激励着我一路与病魔斗争，我也梦想着未来能继续陪伴你，这一点以后将继续激励着我。我永远感激我的外祖父母与祖父母，帕特里克·菲茨威廉（Patrick Fitzwilliam）和格蕾丝·菲茨威廉（Grace Fitzwilliam），哈利·费根鲍姆（Harry Fajgenbaum）和克劳迪娅·费根鲍姆（Claudia Fajgenbaum），是你们教会了我，家人才是人生中最重要的。帕特里克，你从传达室里一路奋斗，最终成了首席执行官，你是我人生的榜样，让我明白只要勤奋努力、尊重他人，就一切皆有可能。我无比感激特立尼达的所有姨妈、舅舅以及堂表亲们，你们总让我想起母亲，也提醒着我保持生活平衡的重要性。我要感谢我的堂弟菲利普·费根鲍姆（Phillip Fajgenbaum），从小在瑞文斯克罗夫特的橄榄球赛事中帮忙，到长大后身穿乔治敦大学橄榄球队的行头，你一直都在身边支持我。迈克尔·费根鲍姆（Michael Fajgenbaum）叔叔和西尔维娅·费根鲍姆（Sylvia Fajgenbaum）婶婶，非常感谢你们来医院看我，给我支持。

我十分幸运，能有那么多非常棒的好朋友，就如同家人一般。在我与疾病角逐、寻求治疗方案的征途中，是你们的爱，在方方面面帮助了我。我要感谢我最好的朋友本·切森（Ben Chesson），从我们的少年时代开始，你就一直给我帮助，提供建议，你是我开心快乐的源泉。我们也是彼此第一个孩子的教父，这对我意义非凡。凯丽·切森（Kelli Chesson），谢谢你总是对我们的笑话不吝大笑，谢谢你成为我和凯特琳的好朋友。感谢我的教母，夏洛特·哈里斯（Charlotte Harris），以及你的家人史蒂夫·哈里斯（Steve Harris）、蒂芬妮·斯内登（Stephanie Sneeden）和康纳·哈里斯（Conner Harris），你们每一个人的存在，使这世界变得更加美好；我也很感激你们成为我的榜样，教会我怎样才能把人生过得有意义。苏卡托（Zuccato）一家，我永远不会忘记在最初的日子里，是你们相信我，相信 CDCN 能有所作为，那时候甚至连我自己都还没有那种信心。你们在很多方面做出的贡献，帮助我们将梦想变为了现实。

玛乔丽·雷恩斯（Marjorie Raines），你是我见过的最有爱心、最为慷慨的人之一。通过你的儿子戴维和他的为人，你让我想起了自己的母亲，对此我并不感到惊讶，人生中能有你的存在，是对我最大的祝福。埃兰娜·阿姆斯特丹（Elana Amsterdam），在我认识的所有人中，只有你和我一样，特别喜欢谈论免疫系统和细胞因子；尤其是，我喜欢与你一起头脑风暴，深入思考如何将免疫系统的研究成果转化为免疫系统疾病患者的治疗方法。托尼·雷斯勒（Tony Ressler），与你在乔治敦初遇的情景，我将长久铭记。是你发现了我有领导者的潜力，能激励和带领他人；我感激你的指引与建议，使我的潜能得以发挥。格伦·德·弗里斯（Glen de Vries），你永远心怀患者、帮助患者，不停追问自己还能再做些什么，来支持我们对卡斯尔曼病的斗争并且付诸行动！我无法用语言来表达你所做这一切的重要意义。

在乔治敦上大学期间，我母亲去世，那是我年轻生命中最艰难的一次遭遇，然而，大学这个大家庭里的朋友们帮我挺过了痛苦悲伤，让我享受到了一段最美好的时光。我永远感激格雷格·戴维斯（Greg Davis）、利亚姆·格拉布（Liam Grubb）、瑞安·丁斯莫尔（Ryan Dinsmore）、皮特·费希尔（Pete Fisher）、凯特·弗雷德里克森·温特（Kate Fredrikson Windt）、马特·赞贝蒂（Matt Zambetti）、约翰·兰卡斯特（John Lancaster）和玛格丽特·法兰·格里芬（Margaret Farland Griffin）。感谢你们让我明白，陌生人可以多么迅速地成为亲密的朋友，而这种亲密关系又可以多么地持久。弗兰·巴克利（Fran Buckley），作为我的“乔治敦母亲”，你对我的帮助与照顾，我的母亲也一定会十分感激。约翰·格莱文博士（Dr. John Glavin），你总是督促我要“心怀远大”，这鼓励了我将 AMF 发展壮大到乔治敦以外的地方。贝蒂·雅各布斯博士（Dr. Bette Jacobs），作为大学院长、AMF 理事会成员和 CDCN 理事会成员，是你教会了我什么是通情达理式的领导风格。我十分感激鲍勃·本森教练（Coach Bob Benson）、乔·穆尔黑德教练（Coach Joe Moorhead）、罗布·斯加拉塔教练（Coach Rob Sgarlata）和2003—2006年度乔治敦大学橄榄球队的所有队友，感谢你们给予我的支持和教给我的人生经验。感谢AMF这个大家庭的所有成员，这个组织从乔治敦发起，逐渐扩展到了全国，在此我要尤其感谢马西·戈登（Marcie Gordon）、基里·汤普森（Kiri Thompson）、乔治·阿普利安（George Apelian）、艾伦·弗洛姆（Allan From）、加里·哈尔克（Gary Hark）、托尼·塔莱里科（Tony Talerico）、帕特·莫雷尔（Pat Morrell）、乔希·海蒙德（Josh Haymond）、娜塔莎·加西亚（Natasha Garcia）、肯·马丁（Ken Martin）、艾莉森·马尔蒙·马霍瓦尔德（Alison Malmon Mahowald）、菲尔·迈尔曼（Phil Meilman）、戴维·鲍克（David Balk）、凯利·克雷斯（Kelly Crace）、埃勒纳·丘皮特（Illene Cupit）、罗宾·兰兹（Robin Lanzi）、希瑟·塞拉蒂-西布（Heather Seruaty-Seib）、安德烈亚·沃克（Andrea Walker）、弗兰·所罗门（Fran Solomon）和基特·麦康奈尔（Kit McConnell），感谢你们对我的支持，对全国各地处于悲痛之中的大学生们的支持。

跟在乔治敦大学时一样，我在宾夕法尼亚大学医学院上学的日子也是苦乐参半，快乐的巅峰有多高，痛苦的峡谷就有多深。无论发生什么事，由帕特里克·乔戈夫（Patrick Georgoff）、格兰特·加西亚（Grant Garcia）、格兰特·米切尔（Grant Mitchell）、罗恩·戈兰（Ron Golan）、杰夫·尼尔（Jeff Neal）、杰森·赫德（Jason Hurd）、以利沙·辛格（Elisha Singer）、丹·克雷默（Dan Kramer）、弗朗西斯科·桑切斯（Francisco Sanchez）、埃蒙·麦克劳克林（Eamon McLaughlin）、阿什文·默西（Ashwin Murthy）和邓肯·麦凯（Duncan Mackay）领导的“宾医俱乐部（PMBC）”总能让我笑逐颜开。宾夕法尼亚大学医学院的全体教师和管理层，比如海伦妮·温伯格（Helene Weinberg）、乔恩·莫里斯博士（Dr. Jon Morris）、盖尔·莫里森博士（Dr. Gail Morrison）和阿瑟·鲁宾斯坦博士（Dr. Arthur Rubenstein），帮助我在一次又一次的病休之后重返校园，让我能够与疾病展开角逐，追寻治疗方法。阿瑟，你就像父亲一样，给予了我无微不至的生活关怀与事业指引。

在沃顿商学院，我最先向安德鲁·汤（Andrew Towne）、亚历克斯·布尔托夫（Alex Burtoft）、阿兰娜·拉什（Alana Rush）、凯西·菲尼（Kathy Feeney）和琼·金尼（June Kinney）这 5 个人坦承了自己是一个卡斯尔曼病患者。这样做我其实很害怕，但你们每个人不仅向我表达了关心和理解，而且还愿意为我提供帮助，并立即付诸行动。安德鲁，感谢你花了大量时间，以头脑风暴的形式发动大家，群策群力，来应对诸多挑战与困难，在 CDCN 内培育了良好的文化，并且鼓励了多位同学积极参与进来。安德鲁、亚历克斯、阿兰娜、凯西和琼，你们每个人都成为榜样，从而让我们获得了全班同学大力支持，为 CDCN 的早期发展注入了必不或缺的动力，这无疑改变了卡斯尔曼病的研究进程。

在 CDCN 早期的发展过程中，还有很多出色的人们给予了我们帮助，推动了我们探索未知领域的各项工作。除了前面提到的那些人，以下这些人们的努力和贡献同样影响深远：海伦·帕特里奇（Helen Partridge）、迈克尔·斯蒂夫（Michael Stief）、詹娜·卡普萨（Jenna Kapsar）、凯文·西尔克（Kevin Silk）、索菲娅·帕伦特（Sophia Parente）、罗森娜·拉希德（Rozena Rasheed）、劳拉·贝森-尼希特布格尔（Laura Bessen-Nichtberger）、金·德里斯科尔和尼克·德里斯科尔（Kim and Nick Driscoll）、玛丽·吉尔福伊尔（Mary Guilfoyle）、克雷格·滕德勒（Craig Tendler）、杰夫·法里斯（Jeff Faris）、艾玛·霍顿和安德鲁·霍顿（Emma and Andrew Haughton）、埃琳·内皮尔（Erin Napier）、雅斯拉·齐格勒（Jasira Ziglar）、凯瑟琳·弗洛伊斯（Katherine Floess）、约翰逊·柯尔（Johnson Khor）、埃里克·哈尔亚斯玛（Eric Haljasmaa）、麦克·克罗格里奥（Mike Croglio）、艾米·刘（Amy Liu）、丹尼丝·伦纳迪（Denise Leonardi）、马丁·卢卡克（Martin Lukac）、瑞安·赫梅尔（Ryan Hummel）、艾伦·斯托恩斯多姆（Aaron Stonestrom）、科林·史密斯（Colin Smith）、亚历克斯·苏亚雷斯（Alex Suarez）、狄安娜·莫拉（Deanna Morra）、凯蒂·斯通（Katie Stone）、克里斯蒂娜·凯利（Cristina Kelly）、利奥·阿德尔伯特（Leo Adalbert）、朱莉·安杰洛斯（Julie Angelos）、迈克

尔·索瓦洛（Michael Soileau）、莫莉·加内特（Molly Gannet）、斯蒂夫·瑟拉芬诺（Steph Serafino）、山姆·卡斯（Sam Kass）、柯伦·赖利（Curran Reilly）、戴尔·柯布林（Dale Kobrin）、韦斯·考皮宁（Wes Kaupinen）、格蕾塔·莫雷托（Greta Moretto）、阿莉莎·麦克唐纳（Alisa McDonald）、凯特·因内利（Kate Innelli）、让·迪坎（Jenn Dikan）、娜丁·艾尔·塔奇（Nadine El Toukhy）、托尼·福特（Tony Forte）、JC. 迪芬德弗（JC Diefenderfer）、阿杰伊·拉珠（Ajay Raju）、和马克·布朗斯坦（Marc Brownstein）。我还想要感谢 CDCN 理事会、咨询委员会和科学顾问委员会的全体成员，尤其感谢弗里茨·冯·李（Frits van Rhee）、汤姆·乌尔德里克（Tom Uldrick）、科里·卡斯珀（Corey Casper）、埃里克·奥克森亨德勒（Eric Oksenhendler）、埃米·查德伯恩（Amy Chadburn）、伊莱恩·贾菲（Elaine Jaffe）、玛丽·乔·莱霍维奇（Mary Jo Lechowicz）、戴维·辛普森（David Simpson）、尼基尔·孟希（Nikhil Munshi）、戈登·舒卡洛维奇（Gordan Srkalovic）、吉崎和幸（Kazu Yoshizaki）和亚历山大·福萨（Alexander Fossa）；还有我在宾夕法尼亚大学以及其他机构的合作者与导师们，他们是：丹·雷德（Dan Rader）、张橹（Lu Zhang）、薇拉·克里姆斯卡亚（Vera Krymskaya）、科乔·艾伦尼托巴-约翰逊（Kojo Elenitoba-Johnson）、梅根·利姆（Megan Lim）、伊万·梅拉德（Ivan Maillard）、安杰拉·迪斯平齐耶里（Angela Dispenzieri）、苏尼塔·纳斯塔（Sunita Nasta）、戴维·罗斯（David Roth）、林

恩·许希特（Lynn Schuchter）、麦克·帕尔马切克（Mike Parmacek）、拉里·詹姆逊（Larry Jameson）、戴夫·蒂彻（Dave Teachey）、德莫特·凯莱赫（Dermot Kelleher）、麦克·贝茨（Mike Betts）和上林拓（Taku Kambayashi）。上林，感谢你的出色协作和对露丝-安（Ruth-Ann）的联合指导。感谢贝基·康纳（Becky Connor）与阿尼·弗里德曼（Arnie Freedman）两位博士，你们坚持不懈，把最新、最准确的有关信息分享给全世界的卡斯尔曼病医生们。我十分感激并十分荣幸，能有机会与你们两位一起在宾夕法尼亚大学领导卡斯尔曼病研究中心和CDCN，你们俩人都是杰出的领导者。

我还要感谢那些与罕见病斗争的领导者们，他们是先驱者，为我们开辟了前行的道路，是他们的成就让我看到，我可以把心中的希望变为救助生命的行动过程：莎伦·特里（Sharon Terry）、阿比·迈耶斯（Abbey Meyers）、乔希·萨默（Josh Sommer）、埃米莉·克雷莫-格林科夫（Emily Kramer-Golinkoff）、尼克·博伊斯（Nicole Boice）、彼得·索顿斯托尔（Peter Saltonstall），菲尔·赖利（Phil Reilly）医生、莱斯利·戈登（Leslie Gordon）医生、弗朗西斯·柯林斯（Francis Collins）医生、史蒂芬·克罗夫特（Stephen Groft）医生和埃米尔·卡基斯（Emil Kakkis）医生。我还要感谢塔尼亚·西蒙切利（Tania Simoncelli）、萨曼莎·斯克万纳（Samantha Scovanner）和安妮·克莱本（Anne Claiborne），感谢他们为罕见病患者做出的不懈努力，作为出色的合作伙伴，他们有着与我们一样的使命，与我们共同推进了治疗方法的研究，去拯救所有罕见病患者的生命。克里斯和吉娜，你们与渐冻症的不懈抗争和对彼此无条件的爱，每天都在激励着我，鼓舞着我不断努力，以使我们的工作范围覆盖同样需要治疗的其他罕见病。

我要感谢所有治疗过我、照顾过我并给我以希望的每一位医护人员，包括克拉丽丝·达尔德（Clarice Dard）、诺曼·斯沃普（Norman Swope）、弗里茨·冯·李医生（Dr. Frits van Rhee）、汤姆·乌尔德里克（Tom Uldrick）、亚当·科恩（Adam Cohen）、艾莉森·洛伦（Alison Loren）、彼得·沃里斯（Peter Voorhees）、普利斯·托马斯（Preethi Thomas）、杰夫·克雷恩（Jeff Crane）、路易斯·迪尔（Louis Diehl）、和乔恩·柯克曼（Jon Gockerman）。

回顾人生，记录人生，既是一种挑战，也是一种收获，而且挑战与收获同样巨大。我要感谢帮我实现这一目标的每一个人。威廉·卡拉翰（William Callahan），感谢你总是鼓励我敞开心扉，感谢你的引导和建议，让我把自己的故事真实地呈现出来。理查德·派恩（Richard Pine），感谢你在这整个过程中给予我的鼓励和富有远见的指导。你真是了不起。马尔尼·科克伦（Marnie Cochran），谢谢你对本书的热心关注，并让我在写作过程中能乐在其中。感谢你欢迎我加入百龄坛（Ballantine）与企鹅兰登书屋（Penguin Random House）这个大家庭。格兰特、本、瑞安、丽莎、吉娜和凯特琳，感谢你们对本书初稿提出的宝贵建议和反馈。正是因为你们的这些努力，才使我有了这样一份记录可以传承下去，以防万一我不能亲口把这些故事讲给我的女儿听。

最后，我想要感谢各位读者，感谢你们阅读了这本书！我们每个人都会面临不同的困难与挑战。我希望我的故事能引起读者们的联想，从而找到你自己的类似“卡斯尔曼病”的那个东西，或者说，找到能让你充满希望、能让你满怀激情、能让你全力以赴的那个东西。挑战那个东西，能让世界变得更美好，能让你的世界变得更美好，能让你所爱之人的世界变得更美好。如果你挑战的那个东西碰巧也是卡斯尔曼病，当然就更好了（但也不必非得是）！我们每个人都有自己的专长和技能，可以去挑战难题，甚至攻克难题，只不过我们的这些技能和专长还需要加以淬炼，加以发挥。

化希望为行动，从来都不是一件容易的事。成就的取得，需要付出艰苦的努力，需要很长时间的积累。但你只要开始去做就行。从小事做起，什么事都行，只要它能让你不断靠近自己所期望的那个目标，哪怕只是一些表面上的例行文案工作。我祝愿大家永远也不要像我一样，因为肚子里充满积液而被误认为是我父亲怀孕的妻子，但如果真的发生这种误会，那就尝试用幽默的心态、积极的态度去面对这个困难，去面对一生当中我们所有人都注定要面对的其他各种困难。不要让思想深处那些喜欢唱反调的小妖精们阻止你开始行动，也不要让它们怀疑你的行动方式是对是错。我几次生命垂危、卧床不起之时的最大遗憾，都是因为我没有付诸行动。我希望你们不要有同样的遗憾经历。“思考，行动。”要充分利用好每一分、每一秒，因为事实就是：我们人生中的每一分、每一秒，其实都是在进行着一场加时赛。

佩顿·威廉姆斯 摄影

加时赛前：乔治敦大学橄榄球队训练。

我去乔治敦大学读大一之前（2003年），与我的父母和姐姐们在一起。

美联社/乔纳森·弗雷丁 摄影

失去我的母亲（我手里拿着她的照片），对我来说是毁灭性的打击。建立AMF这一组织和举办纪念她的筹款活动（如2006年的“战胜癌症训练营2”）是我唯一的希望。

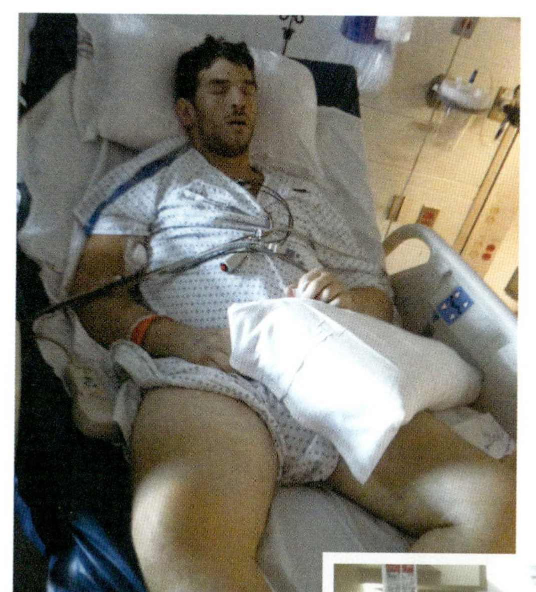

我第一次患上这个“神秘疾病”是2010年在医学院学习期间。由于重要器官衰竭，我的意识时好时坏。

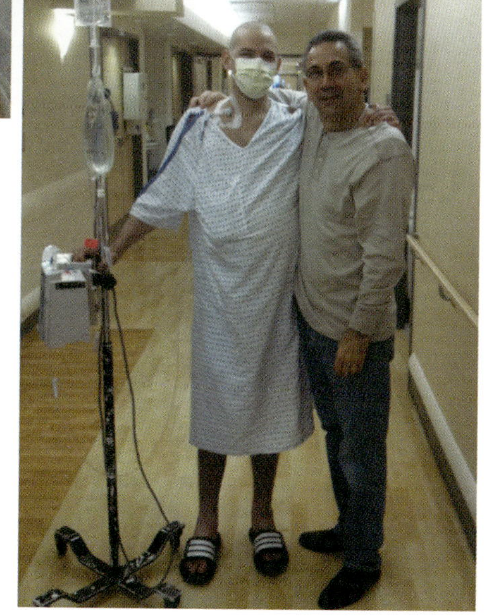

无论如何，父亲始终是我的后盾。

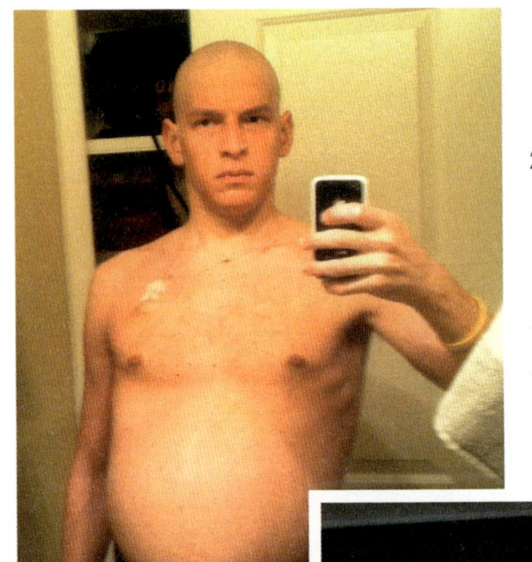

2011 年春天，我终于出院了，这是我第一次长时间住院。在出院前，我因胀鼓鼓的肚子而被误认为是父亲怀孕的妻子。尽管当时情况不容乐观，我们还是笑得很开心。

一年后，也就是 2012 年 5 月，我再次因病情复发住进了医院，但这次我很乐观，觉得自己已经做好了战斗的准备。

2012 年 5 月病情复发期间，我得知已经没有治疗方案了。我向家人承诺，无论我的余生有多长，我都会用余生去寻找治愈这种疾病的方法。我开始在实验室研究样本，并建立了一个国际合作研究网站。

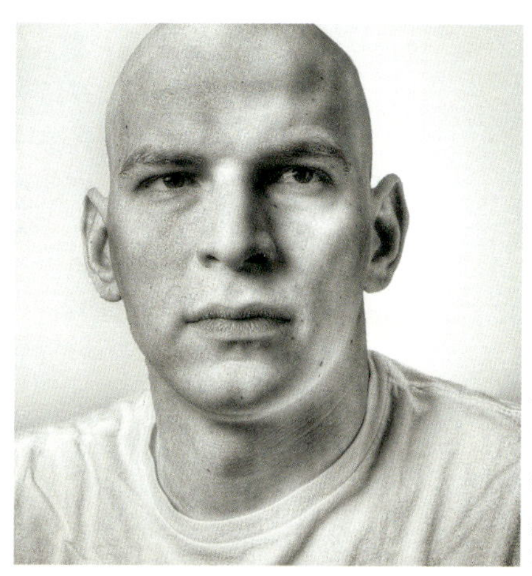

西蒙·格里菲斯 摄影

一年后病情复发，化疗挽救了我的生命，这是我第五次濒临死亡。几周后，我的家人和好友为凯特琳和我举办了订婚派对。虽然我秃顶了，而且身体虚弱，但是我们在一起了。现在，我只需要找到一种新的治疗方法来延长我的生命，这样我就可以和她结婚了……

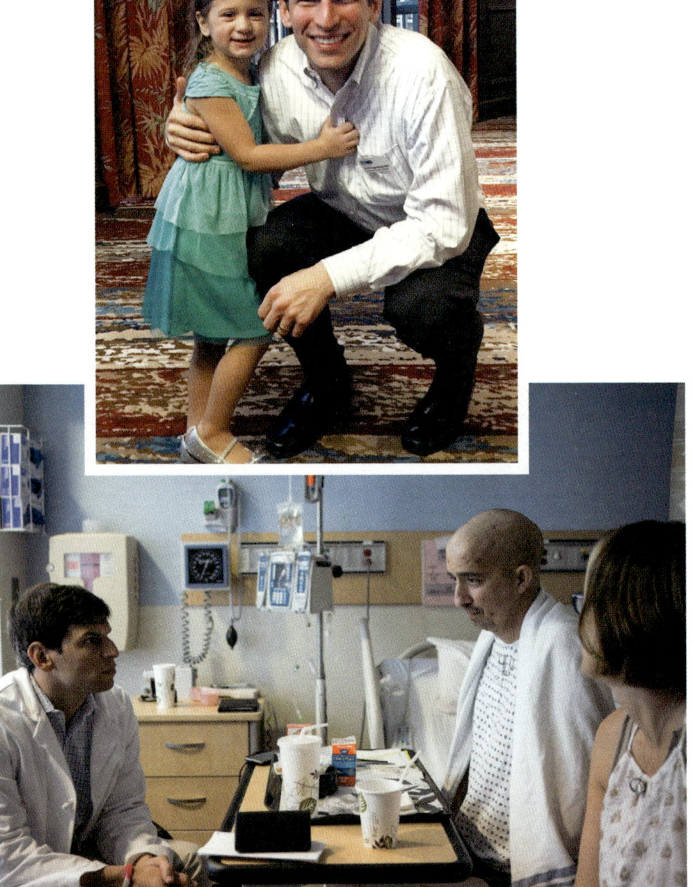

杰西卡·库尔库尼斯 摄影

一开始，我是为了治愈自己的疾病，但现在我工作是为了一路上遇到的其他卡斯尔曼病患者。这里展示的是凯蒂和加里。凯蒂是第二位接受我正在使用的药物治疗的卡斯尔曼病患者；加里让我亲身体会到看着自己所爱的人与卡斯尔曼病做斗争是多么可怕。他们都慷慨地提供了样本，以供实验室研究。

多亏了我沃顿商学院的同学们，当我在商学院学习的早期，iMCD 的研究再次陷入困境时，他们团结在我的身后，我们才开始扭转颓势。当我受邀在 2015 年沃顿商学院毕业典礼上担任学生演讲者时，我对能够正式向他们表示感谢非常激动。这对我来说是一个特别的时刻。

杰西卡·库尔库尼斯 摄影

但是，为了更好地了解卡斯尔曼病，以及免疫系统在其他各种疾病中的作用，我们还有很多工作要做。我像疯子一样地工作，宾夕法尼亚大学办公室的白板经常不够用。

莎拉·迪奇科 摄影

瑞秋·乌坦-埃文斯 摄影

我一生的挚爱：凯特琳和我们的女儿阿梅莉亚。